Glaube, Liebe und Hoffnung eines Kindes

Vorwort:

Diese Geschichte und Erzählung handelt von einer Familie die lebt und liebt wie jede andere Familie auf dieser wunderschönen Erde. Die glücklich und zufrieden ist bis aus welchem Grund auch immer, dieses Glück getrübt oder auch zerstört werden konnte.
Dies ist eine Lebensnahe Geschichte, die jeden von uns treffen konnte und somit alles zerstörte was wir fühlten und was uns den Abgrund nahe brachte. Wenn es sich dabei auch noch um ein wehrloses und unschuldiges Kind handelt, wie in diesem Buch beschrieben, ist es für uns Erwachsene sehr schlimm und schmerzhaft dies mitzuerleben.
Da wir aus unserer eigenen Kindheit wussten, dass sich ein Kind das erst am Anfang seines Lebens stand, sich vom Leben und alles was es mit sich brachte etwas Liebevolles und sehr schönes, sowie sehr viel Freude erwartete.
Ein Kind erwartet sich vor allem, Liebe und Zuneigung, Freude und Spaß, wie und von wenn auch immer. Da dieser Begriff für ein Kind allgemein bezogen ist können wir Erwachsene es manchmal nicht verstehen.
Ein Kind will nur eines: „Leben und Freude im Herzen verspüren"!
Ein Kindertraum oder Kinderwunsch, ist das schönste das es auf dieser Erde für die Kinder und uns Erwachsenen gibt.
Denn sicherlich hatte sich schon ein jeder von uns einmal gewünscht wieder einmal ein Kind zu sein. Um an das zu glauben wovon man träumt und an das was man sich wünschte!
Dieses Buch sollte auch eine Anregung dazu sein, die Träume und Wertgefühle eines Kindes aber auch der ganzen Menschheit zu schätzen und zu achten.
Freud und Leid, gibt es überall auf unserer schönen Erde, dies liegt in der Natur der Menschheit und wird auch immer so sein. Jedoch musste man für das kleine Glück das wir uns wünschten und an das was wir glaubten etwas beitragen. So wie dieser kleine Junge, wie in diesem Buch beschrieben.
Erst nach dieser Erfahrung und diesem Kampf für ein wenig Glück, dass dieser Junge erleben musste, wird man erkennen das Glück und Freude das größte Geschenk ist das wir auf dieser Welt erfahren dürfen.
Nicht immer kämpfen wir für unsere Kinder und deren Träume. Denn meistens sind es die Kinder die mit uns kämpfen um Ihre Träume wahr zu machen. Um Ihren Lebenstraum zu Leben, an den sie glaubten und an dem wir Erwachsene teilhaben sollten. Wir müssen es nur verstehen!

Kinder Leben um zu Lieben,
Lieben können sie nur wenn sie Leben!

Rupert Gosch

Glaube
Liebe und Hoffnung
eines Kindes

Es war einst ein wunderschöner und herrlicher Morgen. Die Sonne begann die Nacht zu verdrängen, die Vögel erwachten zu ihrem ersten morgendlichen Flug. Der Tag begann zu Leben und alles erwachte aus einem verträumten und erholsamen Schlaf. Die Sonne ging auf und der Hahn krähte lautstark mit voller Kraft und Freude für den neuen Tag der nun hereinbrach. Das tägliche Leben begann nun langsam seinen morgendlichen Lauf zu nehmen und das friedliche Nachtleben legt sich langsam zur Ruhe.

Guten Morgen, rief da ein kleiner Junge zur Tür herein. Christian, so heißt der kleine Junge, war von der Nachtruhe erwacht und erwartet sich wieder etwas Wunderbares von dem neu erwachten Tag. Mama, in der vergangenen Nacht hatte ich etwas sehr Schönes und wunderbares geträumt. Ich hatte sehr viele weise Tauben gesehen, die voller Übermut von einem Abenteuer in das andere flogen. Sie waren sehr verspielt und hatten die Lüfte belebt. Sodass man glauben konnte, dass ihnen die ganze Welt gehörte. Jetzt konnte ich auch die Bedeutung verstehen wenn man sagte, „frei wie ein Vogel“! Da ich dies in der vergangenen Nacht in meinen Traum selbst miterleben durfte.

Ja Christian, so ein Traum war sicherlich sehr schön und etwas Wunderbares. Da jeder Traum seine Gedanken widerspiegelte, die man in sich hatte. Darum wusste ich nun das Du am Abend vor dem Einschlafen schöne Gedanken in Dir hattest. Doch wie Du sicherlich schon bemerkt hattest ist nun die Nacht vorbei. Darum trink jetzt erst einmal Deinen Kaffee und iss Dein Butterbrot, damit du genügend Kraft hattest für diesen herrlichen und wunderschönen Tag. Du weißt doch, heute hatten wir das erste Dorffest in unserem kleinen, aber doch sehr schönen Dorf. Da gab es wie Du sicherlich auch wusstest, wie sollte es auch anders sein einen kleinen aber doch sehr schönen Vergnügungspark. So wie ich Dich kannte, wirst Du dort sicherlich mächtig vertreten sein, oder?

Aber mit Sicherheit Mama! Du weißt doch wie lustig es bei so einem Vergnügungspark zuging? Guten Morgen, brummt eine sehr tiefe aber noch immer verschlafene Stimme, die kaum in der

Lage war zu sprechen zur Küche herein. Guten Morgen Papa. Du warst heute aber schon sehr früh aufgestanden, sagte Christian mit etwas spöttischer Stimme. Da er ganz genau wusste was für eine Schlafmütze sein Vater am Wochenende sein konnte. Papa, darf ich heute bei unserem Dorffest auch einmal mit der großen Schaukel schaukeln?
Aber sicherlich darfst Du das. Denn dazu war die Schaukel doch da, damit man sich so richtig austoben konnte. Da es ja ein Fest für uns alle war. Das heißt auch für die Kinder die Freude, Lust und Zeitvertreib suchten. Der Vergnügungspark wurde ja deshalb erschaffen, dass man seine Lust und Freude am Leben so richtig ausleben konnte! Wenn ich aufrichtig sein sollte, musste ich doch sagen, dass der Vergnügungspark nicht nur für die Kinder ein großes Erlebnis war. Denn auch für uns Erwachsene war er ein Ort an dem die Lust und Freude so richtig in uns erwachte. Da auch wir in unserem Herzen lebenslang das Gefühl in uns trugen, ein Kind zu sein. Nur das, was wir Dir zeigten, schien erwachsen zu sein und sollte euch Kinder die Sicherheit für das Leben geben. Ich mache Dir einen Vorschlag Christian, wenn Du möchtest dann schaukeln wir heute doch einmal gemeinsam? Dann konntest auch Du sehen, was für eine Freude ich daran haben würde um mit Dir Spaß zu haben.
Oh ja, das wäre wunderbar und ich würde mich darüber auch sehr freuen. Vielleicht werde ich auch darüber Lachen! Da ich ja nicht wusste wie gut Du schaukeln konntest. Oder, ob Du es überhaupt konntest? Dabei könnte ich Dir auch zeigen wie gut ich es schon konnte. Den ich hatte mit meinen Freunden schon sehr oft geschaukelt und ich konnte sagen, dass ich fast jedes Mal der beste war. Doch mit Dir würde es sicherlich einen ganz besonderen Spaß machen. Das möchte ich mir unter keinen Umständen entgehen lassen. Doch so wie ich Dich kannte, würden wir so hoch schaukeln das es gar nicht mehr höher ging?
Da konntest Du Dir sicher sein! Du würdest Angst und Freude in Deinen müden Knochen verspüren, das verspreche ich Dir! Darauf gebe ich Dir mein großes Männerehrenwort. Wenn es Dir dann gefallen hatte, dass was ich doch sehr hoffte? Dann könntest Du danach Mama auch überreden einmal mit mir zu

schaukeln. Was, so erklang eine mit Furcht erschrockene Stimme aus dem Hintergrund! Ich sollte mit Dir in so eine Schaukel steigen? Nein danke! Mit Sicherheit werde ich dies auf keinen Fall machen! Du wusstest doch, dass ich mich fürchtete, wenn ich keinen Boden mehr unter meinen Füßen hatte. Wir könnten alles andere gemeinsam machen, nur nicht schaukeln! Ich bin mir aber auch sicher, dass ihr beide auch ohne mich im Vergnügungspark sehr vieles erleben werdet. Natürlich werde ich euch zusehen und mich am sicheren Boden aufhalten um die Freuden zu sehen die Ihr in so einen Moment erlebtet. Das war das was ich euch versprechen konnte.
Papa, war es richtig, dass man beim heutigen Dorffest auch etwas gewinnen konnte? Ja, unter allen Besuchern dieses Festes gab es eine Verlosung von sehr schönen Gewinnen an denen man sich erfreuen konnte. Denn jede Eintrittskarte hatte eine Nummer! Nachdem die Karten verkauft wurden, werden die kleinen Abrisse in einen großen Topf gegeben. Danach gut durchgeschüttelt woraus dann die Gewinner gezogen würden. Wenn Du dann auch noch das nötige Glück hattest, dass die gezogene Nummer mit Deiner übereinstimmte, dann hattest Du einen Preis gewonnen. Es erscheint einfach doch es ist nicht so! Denn das Glück war wie ein Vogel, es fliegt von einem zum anderen. Wer der Eine oder der Andere war, dies entscheidet das Glück. Jedoch der Hauptpreis den man heute gewinnen konnte, der war etwas ganz besonderes. Es war eine Flugreise nach Kanada!
Dies war das Land des ewigen Eises. Dieses Land bekam diesen Namen da sich dort eine sehr schöne und große Bergwelt in den Himmel erstreckte das seinesgleichen suchte. Da es zur jeder Jahreszeit mit sehr viel Eis und Schnee bedeckt war. Ganz egal was für eine Jahreszeit wir hatten. Deshalb waren die Winter in Kanada um sehr vieles kälter aber auch Schneereicher als bei uns!
Diesen Hauptpreis musste ich heute auf jeden Fall gewinnen erwiderte ich. Auch wenn ich dafür mein letztes Taschengeld ausgeben müsste! Ich wusste, dass ich diesen Hauptpreis gewinnen könnte. Mit ein wenig Glück würde ich es auch

schaffen. Davon war ich sehr überzeugt. Diese Überzeugung konnte mir niemand nehmen! Heute war für Dich wieder so ein erwartungsvoller Tag, sagte mein Papa zu mir. Lass in doch den Glauben erwiderte die Mama von Christian.
Es war doch sehr schön, wenn Christian sich für den heutigen Tag etwas vorgenommen hatte. An das er glaubte und was er sich wünschte. Auch wenn er nach der Verlosung erkennen würde, das nicht alles nach seinen Wünschen geschehen konnte. Du hattest ja Recht. Doch danach würde die Enttäuschung für Christian nach der Verlosung desto größer sein. Da er erkennen musste, dass er nichts gewonnen hatte!
Lass Christian doch die Freude und den Glauben daran das er etwas gewinnen würde. Du konntest doch nicht wissen, ob er wirklich etwas gewinnen würde oder nicht! Denn die Chancen waren für alle gleich. Wie hattest Du immer zu uns gesagt? Lebe positiv in den Tag und Du würdest das schönste erleben! Du hattest ja Recht, ich war mir sicher dass Christian heute auf jeden Fall etwas gewinnen würde. Auch wenn er bei der Verlosung nichts gewinnt, so hatte er danach doch etwas gewonnen. Es war das Wissen, dass man im Leben nicht immer alles haben konnte was man sich von tiefsten Herzen wünschte. Dies, so meinte ich war doch ein lehrreicher Gewinn den man mit in sein weiteres Leben nehmen konnte. Denn nicht alles konnte so sein wie man es sich wünschte oder vorstellte. Jedoch, die Hoffnung bleibt! Das musste ich Dir zugestehen!
So, jetzt gehe ich erst einmal hinaus zu unseren kleinen Teich. Um zu sehen ob die Fische schon voller Freude auf die Fütterung warteten, sagte Christian. Denn es war immer wieder schön zu sehen wie sich die Fische das Futter von der Wasseroberfläche holten und fast im gleichen Augenblick wieder im Wasser untertauchen. So das sie nicht mehr zu sehen waren. Und außerdem möchte ich auch sehen was die Fische so alles machten. Was sollten die Fische den machen als im Wasser zu schwimmen fragte mich Papa? Sie schwammen im Wasser und erfreuten sich immer wieder daran, wenn sie mich sahen. Antwortete ich ohne zu zögern! Da ich sie schon sehr oft beobachtet hatte. Da hatte ich jedes Mal das Gefühl in mir, als ob

sie schon auf mich gewartet hätten. Um sich mit mir ihre Freude die sie im Wasser hatten zu teilen! Doch übrigens war ich auch sehr Stolz auf unseren kleinen Teich. Da ich daran ja selbst mitgeholfen hatte ihn zu bauen. Da Du ja damals, als wir den Teich ausgegraben hatten, nicht helfen konntest. Deine rechte Hand war ja gebrochen. Darum war ich für Dich eingesprungen. Ich hatte damals Deine Arbeit gemacht und Du hattest mir nur gezeigt und gesagt, was nach zu erledigen war! Damals hatte auch der Freund von Tante Anita, heute war er auch mein Onkel sehr fleißig mitgeholfen und ich weiß noch, dass es eine sehr schwere Arbeit war. Wir hatten nur zwei Tage gebraucht. Doch danach als wir fertig waren, war die Freude riesengroß. Da wir es doch endlich geschafft hatten. Da wir doch alles mit der Hand ausgraben hatten. Weil es keine Zufahrtsmöglichkeiten zum jetzigen Teich gab, war unser Stolz über die erbrachte Arbeit umso größer. Übrigens war der Name von meinem Onkel auch Christian, also was sollte da noch schief laufen?
Christian, ich schlage vor Du gehst jetzt zum Teich hinaus, denn sonst war der heutige schöne Tag vorbei und Du hattest noch nicht einmal fertig ausgesprochen. Ich bin schon unterwegs und wenn ihr mich suchen solltet, dann wisst ihr ja wo ich zu finden war. Beim Hinausgehen sah ich meinen Freund Wolfgang als er aus seinem Fenster sah. Komm herüber zu mir und sieh Dir mit mir die Fische beim Schwimmen zu? Rief ich zu Wolfgang hinüber. Ich komme schon, hallte es unmittelbar vom Nachbarfenster zurück. Ich hatte nur wenige Schritte getan und schon stand er neben mich. Ich wusste ja, dass auch er sich am Anblick der Fische erfreute. Es war sehr schön, das man seine Freuden die man in sich hatte auch mit Freuden teilen konnte.
Wir sahen nur ein wenig in das glitzernde Wasser und da kam ein sehr großer Fisch an die Wasseroberfläche und Wolfgang fragte sofort, was den das für ein schöner Fisch sei? Ja mein lieber Freund, das war mit Sicherheit der größte und schönste Fisch den wir in unserem Teich hatten. Es gehörte aber auch sehr viel Glück dazu um ihn zu sehen. So wie in diesem Augenblick! Dieses kleine Glück hatten wir heute. Denn dieser Fisch hält sich meistens nur am Grund auf und kam nur sehr selten an die

Wasseroberfläche. Dieser Fisch trägt den stolzen Namen „Amur" und sieh genau hin, er ist sehr flach und sehr lang. Er kann, wenn er ausgewachsen war ein Gewicht von ca. 30 Kilogramm auf die Waage bringen. Doch das kam sehr selten vor. Ich war mir aber sicher, dass mein Amur dieses Gewicht schaffen würde. Da er sich hier im Teich sehr Wohl fühlte! Es waren aber auch andere Fische im Teich die sehr schön waren. Da jeder Fisch auf seine Art eine Schönheit war!
Sieh mal, die kleinen Fische die dort drüben schwammen waren Barsche. Da die Barsche meist nur an der Oberfläche vom Wasser schwammen, hatten wir sie eingesetzt damit der Teich nicht so leer aussah und es etwas lebhafter im Wasser zuging. Diese Fische die dort nur im Umriss zu erkennen waren kanntest Du sicher, dies waren Karpfen. Davon hatten wir sehr viele im Teich. Die Fische blieben auch im Winter im Teich, jedoch war es dann nicht so lebhaft wie jetzt im Sommer. Da wir im Winter sehr gut Acht geben mussten, dass der Teich nicht zufriert. Denn wenn dies der Fall sein sollte, hätten die Fische im Winter zu wenig Sauerstoff und müssten sterben. Dieses wollten wir auf jeden Fall vermeiden. Deshalb hatten wir in der Mitte des Teiches eine Wasserpumpe angebracht. Die jetzt so aussah wie ein Wasserspiel. Jedoch im Winter wenn es friert verhinderte, dass sich das Eis auf dem Wasser bilden konnte. Den wenn das Wasser in der kalten Jahreszeit immer in Bewegung blieb, konnte es nicht zufrieren und somit war auch dieses Problem gelöst. Ab und zu mussten wir dennoch das Eis zerkleinern. Da das Wasser, wenn es sehr kalt war auch sehr schnell zu Eis wurde. Wir wollten dennoch sichergehen, dass es die Fische im Teich gut hatten. Da auch die Fische Lebewesen waren die Hilfe benötigten.
Ich konnte mich noch sehr gut daran erinnern, als es sehr viel Eis gab. Da versuchte ich das Eis zu zerschlagen. Es wollte einfach nicht zerbrechen. Ich schlug immer fester darauf ein. Da hatte mich mein Papa sehr schnell ermahnt und zu mir gesagt, dass ich das Eis sehr vorsichtig zerbrechen müsste. Ich sollte nicht mit voller Kraft darauf einhämmern, wie ich Lust und Laune hätte! Da durch die Erschütterungen einige Fische im Teich an die

Wasseroberfläche kommen würden und diese in Ihrer Winterruhe gestört hätte. Es könnte sehr leicht sein, dass diese Fische daran starben. Da ich dies auf keinen Fall wollte, hatte ich sofort damit aufgehört und hatte wieder etwas für mein weiteres Leben gelernt. Auch wenn die Arbeit im Winter nicht immer lustig war, war es dennoch eine Genugtuung wenn man im nächsten Sommer sehen und erkennen konnte, dass sich die Fische im Wasser sichtlich ihres Daseins erfreuten!
Da sagte Wolfgang, ich möchte auch so einen Teich haben. Doch mein Papa möchte keinen errichten. Da er sehr viel Arbeit bei unserer Landwirtschaft hatte und somit dies für ihn nur eine Belastung wäre. Denn wie Du auch wusstest, musste mein Papa auch zur Arbeit gehen. Dies alles konnte er dann nicht schaffen. Es blieb danach keine Zeit für einen Teich wie Du ihn hattest, und für das schöne das man dabei erleben konnte!
Aber Wolfgang, entgegnete ich. Du konntest doch zur jeder Zeit zu mir kommen und mir ein wenig bei der Arbeit am Teich helfen oder mir dabei zuzusehen. Ich wäre froh, wenn ich diese Freuden mit einem Freund wie Du einer warst teilen könnte. Und wenn es Dir wirkliche Freude machte, könntest Du mir auch ein wenig bei dieser Arbeit helfen?
Ich danke Dir Christian. Doch wenn ich selbst so einen schönen Teich hätte, würde ich mich umso mehr daran erfreuen. Doch ich werde Deinen Vorschlag annehmen. Denn geteilte Freude ist die schönste Freude die man erleben konnte! Warum hatte eigentlich Dein Papa einen Zaun um diesen schönen Teich gebaut, fragte mich Wolfgang?
Was Wolfgang, das wusstest Du nicht? Doch denken konntest Du es Dir sicher, oder? Nein, ich wusste es wirklich nicht, sagte Wolfgang etwas verlegen. War es vielleicht, dass niemand die Fische aus denn Teich nehmen konnte? Nein, deshalb hatten wir den Zaun mit Sicherheit nicht gebaut! Der Zaun wurde deshalb gebaut, dass niemand in den Teich fallen konnte. Da der Teich doch ab und zu für einige Zeit unbeaufsichtigt war. Dieser Zaun war nur zur Sicherheit für alle. Dies war auch ein Schutz für die Kinder. Es waren doch die kleinen Kinder die sehr neugierig waren und sich zu weit an den Wasserrand herangewagt hätten.

Da könnte es sehr leicht sein das ein Kind durch Unachtsamkeit in das Wasser fällt! Wenn es aber auch nicht schwimmen konnte, wäre das Unglück geschehen. Darum wäre es unverantwortlich gegenüber derer Kindern die diese Gefahr noch nicht kannten. Ich hoffe, dies niemals erleben zu müssen! Es wäre eine der schrecklichsten Erfahrungen die man in seinem Leben machen müsste! Obwohl das Wasser nicht sehr tief war, war die Gefahr dennoch sehr groß. Und diese Gefahr musste man auf jeden Fall verhindern. Deshalb hatten wir diesen Zaun errichtet!
Doch machte Dir nichts daraus Wolfgang, dass Du dies nicht gewusst hattest, wenn ich ehrlich sein sollte. Hatte auch ich es nicht gewusst, bevor mein Papa es mir erklärte und mich darauf aufmerksam gemacht hatte! Mein Papa hatte mich über alles aufgeklärt was ich zur Sicherheit über einen Teich wissen sollte. Daran konnte man auch erkennen wie wichtig es war, dass man über alles genau Bescheid wusste wenn man etwas baute oder vorhatte etwas zu bauen! Da sich die Gefahren die sich hinter so einem Vorhaben verbargen zu schweren Unfällen führen könnten. Solche Unfälle mussten schon so manche Menschen mit ihrem Leben bezahlen. Deshalb sollte man dies zur jeder Zeit bedenken und beachten. Damit so etwas nicht vorkommen konnte.
Wie Du auch sehen konntest, hatten wir den Zaun fast an der Wassergrenze angebracht und davor am Zaun liegen noch so manche Steine. Die Steine hatten wir deshalb dort angebracht, da uns schon mehrmals eine Katze einen Fisch aus dem Teich geholt hatte. Daran erinnerte ich mich noch sehr genau. Es war zu beginn als wir den Teich erst so ungefähr eine Woche hatten. Da hatte meine liebe und brave Katze „Bärli", einen sehr großen Karpfen mit etwa zwei Kilogramm Gewicht aus dem Wasser gezogen. Wenn ich es damals nicht mit meinen eigenen Augen gesehen hätte, hätte ich es niemals für möglich gehalten, dass eine so brave Katze wie mein Bärli es war dazu fähig sein konnte. Da hatte ich erkannt, dass es doch immer wieder Überraschungen geben konnte, an die man vorher niemals gedacht hatte. Doch war es sicherlich nur der Jagdinstinkt den mein Bärli in sich hatte! Christian ich hätte eine Frage an Dich.

Warum war eigentlich Dein Interesse an so einem Teich so groß? Denn wenn ich einen Fisch essen möchte, dann machte mir meine Mama einen Fisch den wir zuvor in einem Supermarkt gekauft hatten?
Ich verstehe, was Du mir damit sagen möchtest Wolfgang! Verstehe aber auch, dass es für mich das schönste war zu sehen, wenn ein Fisch heranwächst der an seinem Leben Freude fand. Den bei der Aufzucht eines kleinen Fisches zu einem großen Fisch, lernte man ihn erst so richtig kennen. Manchmal aber auch lieben! Danach konnte man verstehen, warum sich die Fische einmal so und dann wieder anders im Wasser verhielten. Es war fast so als wollten sie mir zeigen woran sie Freude fanden! Dies war einfach ein sehr schönes Gefühl das man dabei in sich hatte. Darum musste ich eingestehen, dass ich die Fische genauso liebte wie meine Katze Bärli. Deshalb schmerzte es mich immer wieder wenn wir einen Fisch aus unserem Teich, schlachteten! Ich hatte aber auch sehr viel Freude an der Natur die uns umgab. Diese Freude kam wahrscheinlich oder mit Sicherheit davon, dass mir meine Eltern alles sehr genau erklärten. Wenn ich sie dies oder jenes fragte! So hatten sie mir zum Beispiel ganz genau das Zusammenspiel zwischen Menschen und unserer Umwelt erklärt und was bei Nichteinhaltung geschehen würde. Da hatte ich erkannt, dass man auf unserer Erde sehr vieles in Ordnung halten musste! Damit das Gleichgewicht zwischen Mensch und Natur erhalten werden konnte! Würde dieses Gleichgewicht einmal gestört, war es sehr schwer einen Weg zu finden der das Gleichgewicht zwischen Menschen und der Natur wieder herstellte. Ich hatte aber auch einen Drang in mir, dass wenn ich etwas wissen wollte nicht aufhöre zu Fragen. Bis ich alles verstanden hatte, was ich wissen wollte. Danach bekam ich entweder Lust darauf weitere Fragen zu stellen oder ich ließ es lieber sein. Jäh nachdem was ich erfahren hatte!
Das finde ich so richtig toll an Dir Christian, sagte Wolfgang ein wenig verlegen. Denn wenn ich meine Eltern über solche Dinge etwas fragte, was ich gerne über die Natur und seinem Umfeld wissen wollte. Bekam ich meistens die Antwort das ich es schon lernen würde und wenn nicht dann würde ich eines Tages selbst

darauf kommen! Wolfgang, ich möchte Dir etwas ganz besonderes erzählen. Es war etwas das ich erst vor kurzer Zeit von meinen Papa gelernt hatte. Mein Papa und ich gingen vor gar nicht so langer Zeit, ich denke so drei oder vier Wochen werden es her sein in den Wald um Pilze zu sammeln. Bei so einer kleinen Wanderung entdeckten mein Papa und ich immer wieder etwas Neues. Ganz egal was es auch zu entdecken gab, wir fanden immer etwas Neues. So wie ich diesen Sonntag noch in Erinnerung hatte, hatten wir alles gemacht außer Pilze zu sammeln. So zum Beispiel hatte mir mein Papa beigebracht wie man aus Haselnusssträuchern eine sehr schöne und laute Pfeife basteln konnte. Ich wollte es erst nicht glauben, doch dann nahm mein Papa einen kleinen Strauch zur Hand und schnitzte sich mit wenigen Handgriffen eine Pfeife daraus. Sie war nicht nur sehr schön anzusehen, sondern auch sehr laut. So das ich mir die Ohren zuhalten musste. Danach, als auch das zweite Pfeifchen fertig war. Hatten wir einen riesigen Spaß daran! Wir erfanden ein neues Spiel. Na ja, es war nicht neu, doch es war sehr schön! Wir hatten uns in den Büschen versteckt und versuchten uns mit den Pfeiftönen die wir von uns gaben zu finden. Zu Beginn war es für mich sehr schwer zu erkennen woher der Pfeifton kam. Doch nach einiger Zeit lernte ich die Richtung aus der dieser Pfeifton kam sehr schnell festzustellen. Ich musste nur sehr aufmerksam sein und meine Ohren offen halten. Damit ich die Richtung feststellen konnte! Man hörte dabei aber auch was sich sonst noch für Geräusche im Wald verborgen hielten. Die mir vorher nicht bekannt waren oder ich sie nicht wahrnahm. Da ich niemals zuvor darauf geachtet hatte! Wenn man sehr genau hinhörte, konnte man sehr vieles hören. So hörte man die Bäume rascheln oder die Vögel zwitschern!
Nach einiger Zeit unserer lehrreichen Spielerei war auch schon der Vormittag vergangen. Doch die Pilze in unseren Körben konnte man nicht sehen. Da wir noch keinen einzigen gefunden oder gesucht hatten! Für uns wurde es nun höchste Zeit wieder nach Hause zu gehen. Da meine Mama schon mit dem Mittagessen auf uns warten würde. Auf dem Nachhauseweg hatte mein Papa einen sehr guten Einfall. Wir sammelten so lange das

Laub vom Waldboden bis wir unsere Körbe prall gefüllt hatten. Die Körbe sahen danach so aus, als wären sie bis oben hin mit Pilzen gefüllt! Wir legten ein Tuch über die Körbe und unser kleiner Schwindel konnte beginnen. Als wir uns danach langsam aber sicher mit jedem Schritt unserem Haus näherten. Konnten mein Papa und ich das Lachen nicht mehr zurückhalten. Da wir sahen, dass uns Mama schon durch das Küchenfenster beobachtete.
Jetzt hieß es, dass Lachen so gut wie möglich zu verbergen um die Glaubwürdigkeit unserer Körbe zu bewahren. Als wir immer näher zu unserem Haus gekommen waren und Mama schon erkennen konnte, dass die Körbe bis obenhin voll gefüllt waren öffnete sie das Küchenfenster und rief uns erfreut entgegen. Wart ihr beide heute aber fleißig! Die einzigen Worte die wir von uns gegeben hatten waren nur, nah sicher Mama oder hattest Du Dir etwas anderes von uns erwartet? Irgendwie hatte ich das Gefühl in mir dass Mama schon erkannt hatte, dass mit unseren Körben etwas nicht in Ordnung sei. Da Ihr Blick nicht so war wie ich in von Ihr kannte. Sie kam uns entgegen und zeigte uns auch Ihre Freude darüber, dass die Körbe prall gefüllt waren. In diesem Augenblick, als sie dies zu uns sagte. Waren wir sehr Stolz auf uns. Doch im gleichen Moment ihrer Freude die sie uns zeigte und zu unserer Überraschung, zog sie den beiden Körben gleichzeitig die Tücher herunter und zeigte uns das schöne glitzernde Laub das wir mit nach Hause gebracht hatten! Beim ersten Anblick des Laubes fragte Sie uns, wo den die Pilze seien? Die wir so fleißig gesammelt hatten! Und was wir mit dem Laub das wir mitgebracht hatten, wollten?
Wir konnten darauf keine Antwort geben. Da es uns die Sprache verschlagen hatte, und wir im ersten Augenblick nicht wussten was wir sagen sollten. Unser Mund war weit geöffnet, doch es kam kein einziges Wort über unsere Lippen. Den jetzt war nicht meine Mama diejenige die überrascht sein sollte, jetzt waren es mein Papa und ich!
Da begann meine Mama so richtig herzhaft zu lachen. Sodass ihr vor Freude, da sie uns aufgedeckt hatte, die Trennen kamen. Mama war sichtlich erfreut darüber, das sie uns beim Schwindeln

ertappt hatte. Auch mein Papa und ich konnten das Lachen nun nicht mehr verbergen. So das wir alle drei einen riesigen Spaß an unserer kleinen Schwindelei hatten. Vielleicht hatten wir uns aber auch darüber gefreut, da wir erkennen mussten dass Mama nicht so leicht zu verschaukeln war?
Mama sagte zu uns. Für diese kleine Schwindelei müsste man euch einen Marsch blasen. Da nahmen wir ohne zu zögern unsere Pfeifchen aus den Hosentaschen und begannen im Duo zu pfeifen. Da staunte Mama nicht schlecht und erfreute sich mit uns an unserer kleinen Melodie. Dass man sich an so einen Pfeifton so erfreuen konnte, hatte ich erst zu diesem Zeitpunkt erkannt. Es war mit einfachen Worten gesagt, sehr schön und wundervoll.
Wolfgang, wenn Du Zeit und Lust hättest. Könnten wir in den Wald gehen, sodass auch ich Dir zeigen könnte wie man eine Pfeife aus Haselnusssträuchern fertigt? Oh ja, von mir aus könnten wir sofort in den Wald gehen. Da ich heute nichts anderes vorhatte! Ich gebe noch schnell meinen Eltern Bescheid. Damit auch sie wussten wohin wir gehen. Da lief ich sehr schnell in das Haus und rief schon zur Tür hinein. Mama darf ich mit Wolfgang in den Wald gehen? Damit ich ihm zeigen konnte, wie man aus einem Haselnussstrauch eine Pfeife machte! Natürlich dürft ihr gehen, seit aber bitte vorsichtig damit nichts passiert! Tschüs Mama, rief ich ihr zu und lief wieder zu Wolfgang zurück. Da er sicherlich schon mit vollster Erwartung auf mich gewartet hatte. Natürlich in der Hoffnung das wir gehen durften! Komm Wolfgang, wir können jetzt gehen!
Christian, hattest Du Angst wenn Du alleine im Wald warst? Wenn jemand bei mir war, so wie Du es heute warst. Dann verspürte ich keine Angst in mir! Jedoch, wenn ich alleine gehen würde, dann hätte ich doch etwas Angst. Dies war so, nur warum das so war konnte ich Dir nicht beantworten! Es konnte aber auch sein, das es daher kam, da ich vor einiger Zeit mit meinen Papa in der Nacht in den Wald gegangen war. Da mir mein Papa zeigen wollte, das erst am Abend das Leben im Wald so richtig begann. Ich musste mir doch eingestehen, dass es mir ab und zu anders wurde vor Angst. Als mein Papa erkannt hatte, dass die

Angst für mich schon fast unerträglich wurde. Hatte er mich getröstet. Er erklärt mir, dass ich keine Angst zu haben brauchte. Denn der Wald und die Natur, sowie auch die Finsternis der Nacht waren nicht die Feinde des Menschen wovor man sich fürchten müsste. Sie waren Deine Freunde. Auf die Du immer und zur jeder Zeit acht geben solltest! Die Natur war der beste Freund den man haben konnte. Auf Freunde, sollte man immer acht geben! Denn nur wenn man dieses beachtete, konnte man von seinem Freund, sprich „die Natur“ etwas sehr Schönes erwarten!

Ich wusste nicht, weshalb sich dieser Satz so sehr in meinen Gedanken verankert hatte. Doch konnte ich mit Sicherheit sagen, dass er sehr wichtig sein musste! Nicht nur für mich und der Menschheit. Auch für alle Lebewesen auf dieser Erde. Nachdem mir Papa dies erzählt hatte, verspürte ich keine Angst mehr und ich erfreute mich an dieser schönen Nacht die ich mit Papa im Wald erleben durfte. Da wir damals in der Nacht die natürlichen Geräusche des Waldes und der Tiere belauschten, war es nicht nur schön. Es war einfach herrlich dies zu erleben! Denn wenn man seine Ohren offen hält und auf jedes Geräusch achtete das man vernahm, hörte man die Rufe der Tiere die man sonst niemals hören würde. Den nur in der Nacht verstärkten sich diese Laute im Wald. Da alles andere zur Ruhe gegangen war. Wenn es so wie damals in der Sternenklaren Nacht auch noch Vollmond war, konnte man die Rufe der Tiere auch mit seinen Augen belauschen. Das was ich dabei verspürte und empfand, konnte ich nicht in Worte fassen. Da es unmöglich war dies zu beschreiben! Es war einfach gesagt ein Erlebnis das man niemals vergessen konnte. Da der Vollmond mit all seiner Pracht seinen Schatten im Wald verteilte. Man konnte glauben, dass dies einer der schönsten Träume war die man jemals in sich hatte. Da es einerseits eine Angst in mir verbreitete und andererseits wunderschön war dies zu erleben! Durch dieses Zusammenspiel von Natur und Erde konnte ich verstehen, das das Leben das im Wald herrschte einzigartig sein musste! Diesen Eindruck den ich damals erlebt hatte, musste man erst erleben. Damit man verstehen konnte, das es sehr schönes gab das wir Menschen am

Tage nicht sehen oder hören konnten. Wir hatten aber auch schlechte Erfahrungen, die man im Wald machen konnte. Da mein Papa und ich vor einiger Zeit eine Katze aus einem Fangeisen befreien mussten. Ihre vorderen Pfoten waren gebrochen und sie hatte sehr große Angst als mein Papa sie aus dem Fangeisen befreite. Der Anblick dieser Katze tat mir in meinem Herzen weh. Da ich nicht verstehen konnte was eigentlich geschehen war. Sie zitterte am ganzen Leib und die Angst war ihr in das Gesicht geschrieben. Sie tat mir sehr leid. Ich konnte es nicht verstehen und begreifen, dass es noch immer Menschen gab die so etwas Grauenhaftes tun konnten. Noch dazu auf so einer Verachtenden und grauenvollen weiße. Da man einem Lebewesen schreckliche Schmerzen zufügte! Dies müssten doch Schmerzen sein, die auch ein Tier ihr Leben lang nicht vergessen konnte! Ein Tier das nur eines wollte, etwas zum Fressen zu suchen um überleben zu können!
Da ich glaube das jedes Lebewesen ein Recht auf ein Leben hatte. Das wir Menschen nicht zerstören durften. Denn keiner von uns kann und darf entscheiden, welches Tier Leben sollte oder sterben musste! Schon gar nicht auf so einer schrecklichen Art und Weise!
Als wir die Katze aus dieser schrecklichen Lage befreit hatten, nahmen wir sie mit zu uns nach Hause. Da hatten wir sie erstversorgt und sie danach zum Tierarzt gebracht. Der Tierarzt machte nach der ersten Behandlung sofort eine Anzeige. Da es nicht nur Tierquälerei war, sondern auch verboten war Fangeisen im Wald aufzustellen. Diese Katze, die wir damals aus den Fangeisen befreit hatten und somit auch Ihr Leben retteten. Lag mir heute noch sehr am Herzen. Denn diese liebe Katze war heute meine Hauskatze, Bärli! Heute erfreute sie sich ihres Lebens und war so hoffte ich auch sehr Glücklich, da sie immer schnurrte wenn wir sie streichelten. Seither war ich aber auch der Meinung, dass sich jeder freuen durfte wenn er jemanden helfen konnte der Hilfe benötigte. Diese Katze brauchte damals sehr dringend die Hilfe von uns Menschen und ich war sehr Stolz auf meinen Papa und auch auf mich, dass wir ihr diese Hilfe gegeben konnten! Da spürte man im Herzen, egal ob Mensch oder Tier,

wir alle gehörten zusammen. Diese Lebenseinstellung werde ich für immer in meinem Herzen bewahren. Deshalb freute es mich immer wieder, wenn ich jemand helfen konnte. Da die Freude danach umso größer war die man in sich verspürte. Die Arbeit die man bei so einer Rettung hatte, war dagegen nur Nebensache. Doch all dies waren Gefühle die leider nicht alle Menschen verstanden oder verstehen wollten. Doch diejenigen die wirklich darum bemüht waren machten es desto besser. Vielleicht konnte man nur so diejenigen zur Einsicht bringen, die es bis heute nicht verstanden hatten zu Lieben und zu Leben!
Sieh einmal Christian, rief mir Wolfgang zu. Da vorne sehe ich eine kleine Höhle. Warum läufst Du jetzt so schnell, rief ich Wolfgang nach? Ich wollte nur einmal schnell hineingreifen ob sich darin ein Schatz verborgen hält. Denn mein Schulfreund Tommy hatte mir einmal erzählt, dass sich in unseren Wald ein Goldschatz verborgen hält der vor sehr langer Zeit hier vergraben wurde! Was Wolfgang, dieses Märchen glaubtest Du noch? Das da vorne war mit Sicherheit keine Schatzhöhle, sondern eine Fuchshöhle. Dies konnte ich Dir auf einer ganz einfachen Art und Weise zeigen. Ein Fuchs baute für seine Höhlen immer mehrere Ausgänge. Damit er flüchten konnte, wenn es notwendig sein sollte. Daran konnte man erkennen, dass sich auch die Tiere sehr gut schützen konnten. Aber sie auch sehr genau wussten was sie zu tun hatten, damit auch sie bei Gefahr und zur jeder Zeit, eine Fluchtmöglichkeit hatten.
Sie einmal Wolfgang, dort hinten gab es auch solche Höhlen. Und es gab sicherlich noch mehrere davon. Du musstest nur die Augen offen halten, dann konntest Du mit Sicherheit noch mehrere Höllen finden die der Fuchs gegraben hatte! Du kanntest doch sicherlich den Ausspruch „Du bist ein schlauer Fuchs“? Jetzt wusstest Du auch warum!
Man sollte jedoch auf keinen Fall in eine Höhle hineingreifen. Da Dir der Fuchs sehr leicht in die Hand beißen könnte. Da er mit Sicherheit sein Revier verteidigen würde. Dies könnte auf jedem Fall sehr schmerzhaft für Dich sein! Der Fuchs beißt sicher nicht, da er so wie sehr viele Menschen behaupten ein böses Tier war. Denn meistens flieht er durch einen anderen

Ausgang seiner Höhle den er gegraben hatte um die Flucht zu ergreifen. Nur wenn man ihm keinen Ausweg lässt, kam es zum Kampf! Deshalb sollte man nicht irgendwo hinein greifen, wenn man sich nicht sicher war was sich dahinter verbirgt.
Christian, ich hatte den Eindruck, dass Du ein kleiner Angsthase warst? Oder täuschte ich mich? Weist Du wirklich so genau darüber Bescheid, über das was Du mir heute erzähltest?
Ich gebe Dir Recht Wolfgang, bei solchen Dingen hatte ich doch ein wenig Angst in mir. Da ich nicht erkennen könnte, was sich in dieser Höhle befand! Doch diese Angst war berechtigt! Denn wenn ich hineingreifen würde und ich danach eine schlechte Erfahrung machen müsste, hätte ich danach noch sehr viel mehr Angst wenn ich eine Höhle sehen würde.
Ich meinte zu glauben Christian, dass ich verstanden hatte was Du mir mit diesen Worten sagen wolltest. Ich würde es mit Sicherheit nicht mehr machen, das verspreche ich Dir! Sieh mal, da vorne war ein Haselnussstrauch. Da könnten wir uns ein Pfeifchen basteln, so wie Du es mir erzählt hattest? Aber Wolfgang, das war ein junger Strauch und da möchte ich keinen Zweig abbrechen. Da wir diesem Strauch in seinem Wachstum verletzen würden. Das möchten wir doch nicht? Wir dürften und sollten auch keinen gesunden Baum verletzen! Woran erkanntest Du ob ein Baum gesund war oder nicht? Wenn ein Baum krank war, hatte er nicht so wunderbare und prächtige Äste wie dieser Baum. Aber auch die Farbe des Stammes sagte uns einiges. Jäh gleichmäßiger die Farbe, desto gesünder war der Baum!
Wieso kanntest Du Dich eigentlich so gut in unserer Natur aus wollte Wolfgang wissen? Wir waren doch im gleichen Alter und gingen in die gleiche Klasse zur Schule? Ich hatte Dir doch schon vorhin erzählt. Das wenn ich mit meinen Eltern spazieren ging, mein Papa immer und fast ohne Unterbrechung sprach. Da blieb bei mir so manches im Gedächtnis hängen und danach hatte ich schon wieder etwas Neues für mein weiteres Leben gelernt! Aber ich glaubte auch zu Wissen, das dies daran lag. Das ich für neues Wissen sehr aufgeschlossen war. Um nicht zu sagen, dass ich Neugierig war! Meine Eltern und ich hatten gemeinsam eine sehr schöne Vorstellung von der Natur, so wie es alle Menschen

in sich haben sollten. Mein Papa sagte mir einst einen sehr schönen Satz den ich niemals in meinem Leben vergessen werde. Dieser lautete! Geht es der Natur schlecht, dann würde es auch den Menschen schlecht ergehen! Sollte die Natur sterben, würden auch wir Menschen sterben! Er sagte aber auch, dass wir Menschen uns diese Worte immer vor Augen halten sollten. Nur dann könnten wir sehr viel Freude daran erleben was die Natur uns zu geben vermochte. Jedoch, sollten wir einst vergessen, was die Natur für uns Menschen bedeutete. Dann würde es uns sehr schlecht ergehen. Im ersten Augenblick erschienen diese Worte logisch. Doch wenn man genauer darüber nachdachte, verstand man den Sinn der sich dahinter verbarg! Ich hatte sehr oft über diesen Satz nachgedacht. Daher war ich mir heute sicher, dass auch Du über diesen Satz nachdenken würdest!
Doch jetzt genug der Worte, sagte Christian! Da vorne war ein Haselnussstrauch von dem wir einen Zweig abbrechen könnten. Da erhob Christian seine Hand und brach ein kleines Stück vom Zweig ab. Wolfgang, sieh mir jetzt sehr genau zu wie ich dies machte. Man schneidet ein Stück von zirka 5 cm ab. Du musstest aber sehr gut darauf achten, dass die Rinde an diesem Stück sehr glatt war. Da man die Rinde später im Ganzen abziehen musste. Doch zuerst musste man ein kleines V in das Holzstück schneiden, so wie ich es Dir jetzt vormachte. Doch sei dabei sehr vorsichtig, damit Du Dich dabei nicht verletztest. Danach musste man mit einem festen Gegenstand auf die Rinde klopfen. So lange bis sich die Rinde vom Holz löste. Nun ziehst Du die Rinde ganz vorsichtig von dem Holzstück. Doch nun musstest Du wieder sehr vorsichtig sein, damit Du beim herunterziehen der Rinde diese nicht zerdrücktest. Danach nimmst Du das lose Holzstück und schneidest es genau so aus, wie ich es jetzt vorzeigte. Es musste genauso aussehen wie dieses! Ein kleines V und ein flacher Schnitt über die ganze Länge des Holzes. Damit die Luft vorne auch wieder ausströmen konnte. Wenn dies alles fertig war, konnte man die Rinde wieder ganz vorsichtig darüber schieben. Der Ausschnitt der Rinde musste genau über dem V des Holzstückes sein, dann war die kleine Pfeife fertig. Jetzt konnte man tief einatmen und musste danach nur noch hinein

pusten. Dann erhältst Du den schönen Pfeifton der Natur. So hatte ich diesen Ton benannt. Das musste ich sofort einmal versuchen, sagte Wolfgang. Er holte tief Luft, hielt die Pfeife in seinen Mund und pustete mit voller Kraft die er in sich hatte hinein. Ein sehr lauter und schriller Ton hallte in diesem Augenblick durch den ganzen Wald! Was? Das funktioniert ja wirklich. Waren die ersten Worte von Wolfgang die er nach diesem Pfeifton von sich gab. Wenn ich ehrlich sein sollte, Christian. Ich hätte nicht gedacht, dass es so einfach war eine Pfeife zu basteln. Ich hatte mir vorhin auch schon gedacht, dass Du mir etwas vormachtest. Damit Du mir etwas erzählen konntest. Deshalb war ich schon sehr neugierig darauf was Du mir erzählen würdest, da es nicht geklappt hatte. Jedoch musste ich mir nun eingestehen, dass ich sehr erfreut war darüber das es so war wie Du es mir gesagt hattest!

Aber Wolfgang! Dieses kleine Beispiel zeigte doch nur, dass wir Menschen das einfachste dieser Welt nicht mehr wussten oder konnten. Da wir uns immer mehr der Maschinellen Erzeugung hingeben hatten. Denn auch die beste Maschine dieser Welt konnte nur das erzeugen, was einst sehr einfach begann! Wir könnten von der Natur fast alles erhalten was wir zum Leben brauchten. Doch wollten wir dies heute nicht mehr. Da die Maschinen alles schneller erzeugten und wir uns keine Gedanken mehr darüber machten, wie es eigentlich dazu kam.

So aber jetzt meinte ich, dass wir doch nach Hause gehen sollten. Da wir doch ein schönes Stück zu laufen hatten. Die eine Stunde die wir uns vorgenommen hatten, war schon bald vorüber. Da meine Mama sich sicherlich Sorgen machen würde, wenn ich nicht pünktlich nach Hause kommen würde. Da sie es von mir gewohnt war, dass ich sehr pünktlich war. Das war eine Eigenschaft von mir die ich schon immer in mir hatte und die ich auch in mir behalten möchte. Wir liefen jetzt ein wenig schneller und etwas zügiger die schönen Waldwege entlang und anschließend über die grünen Wiesen. Die Kühe die sich auf der Weide befanden, drehten ihre Köpfe nach uns um so als würden sie sich erfreuen uns zu sehen. Einige von den Kühen gaben einen lauten Schrei von sich, als ob sie uns begrüßen wollten.

Auch wenn es uns nicht bewusst war, begannen wir etwas schneller zu laufen. Unser schönes Haus sahen wir mit jeden Sprung den wir machten näher kommen. Einige kleine Hindernisse waren noch zu überwinden bis wir zu Hause angekommen waren. Die wir jedoch sehr gut meisterten. So als ob wir wie bei einem Hindernislauf schon darauf gewartet hätten, bis es etwas zu bewältigen gab! Wolfgang und ich versuchten so elegant wie nur möglich über jedes Hindernis das sich uns in den Weg stellte zu springen.
Ich sah schon meine Eltern, da sie im Garten hinter dem Haus arbeiteten und rief ihnen aus einiger Entfernung zu. Hallo Mama, hallo Papa, wir waren schon wieder zurück von unseren kleinen Ausflug im Wald. Hattet ihr auch ein wenig Spaß? Wollte mein Papa von uns wissen! Aber natürlich! Du wusstest doch, dass man immer etwas Schönes, interessantes und lustiges im Wald entdecken konnte, wenn man nur sehr genau auf alles achtete was man sah. Wir hatten sehr genau auf alles acht gegeben das wir sahen. Ich konnte Wolfgang auch sehr vieles zeigen, dass er bisher noch nicht gekannt oder gewusst hatte. Als ich aus vollem Munde unsere heutigen Abenteuer erzählte, hatte ich nicht bemerkt, dass mein Papa schon verschwunden war und uns nur noch meine Mama zuhörte. Als ich es dann doch bemerkt hatte, fragte ich Mama wo den Papa hingegangen war? Er musste noch einmal kurz zum Festzelt gehen. Da er dort noch einige Arbeiten erledigen musste. Damit das Festzelt auch innen rechtzeitig für das heutige Fest fertig sein würde. Du weißt doch, dass Papa bei solchen Arbeiten immer tatkräftig mitgeholfen hatte und sich das auf keinen Fall nehmen ließ. Er freute sich doch immer so sehr, wenn er anderen Menschen helfen konnte. Da diese Arbeit heute für unser schönes Dorf war, konnte ich mir sehr gut vorstellen das er sich heute ganz besonders darauf gefreut hatte und versuchen würde alles noch viel besser und schöner zu machen als er es sonst machte! Darf ich auch zu Papa gehen und ihn ein wenig bei der Arbeit helfen?
Nein Christian, Du würdest doch nur im Weg sein und Papa bei der Arbeit behindern. Übrigens würde Papa gleich wieder nach Hause kommen. Da er zu mir gesagte hatte, dass er zum

Mittagessen wieder zurück sein würde! Mama hatte noch nicht fertig ausgesprochen, da hörten wir schon als Papa nach Hause kam. Da er immer gepfiffen hatte, wenn er mit sich sehr zufrieden war. Wenn er nicht zufrieden war hörte man es auch, da sich dann sein Pfeifen anhörte wie ein Quietschen! Hallo meine Lieben, ich war schon wieder zurück. Da ich nur noch eine Kleinigkeit zu erledigen hatte. Eines konnte ich euch mit Sicherheit sagen, dass Dorffest konnte um 14 Uhr beginnen. Da nun alles vorbereitet war, was wir für unser erstes Dorffest das wir heute hatten brauchten!
Na dann meine Lieben, sagte Mama mit einer sehr zärtlichen und liebevollen Stimme zu uns. Gehen wir in das Haus und nehmen unser verdientes Mittagessen zu uns. Wenn wir dann mit dem Mittagessen fertig waren, könntet ihr mir noch beim Abwasch helfen? Natürlich Mama, das wusstest Du doch! Wir meldeten uns immer freiwillig, wenn wir Dir helfen konnten. Da mein Papa etwas zögerlich zugestimmt hatte. Hatte ich es vorgezogen nicht mehr weiter zu sprechen. Da es sicherlich kein Fehler sein konnte, wenn auch ich einmal schweige. Doch bis zum Abwasch war noch ein wenig Zeit, da wir erst das Mittagessen zu uns nehmen mussten. Darum wollte ich diese Zeit genießen und wartete auf mein Essen!
An diesem Tag gab es ein Backhuhn mit Pommes. Das war meine Leibspeise. Denn, wenn ich schon etwas von einem Hühnchen hörte, lief mir das Wasser im Munde zusammen. Nachdem wir gegessen hatten, „dass einfach fantastisch war“ brachte uns Mama noch einen kleinen Nachtisch. Ich konnte nicht beschreiben was es war, aber man konnte sofort erkennen. Dass sie mit sehr viel Liebe zubereitet wurde!
Christian, Du musstest noch Deine Nachspeise aufessen. Damit Dir nicht schon am frühen Nachmittag wieder der Hunger überkam. Ich nickte mit vollem Munde. Da mein Mund bis zum letzten Winkel gefüllt war und ich von meinen Eltern gelernt hatte, dass man mit vollem Mund nicht sprechen durfte. Obwohl ich keinen Hunger mehr hatte und mein Magen bis zum Rand gefüllt war, schluckte ich die letzten Bissen herunter. Als ich wieder frei sprechen konnte, sagte ich zur Mama. Es machte

doch nichts, wenn ich schon bald wieder hungrig werde! Da es heute beim Dorffest auch Bratwürste gab. Darüber hatte ich mich schon informiert! Es hätte mich doch sehr gewundert, wenn Du das noch nicht erfahren hättest. Darum wagte ich auch zu sagen, dass Du ein kleiner Vielfraß warst, oder? Ja Mama, und jetzt wasche ich noch schnell das Geschirr ab. Damit ich es hinter mir hatte! Wenn ich dann mit dem Abwasch fertig war, gehe ich schon einmal zum Festzelt hinüber. Da ich vorhin schon gesehen hatte, dass einige Autos zum Parkplatz fuhren. Und außerdem möchte ich einen Sitzplatz für uns reservieren, der sehr nahe bei den Musikanten war.
Aber nun beginne ich mit dem Abwasch, damit ich den Teller nicht ohne Grund so lange in meiner Hand halten musste. Seit wann warst Du so erfreut über den Abwasch, wollte meine Mama wissen? Da Du sonst schon immer verschwunden warst, wenn es um den Abwasch ging? Heute hatte es einen bestimmten Grund. Denn wenn ich heute die schöne Reise nach Kanada gewinnen würde, dann musste doch alles sauber sein! Du warst Dir, so wie ich es jetzt erkennen konnte doch sehr sicher, dass Du diese Reise gewinnen würdest?
Aber natürlich Mama, ich möchte und ich werde diese Reise gewinnen! Da ich dann zum ersten Mal mit einem großen Flugzeug fliegen würde. Es musste doch wunderschön sein, so hoch in den Lüften zu schweben und auf die schöne Erde herunterzusehen. Dieses Gefühl musste unbeschreiblich sein und ich möchte es am eigenen Leib erleben!
Hattest Du keine Angst vor dem Fliegen, wenn man so hoch über den Wolken war, wollte Papa wissen? Nein, kam die Antwort fast zur gleichen Zeit als er mir diese Frage gestellt hatte! Warum sollte ich und vor was könnte ich Angst haben? Ich hatte ja auch keine Angst, wenn ich mit Dir im Auto mitgefahren war? Ha, ha, lachte meine Mama laut auf. Du hattest schon immer eine gute Antwort auf Lager, doch diese war eine der besten die ich von Dir bisher gehört hatte!
Doch jetzt beginne bitte mit dem Abtrocknen und wenn möglich ohne etwas zu zerbrechen. Nach einiger Zeit des Schweigens hatte ich es endlich geschafft! Darf ich jetzt zum Festzelt laufen

und mir schon so manches ansehen? Da ich schon jetzt wissen wollte was es alles zu sehen gab! In Ordnung Christian, sei aber bitte brav und vor allem vorsichtig. Wir werden in ungefähr einer Stunde, wenn wir uns fertig umgezogen hatten nachkommen. Jedoch eine Kleinigkeit hindert Dich noch daran, dass Du gehen konntest! Was denn Mama? Ich hatte doch alles zur vollsten Zufriedenheit erledigt! Ich wüsste wirklich nicht was ich noch zu tun hätte? Du musstest Dich noch umziehen! Damit Du für den heutigen Tag ein noch schönerer Junge warst als Du es sonst schon bist! Oh, darauf hätte ich mit Sicherheit vergessen. Das werde ich nun schnell nachholen. Damit ich Ordentlich aussehe und zum Dorffest gehen konnte. Nach einiger Zeit, als ich mich fertig umgezogen hatte und ich mein Äußeres auf Hochglanz gebracht hatte. Lief ich zurück in die Küche um mich für die kurze Zeit zu verabschieden bis auch meine Eltern zum Dorffest nachkommen würden.
Christian, ich wusste gar nicht, dass wir so einen hübschen Sohnemann hatten? Waren die ersten Worte meiner Mama als ich die Küche betreten hatte. Da würden sich die Mädchen aber sehr freuen, wenn Du sie Heute zum Schaukel einlädst! Am besten würde es sein, wenn Du Dir ein extra Taschengeld mitnimmst. Da Du es mit Sicherheit brauchen würdest. Denn so wie ich Dich kannte, würdest Du auch die Mädchen mit Süßigkeiten verwöhnen wollen?
Das war eine sehr gute Idee von Dir Mama. Nur müsstest Du mir ein wenig Geld geben. Da von meinem Taschengeld nicht mehr viel übrig war? Da kam wieder das alte Sprichwort zu tragen, dass Du mir vor einiger Zeit gesagt hattest! Es gab keinen Vorteil, ohne Nachteil! Waren dies nicht Deine Worte Mama? Ich hatte sie nicht vergessen!
Da nahm Papa seine Geldbörse zur Hand und fragte mich, wie viel ich den brauchen würde? Ohne zu Zögern sagte ich, so viel wie Du mir geben möchtest. Da Du doch sicherlich wusstest wie viel ich bei so einem Dorffest brauchen würde. Papa nahm ein wenig Geld aus seiner Geldbörse und gab es mir. Ich sah ihn an und fragte, ob dies nicht zu wenig sei? Mit Sicherheit war das so und dafür hatte ich auch einen sehr guten Grund. Wir machten es

so, wenn Du später wieder etwas Geld brauchtest. Dann kommst Du zu mir oder zur Mama und wir werden Dir wieder etwas geben! Denn wenn Du zu viel Geld bei Dir hättest und Du danach Deine Geldbörse verlieren würdest, wäre alles Geld verloren. Außer es fand jemand Deine Geldbörse und gab sie Dir zurück. Deshalb war es nur eine kleine Sicherheit für Dich, dass ich Dir nicht schon jetzt mehr Geld gab! Nun darfst Du zum Festplatz gehen.
Wenige Augenblicke später, als Christian das Haus verlassen hatte, sagte die Mama von Christian! Sieh mal wie schnell Christian laufen konnte. Er war nur noch wenige Schritte vom Festzelt entfernt. Wenn es etwas gab, das Christian gefällt und woran er Interesse gefunden hatte. War er schon immer einer der ersten erwiderte Christians Papa!
Als ich am Festzelt angekommen war, dachte ich mir wie groß dieses Zelt doch war. Es sah einfach überwältigend aus. Mit jedem Schritt den ich dem Zelt näher kam wurde es immer größer. Es erschien mir als wurde sich das Festzelt bis in den Himmel erheben. Aber auch der Vergnügungspark erweckte schon langsam meine Neugier. Da er sich von seinen Umrissen die ich bisher gesehen hatte löste und immer mehr Wirklichkeit für mich wurde.
Hallo, rief eine sehr tiefe und raue Stimme nach mir! Hallo erwiderte ich. Sie waren es, Herr Koller! Ja Christian ich war es und ich hätte eine Frage an Dich! Hattest Du schon eine Eintrittskarte für das heutige Dorffest? Da Du sicherlich erkennen konntest, dass ich dafür verantwortlich war! Nein, eine Eintrittskarte hatte ich nicht bei mir. Erwiderte ich fast erschrocken und hatte ein ungutes Gefühl in mir als ich dies zu Herrn Koller sagte. Doch meine Eltern würden jeden Augenblick nachkommen und für mich eine kaufen! Es tut mir sehr leid Christian, doch ohne Eintrittskarte konnte ich Dich nicht zum Festplatz gehen lassen. Du könntest doch später wiederkommen, wenn Deine Eltern mit dabei waren?
Nein Herr Koller, war meine enttäuschte Antwort! Ich möchte doch bitte hinein. Da ich mich doch schon so sehr auf dieses Dorffest gefreut hatte. Doch warten sie Herr Koller, ich hatte ein

wenig Taschengeld bei mir, dass müsste doch für eine Eintrittskarte reichen, oder? Aber natürlich Christian!
Dieses Geld war eigentlich für den Vergnügungspark gedacht. Aber was sollte es? Nun hatte ich auch die Hoffnung in mir, dass diese Karte die ich mir nun selbst kaufen würde den heutigen Hauptgewinn machen könnte! So hatte ich nicht sehr lange überlegt und sagte zu Herrn Koller, das er mir die Karte mit dem Hauptgewinn für den heutigen Abend verkaufen sollte! Da lachte Herr Koller ein wenig herzhaft und sagte zu mir! Es könnte sein das es diese Karte war die den Hauptreis gewinnen würde. Doch dies erhofften sich heute sehr viele Besucher die zu unserem heutigen Dorffest kamen. Doch warum sollte es nicht so sein? Ich wünschte Dir sehr viel Glück! Sieh einmal Christian, diese Zahl auf Deiner Eintrittskarte war eine sehr schöne Zahl. Sie lautete 1001! So wie es auch ein schönes Märchen gab das ich kannte!
Das musste doch eine Glücksnummer sein dachte ich mir. Dieses Glück möchte ich heute erleben. Dies waren meine Gedanken die ich laut von mir gab. Ich konnte es schon nicht mehr erwarten bis es so weit war und die Verlosung der Preise beginnen sollte! Doch darauf musste ich noch einige Zeit warten.
Somit ging ich erst einmal auf den Festplatz. Da ich mir doch alles ansehen wollte. Vor allem den Vergnügungspark! Als ich den Vergnügungspark betreten hatte, sah ich auch schon meine Tante Stefanie und meinen Onkel Franz Josef. Hallo Tante Stefanie, ich war auch schon hier rief ich ihnen zu! Hallo Christian, warst Du noch alleine oder waren Deine Eltern auch schon hier am Festplatz? Ich war derzeit noch alleine, doch meine Eltern müssten jeden Augenblick nachkommen. Da sie sich nur noch etwas Schönes für dieses Fest anziehen wollten um danach nachzukommen.
Wenn Du möchtest, könntest Du uns ein wenig begleiten? Dabei würden wir uns mit Sicherheit so einiges ansehen woran auch Du Freude finden konntest? Ja ich war damit einverstanden! Wo waren den Jürgen und Silvia? Fragte ich sehr neugierig! Da ich sie bisher nirgendwo sehen konnte. Sie waren schon zum Vergnügungspark gegangen und suchten sicherlich schon nach

Dir. Da sie wussten, dass auch Du heute zu diesem Fest kommen würdest! Na dann gehen wir, wir würden sie schon finden.
Was war denn das für eine Halle wollte ich von Onkel Franz Josef wissen? Das war eine Spielhalle! Wo man so allerlei Spielchen machen konnte. Möchtest Du einmal hineingehen und es Dir ansehen? Ja, warum den nicht! Sieh doch Christian, dieser Automat da vorne war mit Sicherheit etwas für Dich. Da konnte man mit einem Auto fahren, fast so als würde man auf einer echten Rennstrecke fahren. Es war aber nicht so einfach wie du es Dir vielleicht vorstelltest. Da Dir nur eine gewisse Zeit vorgegeben wurde, in der Du die Strecke bewältigen musstest. Jäh schneller Du warst, desto länger durftest Du mit dem Auto fahren. Wenn Du aber zu langsam warst, schaltete sich der Automat aus und Du musstest wieder ein Geldstück nachwerfen. Am einfachsten würde es sein, wenn Du es einmal versuchen würdest. Hier hattest Du eine Münze und versuche Dein Glück aber auch Dein Geschick! Sei bitte nicht enttäuscht, wenn es nicht so laufen würde wie Du es Dir vorgestellt hattest! Ich werde Dir dabei ein wenig zusehen. Damit ich Dir etwas helfen könnte, wenn es nötig sein sollte! Und los ging es, dieses Auto wurde immer schneller. Ich konnte doch gar nicht so schnell lenken wie das Auto fuhr. Fast jedes Mal hatte ich einen Unfall und ich konnte nichts dagegen machen!
Onkel Franz Josef. Ich möchte Dir sagen, dass dieses Spiel nicht so lustig war wie ich es mir vorgestellt hatte. Da ich mich daran nicht so richtig und mit ganzem Herzen erfreuen konnte. Na ja Christian. Es kam immer nur darauf an, wie gut Du fährst und wie gut Du den Automaten kanntest. Denn jeder Automat mit seinen verschiedenen Spielen, hatte auch seine Schwierigkeiten. Man wollte ja auch, dass Du ein paar Münzen nachwerfen musstest um weiterspielen zu können!
War es das, was man damit wollte? Sehr gut erkannt Christian! Jetzt wusstest Du aber auch, dass man mit diesen Automaten nicht Spielen sollte! Man möchte Dir ein wenig Freude bereiten. Doch dafür wollte man von Dir, Dein schwer verdientes und erspartes Taschengeld. Als ich dies erkannt hatte, hatte es mir doch ein wenig die Freude am Vergnügungspark genommen.

Christian ich schlage vor das wir uns weiter umsahen. Da es mit Sicherheit noch sehr vieles interessantes zu sehen gab.
Sieh mal Onkel Franz Josef, da kamen schon die Musikanten. Sie hatten sich eine wunderschöne Tracht für das heutige Fest übergezogen. Wenn sie auch so schöne Musik machten wie sie aussahen, dann würde es mit Sicherheit ein sehr schönes und wunderbares Fest werden! Nach einigen Augenblicken sah ich auch schon Jürgen herumtollen. Da er sich sehr lustig und munter vergnügte. Hallo Jürgen rief ich ihn erfreut zu, hier war ich. Er hob seinen Kopf, sah sich um und als er mich gesehen hatte lief er so schnell er konnte zu mir. Hallo Christian, ich hatte Dich schon gesucht! Wo warst Du den so lange? Ich war ein wenig mit Deinen Eltern unterwegs und hatte mir so einiges angesehen bis ich Dich jetzt gesehen hatte! Wollten wir ein wenig den Musikanten zusehen, fragte ich ihn? Ja von mir aus könnten wir dies sehr gerne tun.
Ich hatte bisher immer gedacht, dass die Musikanten auf die Bühne kamen und mit der Musik begannen. Doch jetzt sah ich zum ersten Mal, dass die Musikanten alles vorbereiten mussten. Bis es dann endlich soweit war, sollte noch ein wenig Zeit vergehen. Nach einigen Augenblicken hatten die Musikanten die Bühne betreten und begannen langsam und mit großer Sorgfalt ihrer Instrumente einzuspielen. Ich sah ihnen sehr aufmerksam zu. Da ich noch nie gesehen hatte, was die Musikanten alles machen mussten bis sie mit der Musik beginnen konnten.
Hallo Christian, wir waren auch schon hier riefen mir meine Eltern aus einiger Entfernung zu. Wie wir sehen konnten, hatten sich Deine Tante Stefanie und Dein Onkel Franz Josef ein wenig mit Dir beschäftigt. Aber natürlich Mama. Hattet Ihr euch vielleicht gedacht, dass ich mich langweile wenn ihr nicht bei mir wart? Nein, dass mit Sicherheit nicht!
Tante Stefanie und Onkel Franz Josef hatten mir ein wenig gezeigt wie das hier beim Dorffest so vor sich ginge. Ich hatte sogar versucht am Spielautomaten mit einem Auto zu fahren. Doch dies entsprach nicht meiner Vorstellung von Spaß und Unterhaltung wie ich sie kannte. Ich musste es einmal versuchen um zu erkennen, dass es nicht das war was ich mir an Freude

vorgestellt hatte. Es gab schöneres, dass ich kannte! Doch danach hatte ich die Musikanten gesehen und nur noch zugesehen was sie so alles machten. Es war einfach erstaunlich zu sehen was die Musikanten alles machen mussten, bis sie mit dem Musikspielen beginnen konnten. Die schöne Tracht die sie an sich trugen war sagenhaft. Papa, wenn ich einmal groß bin möchte auch ich ein Musikant werden. Doch bis dahin hatte ich noch ein wenig Zeit und wer konnte schon wiesen, was in dieser Zeit noch alles kommen sollte?
So meine Lieben, jetzt waren wir alle beisammen. Kommt mit in das schöne Festzelt. Ich hatte ganz vorne und sehr nahe bei den Musikanten einen Sitzplatz für uns reserviert. Nachdem wir uns an den Tisch der für uns reserviert war gesetzt hatten, erklang auch schon der erste Tusch von den Musikanten und die Aufforderung an alle Festbesucher, dass dieser Abend ein schönes und stimmungsvolles Fest für uns alle werden sollte! Nach einiger Zeit begann unser Herr Bürgermeister mit einer Ansprache die sehr locker und allgemein gehalten war. Der Bürgermeister begrüßte einige Damen und Herren die am Zustandekommen dieses Festes mitgeholfen hatten und erklärte danach, unser erstes Dorffest für eröffnet.
Man konnte die Anspannung in den meisten Gesichtern die für das Fest verantwortlich waren erkennen. Da niemand wusste wie das erste Dorffest verlaufen würde! Für mich war es noch viel mehr als nur ein Dorffest. Es war das erste Fest, dass ich in meinen bisherigen jungen Leben erfahren durfte. Die Musik erklang so herrlich und wunderschön, sodass sich alle Festgäste daran erfreuten. Ich konnte und wollte nicht mehr auf meinem Platz sitzen bleiben. Da es für mich wie ein Traum ohne Ende war. Einen Traum den man sehr gerne in seinem Herzen trägt und niemals in seinem Leben vergessen möchte.
Papa, ich gehe jetzt zum Vergnügungspark um mich ein bisschen umzusehen, was da alles vor sich ging. Warte noch ein wenig Christian. Da vorne kam schon die Kellnerin, dann konntest Du Dir eine Limonade bestellen. In Ordnung! Dann warte ich noch ein wenig und trinke zuvor noch etwas bevor ich in den Vergnügungspark gehe! Als die Kellnerin sich langsam durch die

Menschenmenge zu uns vorgearbeitet hatte und Ihren Bleistift zur Hand nahm, sagte mein Papa mit einer sehr zielsicheren Stimme. Wir bekamen vier Bier und was möchtest Du trinken Christian? Ich bekomme bitte auch ein Bier, sagte ich ein wenig überrascht! Ha, ha, lachte alles an unserm Tisch und Papa sagte! Das konnte es doch nicht sein mein Junge! Du warst noch viel zu jung und zu klein um ein Bier trinken zu dürfen. Na wenn das so war, bringen Sie mir bitte eine Limonade.
Als ich sah, wie die Kellnerin den Bleistift hin und her bewegte, wusste ich, dass ich nun das richtige zu trinken bestellt hatte. Somit waren alle Wünsche an unserem Tisch aufgenommen und wir mussten nur noch mit etwas Geduld auf unser Trinken warten. So ging es einige male hin und her. Bis ich mich danach entschlossen hatte den Tisch zu verlassen um ein wenig in den Vergnügungspark zu gehen.
In meinen Augen erschien mir der Vergnügungspark wie ein kleines Wunderwerk. Alles drehte und freute sich. Da brauchte es nicht sehr viel Zeit, bis auch ich so richtig in toller Stimmung war. Als alle so richtig lustig waren und sich beim Tanzen erfreuten, verstummte wie aus Geisterhand die schöne Musik. Es wurde auf einmal sehr leise!
Herr Koller, der vorhin noch die Eintrittskarten verkauft hatte. Begann erst etwas zögernd, doch dann fast wie gekonnt in das Mikrofon zu sprechen. So meine lieben Festbesucher sagte er, alles aufgepasst! In wenigen Augenblicken schreiten wir zur unserer so glaubte ich doch schon ersehnter Preisverlosung. Da ich mir nicht vorstellen konnte, dass es jemanden unter uns gab der nicht schon mit Spannung darauf gewartet hatte? Deshalb möchte ich euch nicht länger auf die Folter spannen!
Als ich diese Worte vernommen hatte, lief ich ohne Rücksicht auf die anderen zu meinen Sitzplatz zurück. Wo bereits meine Eltern mit offenem Mund auf die Tribüne starrten. Ich holte so schnell ich konnte meine Eintrittskarte die ich mir selbst gekauft hatte hervor. Damit ich die Nummer die sich darauf befand, immer und zur jeder Zeit vor meinen Augen hatte. Da ich nun mit meinen Ohren auf das hören musste, was aus dem Lautsprecher kam und mit meinen Augen sehen wollten was für

eine Nummer auf meiner Eintrittskarte stand! Als die Ansprache von Herrn Koller vorbei war, konnten wir alle mit ansehen wie die Abrisse der Eintrittskarten die an diesem Tag verkauft wurden in eine sehr große Trommel gegeben wurden.
Die Augen aller Anwesenden waren auf die bis obenhin voll gefühlte Trommel gerichtet. Herr Koller erhob seine rechte Hand und begann sehr langsam zu drehen. Es kam mir vor als ob sich die Trommel in der sich die Eintrittskarten befanden, erst gar nicht überschlagen wollte. Jedoch drehte Herr Koller dann immer schneller, bis er mit all seiner Kraft die er in sich hatte die Trommel zum erzittern brachte. Mir kam es vor als würde schon im nächsten Moment die Trommel aus seiner Verankerung springen. Nach einiger Zeit des Drehens, nahm er seine Hände von der Trommel und ließ sie langsam auslaufen. Der Blick auf die Trommel und das langsamer werden liefen vor meinen Augen und auch aller die anwesend waren wie in Zeitlupe ab. Bis sie endlich zum Stillstand gekommen war. Ein erwartungsvolles und leises Stöhnen ging nun durch die Menschenmenge und jeder von uns hatte die Hoffnung in sich, dass er nun der Gewinner sein würde? Alle Anwesenden starrten nun mit einem glitzernden Blick auf ihre Eintrittskarten und erhofften sich, dass ihre Nummer aufgerufen werden würde.
Herr Koller griff nun in die Trommel und zog die jeweiligen Nummern für die verschiedenen Preise heraus. Alle die schon einen Preis gewonnen hatten erfreuten sich sehr daran. Nur ich konnte keine Freude verspüren, da es nur mehr einen Preis zu gewinnen gab. Den Hauptpreis!
Fast alle hielten nun den Atem an als Herr Koller abermals und mit Sicherheit zum letzten Mal in die Trommel griff um die Krönung des Gewinnspieles mit dem Hauptpreis unseres ersten Dorffestes zu beenden. Er nahm den Kartenabschnitt aus der Trommel und starrte einige Zeit darauf. Sodass wir schon glaubten, dass er die Nummer darauf nicht lesen konnte. Doch dem war nicht so! Er erhob sein Gesicht und blickte in die Menschenmenge die auf ihn starrte. Danach sprach er sehr laut und mit etwas zittriger Stimme in das Mikrophon das er in seiner Hand hielt. So als ob er vergessen hätte, dass er ein Mikrophon in

der Hand hielt und wir ihn nicht hören könnten, wenn er nicht so laut sprechen würde! Die ersten Worte die Herr Koller sprach waren! Meine lieben Festbesucher. Diese Eintrittskarte auf der sich diese Nummer befand, hatte ich heute Nachmittag selbst verkauft. Dies konnte ich mit Sicherheit sagen. Da ich denjenigen der diese Karte bei mir gekauft hatte, sonst nicht in das Festzelt gelassen hätte. Er hatte mir sein letztes Taschengeld gegeben, das er bei sich hatte und bat mich ihm diese Eintrittskarte zu geben die heute den Hauptpreis gewinnen sollte. Doch nun möchte ich euch nicht länger auf die Folter spannen. Der Gewinner des heutigen Hauptpreises und somit Gewinner des Fluges nach Kanada war der Kartenbesitzer mit der schönen Nummer, 1001!

Ich starrte auf meine Eintrittskarte und konnte kein einziges Wort von mir geben. Doch da erhob Herr Koller abermals seine Stimme! Christian, Du hattest richtig gehört! Komm auf die Bühne und Du durftest Dir deinen Gewinn bei mir abholen!

Ein sonderbares Gefühl durchlief in diesem Augenblick meinen kleinen Körper. Ich konnte mich im ersten Moment, als meine Nummer aufgerufen wurde nicht bewegen und starrte nur noch auf meine Karte die ich in meinen Händen hielt! Danach kamen mir die Tränen die sich über mein kleines und sehr erfreutes Gesicht ergossen. Ich war durch diese Freude so benommen, dass ich im ersten Moment nicht wusste was ich machen sollte. In weiter Ferne hörte ich wie die Festbesucher klatschten und sich mit mir über meinen Gewinn erfreuten. In diesen Augenblick meines gedankenlosen Daseins, nahm mich meine Mama an der Hand und ging mit mir auf die Bühne zu Herrn Koller. Dieser Weg zur Bühne erschien mir wie ein Traum. Da ich ihn jedoch erlebte, wusste ich nicht wie mir dabei geschah!

Auch ich freute mich mit Dir über den schonen Gewinn, sagte Herr Koller zu mir. Ich wünschte Dir sehr viel Spaß mit dieser Reise die Du nun mit nach Hause nehmen durftest. Allmählich begann ich zu verstehen, dass ich es war der den Hauptpreis gewonnen hatte. Das Fest wurde für mich nun ein Traum der nie zu Ende gehen sollte. Ich konnte es noch immer nicht glauben, das ich es war der den Hauptpreis gewonnen hatte. Doch ich

hatte den Gewinn bei mir in meinen Händen! Immer und immer wieder, hörte ich die Worte von Herrn Koller. Du hattest gewonnen! Diese Worte erklangen sehr lange in mir und wollten mich nicht mehr loslassen.
Nach einer kurzen Zeit hatte ich erkannt, dass mein Wunsch den ich heute Morgen hatte. In Erfüllung gegangen war. Ich war der glücklichste Junge den man sich auf dieser Welt vorstellen konnte. Mein Papa schüttelte den Kopf und sagte zu mir, alles hätte ich Dir zugetraut mein Junge aber sicherlich niemals das Du diese Reise auf die sich so viele freuten gewinnen würdest! Du durftest mir glauben. Das ich mich mit Dir genauso darüber freute so wie Du Dich darüber freutest, dass Du Deinen Traum von heute Morgen wahr gemacht hattest. Ich war hier und heute sehr Stolz auf Dich und würde es auch immer sein! Das verspreche ich Dir! Papa, das sehe ich. Denn wenn ich in Deine Augen sehe, erkannte ich wie sehr wir uns alle erfreuten. Deshalb war auch meine Freude um sehr vieles größer, da ihr die Freude mit mir teiltet. Dabei sah ich immer wieder auf den schönen Gewinn den ich von Herrn Koller erhalten hatte. Nach diesem schönen Erlebnis war für mich der Spielpark nicht mehr das was er noch vor kurzer Zeit für mich gewesen war. Etwas auf das ich mich heute Morgen so sehr gefreut hatte. Denn nun hatte ich eine andere Freude in mir.
Die Zeit verging nun wie in einen Flug und der Abend meiner Träume ging sehr schnell an mir vorbei, sodass schon die Zeit gekommen war nach Hause zu gehen. Beim Nachhauseweg glitzernden die Sterne, so als wollten sie mir den Weg nach Hause erleuchten. Da ich doch schon sehr müde war, freute ich mich auf mein Bett. Um diesen Tag, den ich heute erleben durfte in die sanfte Ruhe der Nacht zu legen. Als wir zu Hause angekommen waren. Ging ich in mein Zimmer, legte mich in mein Bett und entschwand in einem sanften Schlaf!
Am nächsten Morgen an dem ich voller Freude in meinem Herzen erwachte, wurde mir erst richtig bewusst was dieser Gewinn für mich für eine Bedeutung hatte. Zuerst wollte ich nicht aus meinem Bett, da ich Angst hatte, dass dies nur ein Traum gewesen sein könnte und dies all meine Träume zerstören

könnte. Doch dann sprang ich aus meinem Bett um den neuen Tag mit Freude zu begrüßen.
Guten Morgen Mama, guten Morgen Papa! Ich war am heutigen Tag so glücklich wie ich es noch niemals zuvor war. Da ich die schöne Reise nach Kanada gewonnen hatte. Wann darf ich den nach Kanada fliegen, fragte ich meine Mama? Alleine konntest Du nicht nach Kanada fliegen! Darum hatten wir uns entschlossen, dass ich mit Dir fliegen werde. Denn wenn wir alle drei fliegen würden, könnten wir uns diese Reise nicht leisten. Deshalb würde Papa zu Hause bleiben. Da er möchte, dass ich mit Dir komme und etwas von der schönen großen Welt sehe. Genauso wie Du es sehen würdest!
Ich möchte aber auch, dass Du mit uns mitkommst Papa? Da wir drei sicherlich schöne Dinge erleben würden! Du müsstest doch einsehen Christian, dass es für uns nicht so einfach war. Jedoch meine ganze Freude die ich in mir hatte und all meine Gedanken würden zur jeder Zeit bei euch im Herzen sein. Das verspreche ich Dir!
Der Flug war für Freitag gebucht und Ihr würdet am nächsten Sonntag wieder bei mir zu Hause sein. Dann könntet ihr mir erzählen und berichten, was ihr so tolles in der weiten Welt erlebt und gesehen hattet. Von Dir Christian, erwartete ich mir etwas ganz besonderes. Bring mir ein Wissen über etwas mit, das ich bis heute noch nicht kannte! So das auch ich etwas Neues von Dir lernen könnte. Natürlich Papa, ich würde schon etwas finden das ich Dir dann zeigen könnte. So wie Du mir schon sehr vieles gezeigt hattest.
Die Zeit, schien in dieser Woche einfach still zu stehen. Sie wollte oder konnte nicht mit diesem Tempo voranschreiten, wie ich es gewohnt war. Doch endlich war es soweit. Der Freitag auf den ich schon schweren Herzens gewartet hatte, war gekommen. Der lang ersehnte Augenblick meiner Träume konnte nun in Wirklichkeit übergehen! Heute begann für mich ein Abenteuer wie ich es in meinem Leben noch nicht erlebt hatte. Ich kroch schon sehr früh aus meinem Bett. Da die Unruhe vor dem Ungewissen in mir immer größer wurde und ich nicht mehr im Bett bleiben konnte. Was sollte ich auch im Bett noch tun? Da

ich nicht mehr schlafen konnte! Meine Erwartungen für den heutigen Tag waren in mir einfach zu groß!
Meine Eltern lagen noch in einem erholsamen Schlaf. Da ich im Haus noch keine Laute vernehmen konnte. Da begab ich mich schon sehr Früh in das Badezimmer, wo ich mich der morgendlichen Körperpflege unterzog. Als es schon sieben Uhr wurde, ging ich in das Schlafzimmer meiner Eltern um sie zu wecken. Da ich die Erwartung für den heutigen Tag, alleine nicht mehr ertragen konnte. Meine Eltern sahen mich im ersten Augenblick sehr erstaunt an. Da sie sahen, dass ich schon reisefertig war. Ich verließ ohne ein Wort zu sagen wieder das Schlafzimmer meiner Eltern. In der Hoffnung, dass auch sie jeden Augenblick nachkommen würden.
Als nach einiger Zeit meine Eltern zur Küche herein kamen. Waren sie sehr überrascht als sie sahen, dass ich das Frühstück für uns schon vorbereitet hatte. Daran konnten auch meine Eltern erkennen, dass ich mich auf den heutigen Tag schon sehr freute. Als wir das Frühstück gemeinsam eingenommen hatten, brachte meine Mama die Küche noch schnell in Ordnung und machte sich danach Reisefertig.
Als ich bei Mama schon zum dritten Mal nachfragte, ob sie Reisefertig sei, „sagte sie endlich“ von mir aus könnten wir jetzt fahren! Dies waren die einzigen Worte die ich hören wollte und auf die ich schon so sehnsüchtig gewartet hatte. Endlich war es soweit!
Papa holte in der Zwischenzeit, als wir aus dem Haus gegangen waren das Auto aus der Garage und verstaute unsere Koffer die wir bei uns hatten im Kofferraum. Danach rief er mit etwas leiser Stimme, kommt meine Lieben! Ich war soweit. Die Fahrt zum Flughafen schien unendlich zu sein und wollte kein Ende nehmen. Doch endlich konnte ich den Flughafen sehen. Aus dem Auto heraus konnte ich schon erkennen, wie einige Flugzeuge gestartet waren um in die weite Ferne zu reisen.
Als wir in der Wartehalle waren, sahen wir einige Flugzeuge auf der Rollbahn stehen. Da fragte ich. Ob dieses schöne Flugzeug was mir so herrlich erschien, dass Flugzeug sei mit dem wir nach Kanada fliegen werden? Doch dies wussten wir noch nicht. So

fragte ich mich bei jedem Flugzeug das ich sah, ist es dieses oder jenes? Ich konnte es nicht mehr erwarten das Flugzeug zu sehen, das uns nach Kanada fliegen sollte! Nach einiger Zeit des Wartens, kam endlich der Aufruf zum Flug 401 nach Kanada. Mein Herz begann wie verrückt zu schlagen. Da ich nun mit Sicherheit wusste, dies war das Flugzeug mit dem wir in die weite Ferne reisten!
Papa sagte zur Mama, sie sollte gut acht geben auf sich und auch auf mich. Danach gab er Ihr einen dicken Abschiedskuss und sie sahen sich noch einige Zeit in die Augen. Es kam ein leises aber doch hörbares, auf Wiedersehen!
Wir gingen durch eine große Glastüre die sich vor uns öffnete hindurch und gelangten so auf das äußere des Flughafengeländes. Es wartete schon ein Bus auf uns der uns zum Flugzeug bringen sollte. Schon diese Fahrt zum Flugzeug, war für mich so aufregend. Das mir die Knie zu zittern begannen. Über den Lautsprecher erklang danach die Stimme des Fahrers der zu uns sagte, dass wir den Bus nun verlassen könnten um in das Flugzeug einzusteigen.
Es war einfach wunderschön die Treppen empor zu steigen. Ich hatte solche Freude in mir, dass ich alle Stufen die ich emporstieg gezählt hatte. Es waren genau 22 Stufen. Ich drehte mich noch einmal um und genoss den schönen Ausblick von oben herab. Für mich war es ein herrliches Gefühl hier oben zu stehen.
Als die Flugbegleiterin mein Ticket in die Hände nahm um mir meinen Sitzplatz zu zeigen, fragte sie mich mit freundlichen Worten wohin meine Reise ginge? Meine Antwort war schlicht und einfach, ich fliege nach Kanada! Da kam auch schon die Antwort von der Flugbegleiterin mit einem Lächeln in ihrem Gesicht. Dies hatte ich mir schon gedacht, da dies ein Direktflug war und Du nirgends aussteigen könntest! Dein Sitzplatz war ganz vorne erste Reiche links, sagte sie danach zu mir und auch zur meiner Mama und wünschte uns danach einen angenehmen Flug.
Wir gingen langsam aber zügig in das innere des Flugzeuges. Es kam mir vor wie ein Märchen das ich erlebte. Ich setzte mich

sofort an den Fensterplatz. Da ich diesen Sitzplatz für mich hatte. Dies stand ja so auf meinem Flugticket.
Der Sitzplatz war so angenehm und anschmiegsam wie mein Wohnzimmersessel der zu Hause stand und noch eine weile auf mich warten sollte. Als ich meine ersten Blicke aus dem Fenster warf, sah ich Papa ganz alleine und einsam auf dem Flughafengebäude stehen. Mama sieh einmal, dort drüben war Papa und winkte uns mit seinem Taschentuch zu! Ich winkte sofort zurück und auch Mama nahm ein Taschentuch zur Hand und begann zu winken. Wir waren uns nicht sicher, ob Papa es auch sehen konnte. Doch wir spürten in uns, dass dies so war.
Da kam auch schon eine Durchsage über den Lautsprecher. Wir bitten alle Fluggäste sich nun anzuschnallen, da wir in Kürze starten werden! Mama, warum mussten wir uns anschnallen? Dies war nur eine Vorsichtsmaßnahme, die gab es bei jedem Start und bei jeder Landung. Ach so, dann machte ich es auch. Mein Gurt war nun angelegt, von mir aus könnten wir starten. Ich wurde schon sehr neugierig auf den Moment, indem sich das Flugzeug in die Lüfte erheben würde! Ich konnte es vor Neugier nicht mehr erwarten. So wurde ich immer nervöser und sah auf alles was um mich herum geschah.
Doch dann begann sich das Flugzeug langsam in Bewegung zu setzen. Es rollte mit langsamer Geschwindigkeit zur Startbahn. Nach einiger Zeit blieb es wieder stehen. Auf einmal, fuhr das Flugzeug los und wurde immer schneller. Da bemerkte ich auch schon, dass wir uns in die Lüfte erhoben. Ein neues Gefühl besonderer Art durchfuhr meinen kleinen Körper und es drückte mich immer tiefer und tiefer in den Sitz hinein. Nach einigen Minuten des Steilfluges, sprach der Pilot zu uns und sagte. Wir hatten nun die Flughöhe erreicht und Ihr könntet die Sicherheitsgurte wieder lösen. Um den Flug so angenehm wie möglich zu genießen. Der Pilot sagte uns aber auch, dass alles so funktionieren würde wie es sein sollte. Er sagte uns auch, wie der weitere Flug vor sich gehen würde. Danach wünschte er uns allen einen guten und angenehmen Flug.
An diesem Tag war es sehr schön. Denn die Sonne erstrahlte die Erde unter uns mit allen Farben die man sich nur vorstellen

konnte. Die Erde zeigte sich in ihrer schönsten Pracht. So wie ich es noch niemals zuvor gesehen hatte. Man sah die Berge und die Täler, als wenn sie in einer einzigen Einheit verschmelzen würden. Nur an den wunderschönen Farben konnte man die Berge von den Tälern unterscheiden. Man sah, wie die Spitzen der Berge mit Schnee bedeckt waren und jeder Berg einen eigenen Glanz für sich hatte. Da Licht und Schatten sehr schön zu erkennen waren!
Von den Wolken herab, erschien es mir als wenn die Städte sehr nahe zueinander gebaut wurden. Doch dem war nicht so! Da ich wusste, wenn man mit dem Auto fährt. Es ein sehr weiter Weg war bis man die nächste Stadt erreichte. Ich konnte mit Worten nicht beschreiben wie sich unsere schöne Welt von hier oben zeigte. Man musste es mit seinen eigenen Augen sehen, um zu verstehen wie es Wirklich war! Alles erschien einem so friedlich und mit so einer schönen Eleganz als wären die Berge, Täler und die Städte eine einzige verzauberte Gemeinschaft.
Während dieser Zeit meines Innehaltens, erkannte ich warum meine Eltern und ich der Natur so sehr verbunden waren. Denn wenn man diese Schönheit in sich erkennen konnte, musste man sie auch im Herzen tragen und sie lieben!
Meine Mama sah nur ab und zu aus dem Fenster. Da sie ein wenig Angst vor der großen Höhe hatte. Aus diesem Grund konnte ich die schöne Aussicht für mich alleine in Anspruch nehmen. Doch sagte ich zur jeder Zeit meiner Mama, wenn es etwas Schönes zu sehen gab. Es dauerte nicht lange, da sah ich ein anderes Flugzeug das uns entgegen kam und in eine andere Richtung flog. Da sagte ich zur Mama. Da vorne sehe ich ein anderes Flugzeug. Wir sahen beide aus dem Fenster und beobachteten dieses kleine aber doch schöne Ereignis. Erst kam uns das Flugzeug sehr langsam näher, doch dann flog es sehr schnell an uns vorbei. Ich sagte zur Mama. Dass es sehr schade war, dass Papa nicht bei uns sein konnte. Denn er hätte die größte Freude daran gehabt, wenn auch er dies mit seinen eigenen Augen sehen könnte!
Christian! Wir hatten Dir doch erklärt warum wir nicht beide mitfliegen konnten. Außerdem musste Papa heute noch den

ganzen Tag in die Arbeit gehen. Den bei der Arbeit die er hatte, war es nicht so einfach kurzzeitig einige Tage frei zu bekommen! Ich war der Meinung Christian, dass es jetzt an der Zeit wäre das Du ein wenig schläfst? Du brauchtest nur den Sitz in die Position zu bringen wo Du Dich am wohlsten fühltest. Dann könntest Du ein wenig schlafen. Da es noch ein sehr langer Flug sein würde bis wir in Kanada landen werden! Aber Mama, was denkst Du den von mir? Wie sollte ich den bei so einem schönen Erlebnis das ich heute erleben durfte schlafen können? Wie Du möchtest. Doch ich werde nun versuchen ein wenig zu schlafen, da ich ausgeruht in Kanada ankommen möchte. Jedes mal, wenn wir über eine größere Stadt flogen, sprach der Pilot über Lautsprecher zu uns und sagte uns was dies für eine Stadt war. Hin und wieder erinnerte es mich daran und es kam mir so vor wie ein Bilderbuchvortrag den wir in der Schule hatten. Nur war dieser, den ich heute erleben durfte um sehr vieles schöner als der in der Schule!
Nach einiger Zeit erwachte meine Mama aus ihrem tiefen Schlaf. Da konnte ich ihr so einiges an Neuigkeiten erzählen was ich in der Zeit in der Sie die Erholung für sich gesucht hatte sah. Mama, war Papa auch schon einmal mit einem so großen Flugzeug geflogen fragte ich neugierig? Oh ja Christian! Es war vor zwei Jahren, da waren wir mit einem Flugzeug über unser schönes Dorf geflogen. Doch dies, müsstest Du doch noch wissen? Du warst ja auch mit dabei? Natürlich wusste ich das noch. Ich meinte doch mit einem so schönen und großen Flugzeug wie wir es heute erlebten! Nein, dass nicht! Doch wenn wir wieder zu Hause sind, werden wir Papa von diesem Flug erzählen. Dann würden wir mit Sicherheit irgendwann gemeinsam einen Flug in die Ferne unternehmen. Damit diese Freude die wir heute erlebten, wir eines Tages auch mit Papa teilen könnten.
Mama, weißt Du noch wie wir damals mit dem kleinen Flugzeug, ich glaube es war eine Fokker geflogen waren? Da hatte ich sehr große Angst. Dies war als wir über unser schönes Dorf geflogen waren. Da hatte der Pilot mit dem Flugzeug sehr heftig geschaukelt. Doch die Angst war sehr schnell vorbei als er zu uns

gesagt hatte. Dass er dies nur machte damit die Bewohner im Dorf die uns sehen konnten sofort erkannten, dass jemand aus ihrer Gemeinde im diesem Flugzeug war. Als wir dann wieder ruhig dahin geflogen waren, durfte auch Papa mit dem Flugzeug fliegen. Natürlich mit Hilfe des Piloten! Doch dies machte Papa sehr gut. Ich hörte auch wie Papa mit dem Piloten ein Gespräch führte. Er zeigte auf jedes Instrument und erklärte sehr genau für was es den sei. Danach antwortete Papa, dass es gar nicht so schwer sein würde so ein kleines Flugzeug zu fliegen. Jedoch das Wissen über das Fliegen war mit Sicherheit nicht so einfach wie es aussah! Denn wenn man beim Fliegen nur den kleinsten Fehler machte, konnte es sehr schnell zu einem großen Unglück kommen. Deshalb musste man zur jeder Zeit auf alles gut acht geben und immer wissen was man zu tun hatte. Das wenn etwas sein sollte, alle wieder sicher am Flugplatz ankamen!
Doch musste ich heute sagen, dass in diesem großen Flugzeug alles anders war. Hier war es sehr ruhig und sehr leise. Sodass man glauben konnte, man saß zu Hause im Wohnzimmer. Genauso empfand ich es in diesem Augenblick. So war es auch Christian! Deshalb werde ich jetzt wieder versuchen ein wenig zu schlafen! Mama lehnte sich in Ihrem Sitzplatz zurück und ich drehte meinen Kopf in Richtung des Fensters und sah hinaus und achtete auf alles was ich erkennen konnte.
Nach ungefähr einer Stunde, in der ich in meinen Gedanken versunken war unterbrach mich eine sehr angenehme Stimme die mich fragte. Ob ich ein Getränk haben möchte? Etwas zögernd antwortete ich, ich würde schon gerne etwas trinken doch meine Mama schläft und ich hatte kein Geld bei mir!
Die Frau von der die Stimme kam, sah mich erst fragend an und verzog ihren Mund in ein liebliches Lächeln. Bei mir brauchtest Du nichts zu bezahlen. Dies war alles im Service des Fluges inbegriffen! Später wenn Du Hunger verspürtest, werde ich Dir auch das Mittagessen bringen. Auch dies gehörte zu diesem schönen Flug den Du heute erleben durftest!
Ach so war das. Dann möchte ich bitte wenn es möglich war eine große Limonade! Ich komme gleich wieder zu Dir zurück, sagte sie sehr höflich und verschwand für einen kurzen Augenblick im

vorderen Teil des Flugzeuges. Nach kurzer Zeit kam sie wieder zurück und das mit einer großen Limonade in ihrer Hand und fragte mich, ob sie sich ein wenig mit mir unterhalten dürfte?
Ich war natürlich sofort einverstanden. Da ich mich für alles interessierte, dass ich noch nicht kannte. Doch wusste ich auch, dass diese Frau mir einiges erzählen konnte. Was ich bisher noch nicht wusste! Ihre erste Frage die Sie an mich gerichtete hatte war. Wo ich den hinreisen wollte? Da erzählte ich ihr, dass ich diese Reise bei unserm ersten Dorffest das wir hatten, gewonnen hatte!
Das war sehr schön für Dich! Da hattest Du doch sehr viel Glück an diesen schönen Abend? Denn so einen Gewinn wünschten wir uns doch alle so sehr. Doch Du hattest es geschafft, dass die Glücksfee zu dieser Zeit an Deiner Seite war! Es gab sehr wenige Menschen auf unserer schönen Welt, denen ein solches Glück widerfährt. Doch nun warst Du einer von den wenigen auf dieser Welt die das nötige Glück das sie suchten auch auf ihrer Seite hatten. Da heute dieses Glück für Dich zur Wirklichkeit wurde, musste es für Dich doch ein schönes Erlebnis sein? Darum freute auch ich mich für Dich, dass Du ein kleiner Gewinner warst!
Wohin geht Ihre Reise liebe Frau? Fragte auch ich sehr neugierig. Du darfst Eva zu mir sagen. Da dies mein Name war. Danke Frau Eva, das freute mich sehr. Mein Name war Christian, sagte ich mit etwas Freude die ich nun ich in mir hatte!
So machte ich meine erste Bekanntschaft auf dieser Reise. Das war toll, wenn das meine Schulfreunde wüssten! Sie würden staunen! Also fragte ich noch einmal. Wohin fliegen Sie Frau Eva? Wie Du vielleicht schon gesehen hattest, aber so wie ich glaubte noch nicht erkannt hattest. Arbeite ich hier im Flugzeug und kümmere mich um das Wohl der Passagiere. Ich war für heute Deine Flugbegleiterin und werde alles machen damit Du mit diesem Flug sehr zufrieden warst! Ich werde alles versuchen damit Du nach diesem Flug glücklich und zufrieden sagen konntest, es war ein sehr schöner und sehr angenehmer Flug für mich!
Diese Arbeit musste für Sie doch sehr schön sein? Da sie die ganze Welt bereisten und dafür nichts zu bezahlen brauchten? Es

war mit Sicherheit nicht so einfach wie Du es Dir vorstelltest. Ich musste hier im Flugzeug genauso meine Arbeit verrichten wie Deine Mama oder Dein Papa an ihrem Arbeitsplatz den sie hatten! Doch musste ich Dir auch eingestehen, dass ich ab und zu sehr gerne in den Städten in denen wir uns nach einem sehr langen Flug aufhielten auch gerne spazieren gehen würde. Doch dies war nicht immer so einfach. Da wir zwischen unseren Flügen die wir hatten, gewisse Arbeiten verrichten mussten! Damit so liebe Gäste wie Du einer warst, sich bei uns an Bord so richtig erfreuten. Danach wusste ich, dass ich meine Arbeit zur vollsten Zufriedenheit gemacht hatte.
Da die Arbeit immer vor dem Vergnügen kam! Das war ein altes Sprichwort das man sich immer vor Augen halten sollte. Es war aber auch so. Das wenn einem die Arbeit richtige Freude in seinem Herzen bereitete, sie einem auch zum Vergnügen werden konnte!
Dies war ein Sprichwort das auch ich sehr gut kannte. Da es mir meine Eltern schon mehrmals gesagt hatten. Ich möchte jetzt wo mir noch ein wenig Zeit bliebe, einiges von Dir erfahren. Aber nur, wenn Du nichts dagegen hattest? Auf gar keinen Fall hatte ich etwas dagegen Frau Eva! Da ich mich sehr freute, dass Sie sich Zeit genommen hatten um mit mir ein wenig zu sprechen. Da meine Mama schläft und ich so wie immer sehr neugierig war.
Also dann Christian! Woher kommt so ein schöner und kluger Junge wie du einer warst? Ich komme aus Österreich. Es war das schönste Land das ich mir vorstellen konnte. Obwohl ich noch nie in einem anderen Land gewesen war, konnte ich mir nicht vorstellen, dass es ein noch schöneres Land geben sollte als das Land das ich mein Heimatland nennen durfte!
Ich fand es sehr schön von Dir. Das Du Dein Land für das schönste fandest, dass Du Dir vorstellen konntest. Da ein Land immer nur so schön war wie man es sich in seinem Herzen vorstellte! Denn nur jemand der sich mit seinem Land verbunden fühlte und es wirklich sehr liebte, konnte auch erkennen das dieses Land das schönste war das man für sich in seinem Herzen tragen konnte. Dies war sicherlich das größte Glück das man auf

Erden finden konnte! Hattest Du schon ein wenig Flugerfahrung oder war es für Dich heute das erste Mal, das Du mit einem Flugzeug fliegst? Ich war schon einmal mit einem kleinen Flugzeug geflogen. Doch noch nie mit so einem großen und schönen Flugzeug wie dieses eines war.
Dann musste es für Dich heute doch ein besonderes Erlebnis sein in dieses Flugzeug einzusteigen um in die weite Ferne zu fliegen? Das war doch klar! Da ich niemals gedacht hätte, dass es in so einem großen Flugzeug so schön sein konnte. Wo war den Dein Papa, fragte mich Frau Eva? Er konnte nicht mitfliegen, da er heute zur Arbeit gehen musste. Dies war meine sehr schnelle aber doch etwas enttäuschende Antwort. Wir konnten den Flug auch nicht verschieben, da er schon gebucht war und übrigens wäre für uns drei der Flug zu teuer gekommen! Sodass Papa zu Hause geblieben war und deshalb nur in seinen Gedanken bei uns sein konnte!
Oh, jetzt hatten wir mit unserem Gespräch Deine Mama bei ihrem Schlaf gestört! Ich hoffte Sie waren mir nicht böse, dass ich mich in der Zeit in der Sie geschlafen hatten, ein wenig mit Ihrem Sohn unterhielt? Aber nein, was denken sie sich. Ich war Ihnen sehr dankbar dafür das sich Christian in der Zeit in der ich geschlafen hatte nicht langweilen musste! Wie lange würde der Flug noch sein bis wir in Kanada landen würden fragte meine Mama Frau Eva? Ich denke in ungefähr einer Stunde werden wir landen!
Sehen Sie Frau Eva, dort unten waren sehr schöne Berge. Man sah wie der Schnee darauf lag und die Berge herrliche Figuren von sich gaben. Doch was waren dies für Berge fragte ich? Christian, diese Berge waren sicherlich einige der schönsten Berge die wir auf unserer schönen Erde hatten. Aber man nannte sie auch die Eishölle von Kanada. Denn hier gab es das ewige Eis. Zur keiner Jahreszeit vermochte hier das Eis zu schmelzen! Jedes mal wenn wir über dieses Bergmassiv flogen, erstaunte auch ich immer wieder beim Anblick dieser Berge auf das neue. Da man sich an diesem Anblick erfreuen musste. Es war sehr schön, dass es so etwas auf unserer schönen Welt noch gab! Ich hatte eine Frage Frau Eva. Wie konnte der Pilot von hier oben

erkennen wohin er fliegen musste. Da es hier oben keine Orientierungshilfen gab? Auch wenn der Pilot alle Städte dieser Welt kennen würde, wäre es doch unmöglich zu erkennen wohin er fliegen müsste. Da es nicht immer so einen schönen Tag gab wie es heute einer war!
Das war ganz einfach Christian. Bei der Pilotenausbildung lernte der Pilot den Instrumentenflug. Das bedeutete! Er musste nur auf seine Instrumente achten, dann wusste er sehr genau wohin er fliegen würde. Die Instrumente hier an Bord zeigten den Piloten sehr genau und zuverlässig wie hoch wir fliegen würden und wohin er fliegen musste. Deshalb musste jeder Pilot einmal im Jahr sein Wissen wiederholen. Um zu zeigen das er noch alles wusste was er einst erlernt hatte! Erst danach, wenn er diese Prüfung neuerlich bestanden hatte, durfte er wieder so ein großes Flugzeug wie dieses eines war fliegen. Da der Pilot für alle Menschen an Bord verantwortlich war. Du konntest mir glauben, dass diese Prüfung sehr schwer war! Deshalb konnten wir dem Piloten vertrauen schenken. Da er sein Wissen das er hatte auf das neuerliche bestätigte!
Unerwartet und aus heiterem Himmel wurde unsere schöne Unterhaltung von einer Durchsage des Piloten unterbrochen. Da seine Stimme über den Lautsprecher ertönte und er zu uns sagte! Ich bitte alle Fluggäste sich ihre Sicherheitsgurte anlegen. Da wir in wenigen Minuten eine Schlechtwetterfront durchfliegen würden. Dies war nur zur eurer Sicherheit. Da es auch möglich sein konnte das wir in Turbulenzen geraten könnten. Ich konnte mir in diesem Augenblick sehr schlecht vorstellen, dass ein schlechtes Wetter kommen sollte. Da es nach einem Blick nach außen, einen herrlichen Sonnenschein gab. Bei einem Blick nach vorne konnte man jedoch erkennen, dass dunkle Wolken auf uns zukamen. Was sollte es, der Pilot wusste genau was er machte und somit war für mich wieder alles in bester Ordnung!
So Christian, nun musstest Du Dich aber angurten! Sollte ich Dir dabei helfen? Fragte mich Frau Eva! Nein danke, dass konnte ich schon alleine war meine Antwort darauf! Danach ging Frau Eva durch das Flugzeug und hatte nachgesehen ob alle Fluggäste dieser Aufforderung des Piloten nachgekommen waren. Einige

Fluggäste musste sie dennoch dazu auffordern. Da sie dies noch nicht gemacht hatten.
Für mich wurde der Flug jetzt wieder etwas lustiger, da es wieder etwas Abenteuerliches zu erleben gab. Nach einiger Zeit begann sich das Flugzeug immer mehr und heftiger zu bewegen. Ab und zu kam es mir vor als ab das Flugzeug so richtig erzitterte. Mama, warum schaukelt jetzt das Flugzeug so heftig von einer Seite zur anderen? Ich wusste es auch nicht war Ihre Antwort! Doch würde es mit Sicherheit davon kommen, dass hier oben in den Wolken nun ein heftiger Wind wehen würde. So wie es uns der Pilot vorhin angekündigt hatte! Wie lange würde das noch anhalten? Ich hatte jetzt doch ein wenig Angst in mir die ich nicht zeigen wollte.
Doch Mama hatte sehr schnell erkannt, dass ich etwas Angst in mir hatte und sagte. Gib mir Deine Hand Christian, dann würde es Dir gleich wieder etwas besser ergehen. Du brauchtest doch keine Angst zu haben Christian. Du hattest doch gehört was Frau Eva Dir über die Pilotenausbildung erzählt hatte. Der Pilot wusste mit Sicherheit, was er bei so einem Wetter wie dieses jetzt eines war zu machen hatte! Dies war mit Sicherheit nicht das erste Mal, dass der Pilot mit einem Flugzeug in eine Gewitterfront flog!
Jedoch schon im nächsten Augenblick kam schon eine sehr ernste und energischere Stimme vom Piloten der zu uns neuerlich über den Lautsprecher sprach! Seien Sie bitte nicht beunruhigt. Doch musste ich Ihnen jetzt mitteilen, dass durch den heftigen Sturm in dem wir geflogen waren eines unserer Triebwerke ausgefallen war. Mein Copilot und ich würden alles versuchen um das Triebwerk wieder zum Laufen zu bringen.
Man konnte fast spüren wie der Pilot immer und immer wieder versuchte das Triebwerk zu starten. Da das Licht im Inneren des Flugzeuges immer schwächer wurde. Daran erkannten auch wir Passagiere, dass es nicht so funktionierte wie es sein sollte! Es gelang nicht so wie es sich der Pilot vorgestellt hatte und wie wir alle es uns wünschten! Doch der Pilot gab nicht auf und versuchte es immer wieder auf das neue! Auf einmal wurde es sehr leise im Flugzeug. Da hatten auch wir Passagiere erkannt,

dass auch das zweite Triebwerk nicht mehr lief und somit ausgefallen war! Da kam auch schon wieder die Durchsage des Piloten und er sagte zu uns, dass auch das zweite Triebwerk ausgefallen war. Bitte bleiben Sie angeschnallt und achten Sie genau auf die Anweisungen die das Flugpersonal an sie weitergab! Es war mir derzeit fast nicht mehr möglich das Flugzeug zu steuern, da beide Triebwerk ausgefallen waren. Deshalb müsste ich eine Notlandung in den Bergen versuchen. Wir werden unser bestes geben! Danach verstummte die Stimme des Piloten.

Frau Eva, die vorhin so lieblich mit mir gesprochen hatte, hatte nun einen ernsteren Blick in ihrem Gesicht. Es war nicht mehr der Blick, den ich noch vor wenigen Augenblicken von ihr kannte. Sie öffnete den Gurt von ihrem Sitz, ging zum Mikrophon und sprach zu uns! Bitte bleiben Sie alle angeschnallt. Wir werden in einigen Augenblicken Kissen an Sie verteilen. Befolgen Sie bitte unsere Anweisung! Erst danach wenn wir es Ihnen sagten, legen Sie die Kissen die sie von uns bekommen hatten auf ihre Knie und neigten sich mit Ihrem Körper nach vorne. Bleiben Sie bitte in dieser Position bis das Flugzeug zum Stillstand gekommen war. Danach wenn wir zum Stillstand gekommen waren, würde Ihnen das Flugpersonal die Notausgänge zuweisen. Es war für uns alle Überlebenswichtig, dass sie nicht ihn Panik geraten. Da sie die Rettung uns aller gefährden könnten. Dies war auch notwendig für unsere Rettung die danach kommen sollte! Darum hatten Sie bitte vertrauen zu uns und zu dem was wir ihnen sagten!

Diese Worte erklangen in mir sehr erschreckend. Da niemand von uns mit Sicherheit wusste, was passieren würde. Ich hatte nun sehr große Angst in mir! In diesen Augenblicken war es kein Abenteuer mehr das ich erleben wollte. Ich hatte richtige Angst in mir verspürt, die mich zum erzittern brachte! Stürzte das Flugzeug jetzt ab, wollte ich von Mama wissen? Meine Mama sagte mit leiser und Angstvoller Stimme zu mir. Ich befürchte es würde so sein! Da wurde ich etwas lauter und schrie, wo ist Papa? Ich möchte, dass Papa jetzt bei uns war. Er kannte immer einen Ausweg! Doch Mama sagte mit zarter Stimme zu mir, gib

mir deine Hand Christian. Auch ich wollte, dass Papa jetzt bei uns wäre. Da auch ich Angst in mir hatte! Doch ich wusste auch, dass der Pilot alles versuchen würde das wir sicher in Kanada landen würden.
In diesen Angstvollen Augenblicken herrschte unheimliche Ruhe und Stille im Flugzeug. War es die Angst oder die Furcht davor was kommen würde? Da niemand von uns wusste, wie es um uns bestellt war! Auf einmal ertönte wieder die Stimme des Piloten über dem Lautsprecher. Meine Damen und Herren. Wir verlassen in Kürze die Schlechtwetterfront. Wenn wir dies geschafft hatten, dann könnten wir auch im Gleitflug den nächsten Flughafen erreichen. Dies hatte der Bordtechniker errechnet. Darum konnte ich jetzt sagen, dass es nur eine Sicherheitsvorkehrung war und wir trotz der Ausfälle beider Triebwerke sicher landen könnten. Da wir dennoch keine Triebwerke hatten die noch laufen würden, würde auch diese eine Notlandung sein! Jedoch eine Notlandung die uns sicher zum Flughafen bringen sollte!
Sofort nach dieser Durchsage kam ein ohrenbetäubender Applaus von allen Passagieren. Wir alle waren sehr erleichtert als wir diese Worte vernahmen! Mir stand die Freude darüber sichtlich in meinem Gesicht geschrieben. Da es nun wieder eine Möglichkeit und eine Hoffnung gab, sicher zu landen. Da dachte ich kurz an die Worte die Frau Eva vorhin zu mir sagte. Der Pilot war für uns alle verantwortlich!
Dennoch waren noch immer Zweifel in mir, ob wir es wirklich bis zum Flughafen schaffen würden. Da wir kein Triebwerk mehr hatten mit dem der Pilot steuern konnte. Doch hatte er sicherlich die Erfahrung auch im Gleitflug zu fliegen. Mama was würde geschehen, wenn der Pilot nicht am Flughafen landen konnte? War meine Angstvolle Frage? Ja dann Christian, musste der Pilot die Notlandung durchführen die er uns angekündigt hatte! Da er sonst keine andere Möglichkeit mehr hätte das Flugzeug zu landen! Doch war ich mir sicher, dass dies nicht so sein würde. Da der Pilot nicht so beruhigende Worte zu uns gesprochen hätte, wenn er sich nicht sicher gewesen wäre über das was er vorhatte!
Wir segelten noch immer in sehr dichten und sehr dunklen Wolken. Das Flugzeug schaukelte wie eine Achterbahn. Wir

konnten jeden Windstoß verspüren den wir durchflogen. Es war gespenstisch und unheimlich zugleich! Doch auf einmal erloschen alle Lichter im Flugzeug. Es waren nur noch einzelne Lichtpunkte zu sehen die als Notlichter angebracht waren. Es wurde so richtig gespenstisch und unheimlich im Flugzeug. Was würde nun geschehen? Diese angstvolle Frage hatten wir alle in uns! Da erklang auch wieder die Stimme des Piloten über den Lautsprecher! Wir mussten jetzt das Notstromaggregat in Betrieb nehmen. Da durch den Ausfall der Triebwerke kein Strom mehr erzeugt werden konnte. Es gab aber keinen Grund zur Besorgnis. Da alle Instrumente an Bord zuverlässig arbeiten würden und wir genügend Strom hätten!
Dennoch konnten wir es nicht so recht Glauben was uns der Pilot sagte! Wollte der Pilot uns nur ein wenig die Angst nehmen vor dem was noch kommen sollte? Es brach in diesem Augenblick wieder etwas Unmut unter den Passagieren aus. Der sich jedoch nach kurzer Zeit wieder legte. Trotz der Worte des Piloten war es für mich nicht einfach, meine Angst die ich in mir hatte zu verbergen. Ich hörte auf jedes Geräusch das mir irgendwie fremd vorkam und fragte Mama immer wieder was es denn sein könnte. Auch wenn Frau Eva an meinem Sitzplatz vorbeikam, hatte ich immer wieder Fragen an sie. Doch sie hatte nicht mehr die Zeit um mir eine Antwort zu geben. Sie verschwand immer wieder sehr schnell in der Kabine wo auch Ihre Kollegen sich befanden. Ich hatte nicht mehr das Gefühl, als ob alles in bester Ordnung sei! In meinem Innersten dachte ich immer wieder an all das schlimme was passieren könnte, wenn das Flugzeug abstürzen sollte. Da ich erkennen musste, dass es für mich und so glaubte ich auch für die anderen Passagiere kein Flug der Freude mehr war. Sondern ein Flug der Angst und der Furcht, solange bis wir wieder festen Boden unter unseren Füßen hatten.
Zeitweise war es im Flugzeug so leise das man die Gedanken der anderen Passagiere hören konnte. Man hörte aber auch sehr leise Gebete die vor sich dahin gesprochen wurden. Da wusste ich, dass ich nicht der einzige war der Angst in sich hatte. Auch meine Gedanken waren ab und zu in einem Gebet und in eine Hoffnung versunken. Einer Hoffnung, dass dies bald ein Ende

nehmen würde! Ein gutes Ende, wie ich es mir erhoffte! Meine Mama schien sehr ruhig zu sein. Ich wusste nicht wie ich dies verstehen sollte? Sie schrieb immer wieder in Ihrem Tagebuch, als ob wir jetzt keine anderen Sorgen in uns hätten. Ich musste gestehen, dass ich zu diesem Zeitpunkt kein einziges Wort hätte schreiben können, da ich viel zu große Angst in mir hatte und nur noch auf ein gutes Ende hoffte. Da kam auf einmal der Aufschrei eines Passagiers, seht dort hinüber! Wir flogen schon viel tiefer als die verschneiten Berge hoch waren! Ich Glaube wir werden es nicht mehr schaffen um über den nächsten Berg der vor uns lag zu fliegen! Als er noch nicht fertig ausgesprochen hatte, schreien alle zur gleichen Zeit auf. Es stimmte! Wir flogen viel zu tief! Da erklang abermals die Stimme des Piloten über den Lautsprecher. Jedoch jetzt mit einem sehr entschlossenem Ton. Gehen Sie bitte jetzt in die vorher besprochene Position! Wir müssten Notlanden! Es bliebe uns keine andere Möglichkeit mehr. Da es mir nicht mehr gelingen würde das Flugzeug in eine Höhe zu bringen die uns über die Berge die vor uns lagen zu fliegen. Bleiben sie bitte ruhig und wenn Sie möchten sprechen sie ein Gebet!

Danach erhalte vom Piloten noch ein fast aussichtsloser aber doch bedrückender Satz. „Viel Glück und Gott mit uns“! Für einen Augenblick wurde es gespenstisch leise im Flugzeug. Ich drückte meinen kleinen Körper sehr fest an meine Mama um ihr zu zeigen, dass ich sehr große Angst in mir hatte. Eine Angst die ich alleine nicht überwinden konnte! Doch auch alle anderen Passagiere an Bord schwiegen und dachten sich, was würden uns die nächsten Augenblicke bringen? Dies war die einzige Frage die wir uns stellten und auf die wir keine Antwort hatten. Ich sah meine Mama mit großen Augen an und begann vor Angst zu weinen. Auch Mama hatte Tränen in ihren Augen und zeigte mir ihr Tagebuch indem sich auch ein Bild von meinem Papa befand. Erst jetzt erkannte ich, warum Mama noch etwas in das Tagebuch geschrieben hatte. Sie war mit ihrer Angst und mit ihren Gedanken die sie hatte, bei Papa!

Sie lass mir sehr leise die letzten Worte vor die sie in ihr Tagebuch geschrieben hatte! Diese lauteten! Vielleicht würden

wir uns, wenn Gott es so wollte in diesem Leben nicht mehr sehen. Doch sollten wir uns wieder sehen, dann war ich der glücklichste Mensch den es auf Erden gab! Ich verspürte hier und jetzt eine sehr große Angst in mir. Doch war es nicht die Angst davor, dass ich heute sterben sollte! Es war die Angst in mir, vor dem was danach kommen würde. Deshalb möchte ich jetzt mit diesen Zeilen die ich nun geschrieben hatte, mit meinen Gedanken an Deiner Seite sein! Vergiss bitte niemals, dass diese Reise Christian und auch mir eine sehr große Freude bereiteten. Wir waren jetzt und in diesem Augenblick unserer größten Angst die wir jemals in uns hatten, im Herzen und mit unseren Gedanken bei Dir. Wir lieben Dich! Auf wieder sehen! Irgendwann und irgendwo! Wir glaubten und hofften in unserem Herzen daran, dass dies einst so sein würde! Eine Bitte hatte ich noch an Dich! Behalte uns in Deinem Herzen, dann würden wir für immer zusammen sein! Lebe wohl!
Als mir Mama diese Worte vorgelesen hatte, die sie in ihrer Angst in das Tagebuch geschrieben hatte. Sahen wir uns Innig und mit fragenden Augen an. Verzerrt nur durch die Tränen, die unsere Augen trübten. Danach hielten wir unsere Hände fest aneinander und trennten unsere Blicke nicht mehr voneinander. Auch nicht in dem Augenblick als alles zu krachen und zu knirschen begann. Da das Flugzeug versuchte an den Bergen entlang einen Platz zu finden um zu landen und zum Stillstand zu kommen. Ich hörte noch in weiter Ferne, wie einige Passagiere schreien. Doch dann wurde es sehr leise um mich herum und nichts mehr war zu hören! Es war eine Stille in mir die unheimlich war!
Als ich irgendwann wieder mein Bewusstsein erlangte, hörte ich sehr viele Menschen weinen aber auch schreien. Es waren Schreie aus Angst und vor Schmerzen die sie in sich hatten. Als ich danach meine Augen öffnete, sah ich schon die Rettungsmannschaften die gekommen waren. Wie sie versuchten alle Verletzten zur gleichen Zeit zu helfen. Da auch ich verletzt war und im Schnee lag, begann ich laut zu rufen! Aus Angst davor, dass man mich übersehen könnte rief ich immer wieder nach ihnen! Schon nach einiger Zeit wurden die Retter auf mich

aufmerksam und kamen zu mir gelaufen. Mit all der Kraft, die ich noch in mir hatte. Rief ich nach meiner Mama! Doch dieser Ruf verhallte im ewigen Eis. Es kam keine Antwort die mir Hoffnung gegeben hätte. Als ich zur meiner rechten Hand sah, mit der wir uns in den Augenblicken des Unglückes umarmt hatten. Sah ich, dass ich die Armbanduhr meiner Mama in den Händen hielt. Es war nur ihre Armbanduhr. Doch wo war sie, die zärtliche Hand die diese Armbanduhr getragen hatte? Nach weiteren verzweifelten Rufen nach meiner Mama, kam ein Helfer der Rettungsmannschaft zu mir und wollte mich beruhigen! Da ich immer und immer wieder nach meiner Mama gerufen hatte, gab man mir eine Spritze. Diese sollte mich ein wenig beruhigen. Doch ich wollte und konnte mich nicht beruhigen!

Obwohl ich versuchte zu verhindern, dass man mir diese Spritze gab. War mir die Gegenwehr nicht mehr möglich. Da ich keine Kraft mehr in mir verspürte, die dies verhindern hätte können. Ich wollte nur eines, meine Mama wieder in den Armen halten und nicht diese Spritze in meinem Arm verspüren. Ich hätte allen Schmerzen dieser Erde ertragen, wenn ich nur meine Mama wieder an meiner Seite gehabt hätte. Meine Mama, wo war sie? Wo war Mama, wo konnte sie nur sein? Dies waren die einzigen Worte die ich von mir gab!

Nach einiger Zeit fiel ich in einen Schlaf meines eigenen Daseins. Ich konnte nichts dagegen unternehmen. Da ich nun ruhig und sanft schlief, brachte man mich an einem anderen Ort. Es war der Ort, wo schon sehr viele Verletzte untergebracht waren. Mit meinem verschlafenen aber doch ruhigen Blicken, war es mir dennoch möglich alles zu sehen und zu verstehen was um mich herum geschah. Es war erschreckend zu erkennen was sich vor meinen Augen abspielt hatte und ich auch sehen musste, dass sehr viele Menschen darauf warteten um die Hilfe zu bekommen die sie nun sehr dringend brauchten. Einer Hilfe um den Schmerz den sie in sich trugen zu lindern! Wir waren schon sehr viele, die diese Hilfe brauchten und sie sich nun sehr schnell erhofften. Wir konnten nichts unternehmen! Darum warteten wir darauf um diese Hilfe auch zu bekommen. Doch diese Zeit kam mir vor wie eine kleine Ewigkeit. Ich versuchte mich immer wieder nach meiner Mama zu erkundigen. Auch dann noch als ich fast nicht mehr sprechen konnte. Da die Spritze immer mehr ihre Wirkung in mir zeigte! Es gab aber auch nichts. Schon gar nichts, dass mich zu meiner Mama geführt hätte. Oder mir auch nur den kleinsten Hinweis gab, wo ich sie finden konnte! Danach musste ich für eine kurze Zeit eingeschlafen sein. Doch ich erwachte immer wieder. Da ich aus welchem Grund auch immer nicht einschlafen wollte oder einschlafen konnte! Die Worte die ich von einem Retter gehört hatte. Dass es ein Wunder sei das so viele Menschen den Absturz überlebt hätten, gaben mir wieder neue Kraft und die Hoffnung. Das ich Mama sehr bald wieder sehen würde! Dies war die Hoffnung, dass meine Mama schon nach mir suchen würde. Nur ich ihr nicht mitteilen konnte wo ich in diesem Augenblick war! Mama würde so lange nach mir suchen bis sie mich gefunden hatte und mich wieder fest in ihre Arme nehmen konnte! Dies spürte ich in meinen Gedanken und in meinem Herzen!

Als es mir nach einiger Zeit schon unendlich lange vorkam, versuchte ich aufzustehen und selbst nach Mama zu suchen. Es gelang mir nicht aufzustehen. Da auch ich Verletzungen hatte, die ich noch nicht wahrgenommen hatte! In mir machte sich langsam aber sicher die Verzweiflung breit. Da ich doch Papa versprochen hatte auf Mama und auf mich aufzupassen. Ich aber bei der Aufgabe die mir Papa gestellt hatte, versagt hatte! Ich wusste aber auch, dass ich gegen dieses Unglück nichts aber schon gar nichts unternehmen hätte können. Doch jetzt wo Mama vielleicht meine Hilfe brauchte, konnte ich sie nirgendwo finden! Warum? Sie musste doch irgendwo hier in meiner Nähe sein? Doch wo war dieses Irgendwo wo Mama sein konnte?

Da sah ich eine Frau die mir vertraut war. Es war Frau Eva. Hier war ich, rief ich ihr mit sehr lauter Stimme entgegen! Als sie mich sah, kam sie sehr schnell zu mir und fragte mich wie es mir geht? Doch diese Frage war mir in diesem Augenblick egal! Darum gab ich ihr keine Antwort darauf.

Hatten Sie meine Mama irgendwo gesehen? Da ich Mama noch nicht gefunden hatte und sie auch noch nicht zu mir gekommen

war! Sie musste doch irgendwo hier in unserer Nähe sein? Nein Christian, es tut mir leid! Ich hatte Deine Mama noch nicht gesehen! Es war aber auch sehr schwierig hier etwas zu erkennen. Jedoch die Rettungsmannschaften würden solange suchen bis sie alle Passagiere die im Flugzeug waren gefunden hatten! Die Rettungsmannschaften und wir vom Flugpersonal würden nicht aufgeben bis wir alle Passagiere gefunden hatten. Das konnte ich Dir versprechen!
Nach einiger Zeit begann ich bitterlich zu weinen. Da die Rettung schon fast abgeschlossen war und meine Mama noch immer nicht gefunden wurde! Aus dem Mund von Frau Eva erklangen die Worte, dass ich jetzt sehr tapfer sein müsste. Die Retter würden hier am Unglücksort bleiben und weiter nach meiner Mama und den anderen die noch nicht gefunden wurden suchen. Doch Du musstest jetzt in ein Krankenhaus! Da Du doch verletzt warst und man Dir helfen musste. Ich werde ab jetzt an, an Deiner Seite bleiben um Dich in das Krankenhaus zu begleiten. Dies verspreche ich Dir!
Nein, ich möchte und ich will nicht ohne meine Mama diesen Ort verlassen. Auf gar keinen Fall! Ich warte bis man auch Mama gefunden hatte, um mit ihr gemeinsam in das Krankenhaus zu fliegen!
Mit tröstenden Worten sagte Frau Eva. Vielleicht, war Deine Mama schon in das Krankenhaus geflogen worden. Wo sie schon sehnsüchtig auf Dich wartete? Immer nur vielleicht! Ich brauchte kein vielleicht, ich brauchte meine Mama! Ich möchte sie jetzt an meiner Seite haben. Können, oder wollen Sie das nicht verstehen?
Doch, Christian, darum fliegen wir jetzt mit dem Hubschrauber in das Krankenhaus und danach würdest Du Dich um einiges besser fühlen. Nein Frau Eva, ich möchte dass Sie hier bleiben! Ich werde nur mit in das Krankenhaus fliegen, wenn Sie mir versprechen. Dass Sie mit meiner Mama nachkommen werden! Ich würde es Dir sehr gerne und aus vollstem Herzen versprechen, doch dies konnte ich nicht. Jedoch würde ich alles versuchen um Deine Mama zu finden! Als man mich zum Hubschrauber gebracht hatte, bemerkte ich wie hilflos ich war.

Schön langsam verspürte ich immer mehr die Schmerzen an den Verletzungen die ich erlitten hatte. Jede nur so kleinste Erschütterung wurde mir zur Qual. Doch auch die Spritze die ich vorhin erhalten hatte, begann nun ihre volle Wirkung zu zeigen. Da ich meine Augen nicht mehr offen halten konnte. Doch wollte ich auf keinen Fall einschlafen. Da ich noch immer hoffte, meine Mama in die Arme schließen zu können.
Langsam hob der Hubschrauber ab und flog durch die Leere der Finsternis. Die ich nur noch schleierhaft wahrnehmen konnte. Es war wie eine Nacht ohne Wiederkehr! Nach einiger Zeit waren wir im Krankenhaus angekommen. Ich konnte nicht mehr alles erkennen was um mich herum geschah. Da für mich alles so ablief wie in einem großen Schleier der immer etwas Neues hervorbrachte. Einen Schleier der sich vor meine Augen zog und mir die Sinne der Wirklichkeit nahm. Ich konnte Traum und Wirklichkeit nicht mehr unterscheiden. Meine Gedanken waren nur noch ein einziges durcheinander! Es spielte sich ab wie in einem bösen Traum. Der sehr viel Schmerz in mein Herz brachte!
Danach entschlummerte ich in einem tiefen Schlaf. Ich träumte, dass ich mit meinen Eltern auf einer großen und bunten Wiese spazieren ging. Alles wurde durch die Sonne die sehr hell und intensiv leuchtete um einiges schöner und grüner als ich es von unseren Wiesen kannte. Es waren sehr viele Pferde zu sehen, die immer nur im Kreis um uns liefen. Sie sprangen über Sträucher und andere Hindernisse. Als ob dies eine Leichtigkeit für sie wäre. Ich hatte den Eindruck, als ob die Pferde auf uns acht geben wollten und uns vor allem was kommen sollte beschützten. Meine Eltern und ich nahmen ein Pferd und waren danach über die grünen Wiesen geritten. Einer Wiese die endlos war. Mama wollte immer wieder in eine andere Richtung reiten, doch ihr Pferd brachte sie immer wieder zu uns zurück. Als wollte es ihr den Weg zeigen den sie nehmen musste um wieder zu uns zurückzufinden!
Ich verspürte noch nie so einen intensiven und schönen Traum in mir. Der sich von der Wirklichkeit von nichts zu unterscheiden vermochte. Es war fast so als würde ich es in Wirklichkeit

erleben. Als ich durch etwas, ich wusste nicht durch was aus meinen schönen Traum gerissen wurde erwachte ich langsam und konnte mich nur noch sehr wage an diesen Traum erinnern. Ich verspürte eine vertraute Wärme in mir, da jemand meine Hand hielt. Ich kannte das Gefühl. Mama schrie ich auf und öffnete meine Augen.

Nein Christian! Ich war nicht Mama, ich war Dein Papa. Erkanntest Du mich den nicht? Doch Papa, ich war so froh, dass Du bei mir warst. Weist du Christian! Als ich erfahren hatte was passiert war. War ich auf den schnellsten Weg hierher gekommen. Da ich in diesen Stunden bei meinen Liebsten sein wollte! Auch für mich war es sehr schrecklich als ich erfahren hatte, was geschehen war. Doch wie schrecklich, musste es für Dich gewesen sein?

Nach einigem Augenblick der Freude, fragte ich Papa in welchem Zimmer die Mama sei? Die Antwort von meinem Papa kam sehr zögernd und mit einigen Tränen in seinen Augen. Man hatte schon drei Tage nach Mama gesucht. Doch jedes Mal als die Retter zurückkamen, gab es nicht den kleinsten Hinweis darauf wo Mama sein könnte. Man konnte sich nicht erklären warum man sie noch nicht gefunden hatte. Man hatte alle Opfer des Flugzeugunglückes geborgen, doch Mama war noch immer verschollen! Vor einer Stunde war abermals ein Suchtrupp zur Unglücksstelle geflogen um wieder nach Mama zu suchen. All unsere Hoffnung lag nun in den Händen dieser Rettungsmannschaft. Da dies der letzte Versuch sein sollte um Mama doch noch zu finden.

Ich schrie laut auf, man durfte die Suche nach Mama nicht aufgeben. Da ich mir ganz sicher war, das Mama unsere Hilfe brauchte. Sie wartete nur darauf bis wir zu ihr kamen! Ich wünschte es mir doch auch so sehr, dass man heute Mama finden würde und sie noch am Leben war. Da sie das einzig wahre Glück war das wir in unserem Leben hatten! Denn Glück gab es nur im Herzen, und Mama ist unser Herz! Mit diesen Worten von meinem Papa schlief ich wieder ein. Da ich von der Narkose die ich bekommen hatte noch sehr geschwächt war. Ich wollte aber auch schlafen um dies alles zu vergessen. So wie einen bösen

Traum. Wenn ich wieder erwachte schien wieder die Sonne, dies wünschte ich mir so sehr!
Als ich am nächsten Morgen wieder erwachte, war mein Papa noch immer bei mir an meiner Seite. Er streichelte sehr zärtlich mein Haar und ließ mir die Gefühle die auch er in sich hatte spüren. Ich fragte Papa, ob man Mama schon gefunden hätte? Denn dies waren die einzigen Gedanken die ich in mir hatte! Doch an dem Gesichtsausdruck von meinem Papa konnte ich sehr schnell erkennen, dass die Antwort die er mir nun geben würde. Nicht das war, was ich mir in meinem Herzen und meinen Gedanken erwartete und mir erhoffte zu hören. Papa antwortete mit einer sehr leisen aber auch sehr enttäuschten Stimme. Man hatte die Suche nach Mama aufgegeben! Man sah keine Möglichkeit mehr, dass man sie noch finden könnte!
Ein schauriges und unangenehmes Gefühl durchfuhr nun meinen kleinen Körper. Als, wenn ich in einen sehr großen Abgrund stürzen würde der kein Ende hatte. Mein ganzer Körper wurde so erschüttert, dass ich nur durch einen Schreikrampf, der mich nun überkam meine Gefühle freien Lauf lassen konnte. Schon der Gedanke daran, dass man nicht mehr nach Mama suchen würde, war für mich fürchterlich. Es konnte doch nicht sein das man Mama ihrem Schicksal überlässt!
Nach einiger Zeit konnte mich Papa wieder beruhigen und gab mir ein Versprechen, dass in mir wieder eine kleine Hoffnung erweckte. Du wusstest doch Christian, dass ich Mama von ganzem Herzen liebte. Darum hatte ich mich entschlossen selbst nach ihr zu suchen. Onkel Franz Josef würde mir dabei helfen. Dies ginge aber erst wenn Du aus dem Krankenhaus entlassen warst!
Ich verspreche Dir eines, ich werde meine Frau und Deine Mama finden. Wo immer sie auch war! Denn nichts würde ich unversucht lassen, so wahr mir Gott helfe! Du würdest auch sehen, wenn wir Mama gefunden hatten. Würde sie uns mit Sicherheit Fragen „wo seit ihr so lange gewesen“, denn ich hatte schon sehnsüchtig auf euch gewartet! Diese Worte werden die ersten sein die sie zu uns sagen würde und sich daran erfreuen. Eines wusste ich mit Sicherheit! Wir würden nichts unversucht

lassen um Deine Mama zu finden. Das schwöre ich Dir mein Junge!
Wie lange musste ich denn noch hier im Krankenhaus bleiben war meine Frage? Ich wusste es nicht. Doch werde ich den Arzt danach fragen! Sag dem Arzt aber auch, dass ich schon heute mit Dir gehen möchte. So das wir mit der Suche nach Mama sofort beginnen könnten. Denn jede Minute die wir Mama früher finden könnten, lässt unsere Herzen höher schlagen! Vielleicht durfte ich schon heute aus dem Krankenhaus?
In der Zeit als mein Papa mit dem Arzt gesprochen hatte, beschäftigte mich immer wieder die eine Frage! Wo konnte meine Mama nur sein? Da man sie nicht finden konnte? Es musste doch eine Antwort auf diese Frage geben? Es konnte doch nicht sein, das ein Mensch noch dazu meine Mama nicht zu finden war. Das durfte und konnte es doch nicht sein! Nach einigen Augenblicken des Wartens, kam Papa wieder zur Tür herein und sagte!
Ich hätte eine gute Nachricht für Dich, mein Junge. Die Mama schrie ich? Nein, dies leider nicht. Doch Morgen dürftest Du das Krankenhaus verlassen. Etwas zögernd aber doch, zeigte ich ein wenig Freude die ich noch in mir hatte. Dann könnte ich doch Morgen mitkommen und mit Dir nach Mama suchen? Dies würde leider nicht gehen. Da Du noch sehr schwach warst und erst deine Kräfte sammeln musstest! Da mir der Arzt auch gesagt hatte, dass Du noch sehr viel Ruhe brauchtest und daher die nächste Zeit im Bett verbringen solltest. Erst danach könntest Du mit uns kommen und uns bei der Suche nach Mama unterstützen. Tante Stefanie und Onkel Franz Josef werden heute auch hier eintreffen. Tante Stefanie wird in der Zeit in der Onkel Franz Josef und ich nach Mama suchten bei Dir sein und auf Dich acht geben. Onkel Franz Josef und ich werden mit einen Helikopter, den ich schon gebucht hatte zur Unglücksstelle fliegen um nach Deiner Mama zu suchen.
Ich würde auch so gerne mitkommen Papa? Du weißt doch, dass meine Mama jetzt die Hilfe von uns allen brauchte! Nein, das ginge leider nicht. Du weißt doch, dass Du noch sehr schwach auf den Beinen warst und so würdest Du uns bei der Suche nach

Deiner Mama keine große Hilfe sein. Doch auch hier warst Du eine große Hilfe für uns. Da Du, wenn Du wieder bei vollen Kräften bist, Mama ganz fest in die Arme nehmen könntest, wenn wir mit Ihr zurückkehrten! Darüber würde sie sich sicherlich sehr freuen. Doch jetzt musste ich aber gehen, da ich noch sehr vieles für den morgigen Tag zum Vorbereiten hatte. Wir werden Dich morgen Früh abholen und in unser Hotel bringen.

Danach bekam ich noch einen dicken Kuss von meinem Papa und er streicht mir dabei wieder sehr sanft über mein Haar. Als mein Papa das Krankenzimmer verlassen hatte, war ich sehr traurig. Da ich mich sehr einsam fühlte. Immer wieder kamen mir die Gedanken des Flugzeugabsturzes und natürlich die Frage warum? Ich sah immer wieder den Blick meiner Mama vor meinen Augen und die Worte die sie zu mir sagte: Auch ich hatte Angst! Sie sah mir dabei so Innig in die Augen, das ich diesen Anblick niemals vergessen werde. In Ihrem Gesicht konnte man auch die Gedanken erkennen die sie zu diesen Zeitpunkt in sich trug. Als ob sie mir sagen wollte, obwohl auch ich Angst hatte, würde ich Dich beschützen.

Dies hatte Mama wahrlich getan. Doch wer beschützte Mama? Dies war meine Aufgabe die ich von Papa bekommen hatte, doch ich konnte es nicht! Warum musste dieses Flugzeug auf dessen Flug ich mich so sehr gefreut hatte abstürzen? Diese Frage stellte ich mir immer wieder. Mit weinenden Augen kam mir ein schrecklicher Gedanke. Das nicht nur das Unglück sondern auch die Schuld an allem was geschehen war bei mir lag!

Wenn ich diese Reise nicht gewonnen hätte, wäre dies alles nicht geschehen und wir wären heute noch diese glückliche Familie die wir vorher waren. Dann hätte auch ich noch die Lust und Freude in meinem Herzen, wie ich es von meinen Eltern kannte! Ich konnte mich noch sehr gut daran erinnern als ich diese, damals für mich schöne Reise gewonnen hatte. Da waren wir die glücklichste Familie dieser Welt. Doch heute war ich in meinem Herzen so traurig wie ich es in meinem Leben vorher noch niemals war. Warum musste ich diese Reise Gewinnen? Immer wieder warum! Doch auch dies half mir in diesen Augenblicken

meines gebrochenen Herzens, das ich in nun in mir hatte nicht weiter. Darum gab ich ein Versprechen an Gott!
Ich möchte in meinem Leben nie mehr etwas gewinnen! Da ich nun erkannt hatte, dass nichts auf der Welt dem Glück einer Familie gleichzusetzen war. Da das Glück eines Gewinnes nur eine vorübergehende Freude war. Doch die Familie die man liebte einem im Herzen für immer bewahrt bliebe!
Lieber Gott, beschütze meine Mama bis Papa sie gefunden hatte und sie wieder zurück zu mir in meine Arme brachte. Natürlich musstest Du Mama auch nachher, wenn Papa sie gefunden hatte beschützen. Doch jetzt gib ihr bitte Deinen besonderen Schutz! Da sie ihn mit Sicherheit brauchte!
Danach versuchte ich immer wieder einzuschlafen, doch war es mir nicht möglich. Da meine Gedanken nicht zur Ruhe kamen. Ich dachte nur an Mama. Als wie wenn ich gewusst hätte, dass meine Gedanken die ich in mir hatte zu ihr vordringen könnten. Ich war mir sicher, dass Gott die Gedanken die ich in mir hatte in Mamas Herz tragen würde und sie somit auch in meinem Herzen lesen konnte. Dies war meine einzige Möglichkeit um bei Mama zu sein. Da ich mir sicher war, das sie in dieser Zeit die wir nun erleben mussten, unsere Hilfe brauchte. Doch auch diese Gedanken die ich in mir hatte, sollten ihr sagen, dass sie sich um mich keine Sorgen zu machen brauchte. Denn jetzt brauchten wir nur noch Mama um wieder glücklich zu sein. Dies waren meine einzigen Gedanken die ich in mir trug. Tag und Nacht und zur jeder Zeit!
Am Tag war es für mich im Krankenhaus etwas angenehmer. Da ich zur jeder Zeit Abwechslung hatte und meine Gedanken sich etwas beruhigen konnten. Doch am Abend und in der Zeit als ich alleine war, wurde es sehr schlimm für mich. Da sich meine Gedanken in mir immer und immer wieder wiederholten. Ich wusste aber auch, dass mir diese Gedanken niemals unvergessen sein werden. Nach einiger Zeit überkam mich dann doch die Müdigkeit, sodass ich irgendwann in der Nacht eingeschlafen war.
Am nächsten Morgen erwachte ich schon sehr früh. Da ich wusste, dass mich mein Papa abholen würde. Da ich heute das

Krankenhaus verlassen durfte und ich mich schon sehr darüber freute! Nachdem ich das Frühstück zu mir genommen hatte, öffnete sich meine Zimmertür und Papa beschritt mein Zimmer. Es war nicht nur mein Papa der gekommen war, auch Tante Stefanie und Onkel Franz Josef waren mit dabei. Sie alle wünschten mir einen sehr schönen guten Morgen!
Hallo Christian sagte mein Papa, heute war es endlich soweit. Ich hatte neuerlich mit dem Arzt gesprochen. Du durftest das Krankenhaus heute mit uns verlassen. Tante Stefanie wird mit Dir in unser Hotel fahren. Onkel Franz Josef und ich werden uns sofort auf den Weg begeben um weiter nach Deiner Mama zu suchen. Da am Flughafen bereits ein Hubschrauber auf uns wartete, der uns zur Unglücksstelle fliegen würde. Darum dürften wir keine Zeit verlieren und müssten sofort wieder los.
Papa, ich hätte eine sehr große Bitte an Dich. Bring mir meine Mama wieder zurück zu mir. Da ich sie so sehr brauchte? Wir brauchten sie doch alle so sehr sagte Onkel Franz Josef, darum verspreche ich es Dir. Wir werden alles in unserer Macht stehende versuchen um Deine Mama wieder zu Dir zurückzubringen. Nicht nur zu Dir auch zu uns! Da auch wir sie brauchen! Seit bitte vorsichtig, rief ich ihnen noch hinterher. Als sie mich und Tante Stefanie verließen und langsam die Zimmertüre von außen verschlossen. Mit einem fragenden und erwartungsvollen Blick von mir und Tante Stefanie, schloss sich die Zimmertüre.
So Christian, sagte Tante Stefanie zu mir! Jetzt müsstest auch Du Dich fertig machen. Damit wir in unser Hotel fahren könnten. Ich stieg sehr langsam aus meinem Bett und hatte dabei ein ungutes Gefühl in mir. Da ich doch noch ein wenig Schmerzen in mir verspürte. Jedoch wollte ich diese Schmerzen die ich in mir hatte unterdrücken. Da ich doch auf jeden Fall das Krankenhaus verlassen wollte.
Ab und zu hatte ich doch solche Schmerzen, dass ich wie in einem Traum hin und her ging ohne zu wissen was dies den sein sollte. Doch dies, was ich verspürte war ein körperlicher Schmerz der vergehen würde. Das wusste ich! Deshalb war es mir auch möglich alles zu erledigen was ich machen musste um

mich für die Abreise in das Hotel fertig zu machen. Ich freute mich schon sehr darauf das Krankenhaus verlassen zu dürfen! Nach einigen Augenblicken kamen auch die Krankenschwestern zu mir um sich von mir zu verabschieden. Es waren dieselben Krankenschwestern die sich sehr um mich bemüht hatten. Meinerseits, verdienten sie den größten Dank, den ich mit meinem Herzen aussprechen konnte. Da sie es waren, die zur jeder Zeit bei mir waren und es mir ermöglichten so schnell wieder gesund zu werden. Sie gaben mir aber auch sehr vieles an Trost und Mitgefühl, sodass ich zur jeder Zeit ein geborgenes Gefühl in diesem Krankenhaus in mir hatte. Danke allen die mir zur Seite standen!
Als meine Tante Stefanie und ich das Krankenhaus verlassen hatten, sahen mir die Krankenschwestern durch eine große Glastüre nach. Dies hatte auch ich bemerkt. Darum drehte ich mich um und winkte ihnen sehr heftig zu. Über meinen kleinen Lippen kam ein leises aber doch großes, Danke! Ich wusste nicht ob sie dies bemerkt hatten, doch in meinem Herzen waren sie alle Engel auf Gottes Erden!
Das Hotel in das wir anschließend fuhren war sehr schön. Dennoch fühlte ich mich nicht so richtig wohl, sodass ich mich daran erfreuen hätte können. Da mir zur dieser Freude eines fehlte. Dies war meine allerliebste Mama! Mir war zur jeder Zeit wollig warm um das Herz, wenn Mama nur in meiner Nähe war. Doch jetzt und hier an diesem Ort, gab es in meinem Herzen nur leere. Mein Herz konnte hier nicht diese Wärme und Zuneigung empfinden wie ich es bei Mama zur jeder Zeit hatte!
Ich konnte und wollte mit Tante Stefanie nicht mehr sprechen als es sein musste. Da meine Gedanken immer nur an Mama gerichtet waren. Wo war Sie? Wie ging es Ihr? All diese Fragen gingen mir durch den Kopf. Deshalb war das Zusammensein mit Tante Stefanie und mir sehr einsam, still und leise. Dies war den ganzen Tag so. Aber auch danach als die Nacht langsam hereinbrach wurde es nicht anders!
Tante Stefanie brachte mich am Abend zu Bett. Da es doch schon sehr spät geworden war. Doch ich konnte und wollte auch an diesem Abend nicht einschlafen. Da ich auf jeden Fall darauf

warten wollte, bis mein Papa und Onkel Franz Josef von der Suche nach Mama zurückkamen und ich danach endlich meine Mama wieder in die Arme schließen konnte!
Da ich mit Sicherheit wusste. Das mein Papa, Mama so sehr lieb hatte, dass er so lange nach ihr suchen würde bis er sie auch gefunden hatte. Daran hatte ich keinen Zweifel. Da ich wusste was für eine glückliche Familie wir waren! Nichts auf dieser Welt vermochte dies zu ändern! Es lag einzig und alleine nur in Gottes Hand unser Glück, dass wir einst erleben durften wieder herzustellen! Ich vertraute voll und ganz auf seine Barmherzigkeit die er uns Menschen immer zu geben vermochte!
Am späten Abend war es endlich so weit. Da hörte ich auch schon das Klingeln an der Türe. Tante Stefanie ging zur Tür und öffnete sie. Vor ihr stand mein Papa und Onkel Franz Josef. Doch wo war Mama? Soviel ich erkennen konnte, war Mama nicht mit Ihnen gekommen!
Auf die Frage meiner Tante Stefanie. Ob sie Erfolg gehabt hätten, sagten sie mit enttäuschter Stimme. Leider nicht! Es war uns einfach unmöglich bei diesem unendlichen Schnee und Eis jemanden oder aber auch nur etwas zu finden. Es hatte den ganzen Tag ununterbrochen geschneit, sodass es für uns unmöglich wurde etwas zu erkennen. Ihr konntet euch nicht vorstellen wie grauenvoll die Natur dort draußen sein konnte!
Als ich diese Worte hörte, brach in mir abermals eine Welt zusammen. Es war sehr grausam und bitterlich für mich. Solche trostlosen Wörter, die ich in diesem Augenblick hören musste entgegennehmen zu müssen. Ich wurde heute zum ersten Mal von meinem Papa enttäuscht. Da ich von ihm noch nie gehört hatte, dass er vor irgendetwas aufgegeben hätte. Ausgerechnet der Schnee sollte ihn dazu zwingen? Ich wollte und konnte dies nicht glauben. Da schrie ich aus Verzweiflung und sehr laut! Ich möchte meine Mama zurück haben und ihr müsst mir dabei helfen. Da ich selbst es nicht konnte! Da ich doch nur euch hatte auf die ich mich verlassen konnte! Bitte helft mir!
Da begann Onkel Franz Josef zu erzählen. Was sie alles unternommen hatten um meine Mama zu finden! Als wir am Unglücksort eingetroffen waren, hatten wir das Ausmaß des

Schreckens gesehen. Ich hätte es mir in meinen kühnsten Träumen nicht vorstellen können, wie es dort draußen wirklich aussah! Das Flugzeugwrack war in alle Richtungen verstreut. Es sah so furchtbar aus als hätte eine andere Macht dieser Welt dieses Unglück herbeigeführt. Es war für uns schlicht und einfach gesagt schrecklich zu sehen, was am Unglücksort geschehen war! Dies musste wirklich ein Wunder gewesen sein das in den Trümmern die wir gesehen hatten, nicht noch mehrere Menschen ihr Leben verloren hatten!
Dein Papa und ich holten die Ausrüstung die wir mitgebracht hatten hervor und begaben uns auf die Suche nach Deiner Mama. Jedoch mussten wir sehr schnell erkennen, dass es bei so viel Schnee und Eis das es dort gab, unmöglich war etwas zu finden. Aber dennoch hatten wir es versucht. Wir hatten uns Meter für Meter vorgearbeitet und mussten auch darauf acht geben das wir uns nicht verlieren. Denn das Schneetreiben das zu diesem Zeitpunkt herrschte war einfach unbeschreiblich. Immer wieder hatten wir uns zurufen, damit wir wussten wo der andere war! Wir hatten schon eine sehr große Fläche abgesucht. Doch mussten wir danach auch einsehen, dass Deine Mama so nicht zu finden war. Wir suchten dennoch weiter und versuchten alles was unsere Kräfte hergaben. Doch Deine Mama scheint wie vom Erdboden verschwunden zu sein. Wir wussten nicht mehr wo wir noch suchen sollten?
Papa, dann versuchten wir es doch Morgen wieder? Dann würde auch ich mitkommen. Auch wenn ich keine große Hilfe sein konnte, ein wenig könnte ich sicherlich helfen. Ich wusste es und spürte es in mir! Denn es war mein Wille, dass ich jetzt für Mama da sein musste. Da auch sie immer für mich da war, wann immer ich sie brauchte!
Der Pilot mit dem wir heute hinausgeflogen waren hatte uns gesagt, dass er morgen nicht mehr fliegen konnte. Da man für den Rest der Woche schwere Schneestürme vorhergesagt hatte. Deshalb müssten alle Flugzeuge am Boden bleiben. Aber Papa, kam meine enttäuschende Antwort. Wir mussten doch Mama helfen! Sie brauchte uns doch so sehr und auch wir brauchten sie! Ich weiß Christian, aber was sollte oder könnte ich den nur

tun? Konntest Du mir das sagen? Ich wusste es leider auch nicht. Doch irgendetwas musste Dir doch einfallen? Da ich doch wusste, dass Du immer eine Lösung hattest, wenn es ein Problem gab. Du hattest mir einst gesagt, Probleme waren dazu da um sie zu lösen. Da es für alles eine Lösung gab!
Glaube mir Christian, ich suchte Tag und Nacht nach einer Möglichkeit. Doch nun wusste ich selbst nicht mehr, was ich noch machen könnte!
Als wir am späten Abend zu Bett gegangen waren, hörte ich zum ersten Mal das mein Papa ein Gebet sprach. Ich konnte das Gebet das er sprach sehr gut verstehen. Deshalb trug auch ich seine Wörter in meinem Herzen. Da ich nun erkannt hatte, das auch mein Papa einen Weg suchte um dies was geschehen war zu verstehen! Dieses Gebet das mein Papa mit vollstem Herzen sprach, lautete!
Lieber und allmächtiger Gott! Du hattest vor sehr langer Zeit meine liebe Frau Andrea zu mir geführt. Eine Frau die für mich das Leben ist! Darum bitte ich Dich, führe mich wieder zu Ihr in ihre Arme zurück. Damit auch sie erkennen konnte, dass sie mein Leben war! Denn keiner außer Dir wusste, wie lieb ich sie hatte! Du weißt aber auch, dass Christian und ich Deine Hilfe brauchten. Darum Bitte ich Dich, gib mir meine Frau und die Mama meines Sohnes wieder in mein Leben zurück. Denn hier auf dieser großen Welt waren zwei Menschen die sie so sehr brauchten. Ohne meiner Frau und Mama meines Sohnes, wäre alles auf dieser Welt Hoffnungslos und leer für uns!
Als ich dieses Gebet aus dem Mund von meinem Papa gehört hatte, wusste ich, dass auch Papa keine Möglichkeit mehr wusste um Mama zu helfen. Als sich Papa danach zur Seite gedreht hatte um zu schlafen, fragte ich ihn ob ich zu ihm unter die Decke kommen dürfte? Komm nur Christian. Da kroch ich unter die Decke von meinem Papa und er drückte mich sehr fest an sich. Ich bemerkte auch, dass Papa sehr lange wach in seinem Bett gelegen war. Sicherlich ließen ihn die Gedanken an Mama nicht einschlafen.
Ich bemerkte aber auch, dass ihm beim Schlafen Tränen aus den Augen kollerten. Da sie auf meine Hand gefallen waren. Daran

erkannte ich seine Verzweiflung die auch er in sich hatte und ich konnte ihm nicht helfen. Da auch ich die gleichen Gedanken in mir trug. Auch ich drückte meinen kleinen Körper an ihm und lies meinen Gedanken und meinen Tränen freien lauf. Da wusste ich, dass wir die gleichen Gefühle in uns hatten. Es war schön zu wissen, dass man nicht alleine mit seinem Kummer war. Da man jemanden an seiner Seite hatte, von dem man Trost bekam.
Die Nacht war viel zu kurz um alle Gedanken die ich an Mama hatte durchzugehen. Doch hoffte ich, dass sich einige Gedanken und Hoffnungen die wir in uns hatten einen Weg zur Mama fanden.
Als sich langsam aber sicher der nächste Morgen näherte, da die Sonne die Nacht verdrängte und es im Zimmer immer heller wurde, sahen mein Papa und ich uns an und wir wussten das wir in dieser Nacht nicht sehr viel geschlafen hatten. Ich konnte mich nicht daran erinnern nur ein einziges Mal eingeschlafen zu sein. Wahrscheinlich lag ich im Bett und lies meinen Gedanken freien Lauf. Ich wusste es nicht!
Mein Papa machte das Radio an. Das sich neben ihm auf seinem Nachtkästchen befand. Da hörten wir, dass sich der angekündigte Schneesturm noch nicht eingestellt hatte und man erst am späten Nachmittag damit rechnen würde. Da griff Papa sofort zum Telefon und rief den Flughafen an. Er wolle wissen, ob er für heute wieder einen Hubschrauber mieten könnte?
Nun erwachte in uns wieder neue Hoffnung. Es war eine Hoffnung die wir schon fast aufgegeben hatten. Doch es war ein kleiner Funke der jetzt in uns lebte. Ein Funke der in unserem Herzen erwachte! Nach einem kurzen Gespräch, entschloss man sich doch dazu, noch einmal zum Unglücksort zu fliegen. Jedoch mit einer Einschränkung, dass dieser Flug zeitlich begrenzt war. Man wollte auf keinen Fall das Risiko eingehen um in den Schneesturm zu geraten der vorhergesagt wurde! Papa sprang aus seinem Bett und rief in den Zimmern wo auch Tante Stefanie und Onkel Franz Josef schliefen! Kommt alle mit, heute war unsere letzte Chance um meine Frau doch noch zu finden.
Wir alle waren in nur wenigen Augenblicken startbereit. Danach fuhren wir ohne vieler Worte und ohne zu Frühstücken zum

Flughafen. Die fahrt zum Flughafen war gespenstisch. Keiner von uns sagte nur ein einziges Wort und starrte nur vor sich dahin.
Als wir nach einiger Zeit am Flughafen angekommen waren, liefen wir sofort zum Hubschrauber. Der schon für uns bereitstand und uns zur Unglücksstelle bringen sollte. Wir durften keine Zeit verlieren, denn wir wussten. Zeit war Leben! Ein Leben das wir brauchten und ein Leben für das wir kämpften! Für Mama!
Als sich der Hubschrauber langsam vom Boden erhob, hatte ich das erste Mal sehr große Angst vor dem Fliegen in mir. Da ich nun eine ganz andere Vorstellung vor dem Fliegen hatte. Dies war nicht mehr diese Freude die ich damals in mir hatte, als ich mit meiner Mama hierher geflogen war. Jetzt hatte ich richtige Angst in mir! Angst den Boden unter meinen Füßen zu verlieren. Doch wollte ich dies auf jedem Fall verbergen. Da ich nicht wollte, dass man meinetwegen nicht fliegen konnte!
Aus diesem Grund legte ich meinen Kopf an die Schultern von meinem Papa um die Angst in mir ein wenig zu verbergen. In mir erwachten immer wieder die Gefühle des Absturzes. Doch ich musste und wollte diese verdrängen. Da ich nicht wollte, dass man meinetwegen wieder zum Flughafen zurückfliegen müsste. Da wir ansonsten die letzte Chance vergeben würden die uns noch blieb um Mama zu finden. Dafür wollte ich nicht verantwortlich sein.
Denn ich trug schon die Schuld in mir, dass dies so gekommen war! Dies wusste ich mit Sicherheit! Dennoch hatte ich sehr große Angst aus dem Fenster des Hubschraubers zu sehen. Deshalb entschloss ich mich die Augen zu schließen um an die schöne Zeit zu denken an der Mama noch bei mir war und wir gemeinsam sehr viel Freude erlebten. Mit diesen Gedanken in mir war dann doch die Flugzeit zum Unglücksort etwas schneller vergangen.
Nach der Landung war es mir doch um einiges leichter. Da ich doch wieder fest auf den Boden stand! Nun sah ich zum ersten Mal nach dem Unglück den Ort an dem ich zum letzten Mal die Hand meiner Mama gehalten hatte. Einen Ort an dem ich meine

Mama innig in die Augen sah und sie mir sagte, dass auch sie Angst hätte. Wie lange noch, durfte ich meine Mama nicht mehr in die Augen sehen? Nur Gott alleine wusste wie lange dies noch sein würde!
Der Pilot vereinbarte mit meinem Papa, dass er uns in vier Stunden wieder abholen würde. Da er später nicht mehr fliegen dürfte! Der Unglücksort war für mich ein sehr schrecklicher Anblick. Bei jedem Stück das wir gingen, konnten wir die Verwüstung erkennen die dieser Absturz hinterlassen hatte. Es war fürchterlich zu sehen was hier geschehen war!
Wir begannen ohne sehr viel zu überlegen mit der Suche nach Mama. Schon der kleinste Hinweis hätte die Herzen in uns mit Hoffnung erfüllen können. Doch wo war dieser Hinweis der uns diese Hoffnung bringen sollte? Er musste doch irgendwo hier zu finden sein? Wir suchten danach und hofften ihn auch zu finden! Nach einiger Zeit verspürte ich auch wieder die Schmerzen in mir die ich beim Absturz erlitten hatte. Darum sagte ich zu Papa. Ich glaube nicht, dass ich euch eine große Hilfe sein werde. Da in mir schon jetzt alles schmerzte.
Mein Papa sagte danach mit tröstenden Worten zu mir. Jeder von uns war in diesem Augenblick bei der Suche nach Mama eine sehr große Hilfe! Obwohl dies meine Schmerzen nicht linderte, war ich ein wenig Stolz auf die Worte die mein Papa zu mir sagte! Ich wusste aber auch, dass wenn Mama Schmerzen hatte, sie immer für mich da war und die Hilfe die ich brauchte sie mir niemals verweigerte. Darum suchte ich, wenn auch mit Schmerzen weiter! Deshalb war es nun meine Überzeugung, dass auch ich jetzt in diesen schweren Stunden für meine Mama da sein musste.
Die Stunden, in denen wir nach Mama gesucht hatten vergingen sehr schnell. Jedoch hatten wir nicht den kleinsten Hinweis gefunden wo sie denn sein könnte. Wie konnte dies nur sein und wie war das nur möglich? Mit jeder Minute sank unsere Hoffnung und wir waren schon alle Körperlich und geistig an unsere Grenzen angelangt. Bis ich auf einmal etwas sah!
Ich rief, da vorne lag etwas! Ja es ist, ich erkannte es! Dies war das Tagebuch von Mama! Ich war mir ganz sicher und es sollte

auch so sein. Es war das Tagebuch in dem meine Mama ihre letzten Gedanken vor den Absturz geschrieben hatte.
Ich lief in diesem Augenblick wenn auch mit Schmerzen zu dem Tagebuch, dass fast vollständig vom Schnee bedeckt war! Ich hob das Tagebuch sehr vorsichtig auf. Als ob ich etwas Zerbrechliches in meiner Hand halten würde. Ich übergab es Papa mit etwas Stolz der sich in mir breit machte. Da ich es war der es gefunden hatte! Es war nicht Mama, was ich gefunden hatte. Doch nun konnte sie nicht mehr weit sein!
Papa schlug die letzten Seiten des Tagebuchs auf in der Mama die letzten Eintragungen gemacht hatte und sah mit einem starren Blick darauf. Zu Beginn war ich nicht einverstanden damit als Papa das Tagebuch meiner Mama öffnete. Da ich wusste, dass ein Tagebuch nur für einen Menschen bestimmt war. Für den der es geschrieben hatte und seine Gedanken darin festhielt, das war Mama! Da ich aber wusste was die letzten Worte waren die Mama in Ihr Tagebuch geschrieben hatte, sagte ich kein Wort. Nach dem ersten Anblick von Papa als er die letzten Worte lass die Mama in Ihrer großen Angst des Absturzes in Ihr Tagebuch geschrieben hatte, kniete sich Papa in den Schnee und begann mit zittriger Stimme zu lesen. Zu Beginn konnten wir kein einziges Wort verstehen, doch nach einiger Zeit wurde die Stimme von meinem Papa immer lauter. Er las die Sätze vor, die Mama geschrieben hatte. Noch bevor sie wusste, dass dieser Flug ein so schreckliches Ende nehmen sollte. Es stand in Ihrem Tagebuch geschrieben!
Mein liebster Mann und Papa eines so liebenswerten Sohnes wie Christian einer war. Es war sehr schade, dass Du in diesen Augenblicken die wir jetzt erleben durften nicht bei uns sein konntest. Du konntest Dir nicht vorstellen mit welcher Freude und welchem Stolz Christian diesen Flug genoss. Der Flug, gab ihm die Freude so wie wir es uns erhofft hatten. Er war sichtlich hingerissen und fasziniert von dem schönen Panorama das sich von hier oben zeigte. Er möchte immer und zur jeder Zeit alles genau wissen, wie und warum? Doch dies wusstest Du sicherlich am besten. Ich musste gestehen, dass ich nicht immer die richtigen Antworten auf seine Fragen hatte. Da es auch für mich

der erste Flug in meinem Leben war. In diesen Augenblicken fehltest Du uns doch so sehr. Da Du immer so sachlich über alles gesprochen hattest und dies oder jenes sehr genau erklären konntest. Doch werde ich versuchen auf alle Fragen die Christian hatte, die richtige Antwort zu finden. Damit er Dir alles berichten konnte, was er erlebte und was ihn erfreut hatte. Ich war mir sicher, nein ich wusste es mit Bestimmtheit! Das sich auch Dein Herz mit Freude erfühlen würde, wenn Du sehen könntest wie glücklich Christian heute war. Etwas, das wusste ich mit Sicherheit. Denn nächsten Flug verbringen wir drei gemeinsam. Damit auch Du das empfindest was Christian vor einiger Zeit zu uns sagte! Frei wie ein Vogel!
Nach diesem Satz begann Papa wieder sehr leise zu lesen. Er murmelte nur noch vor sich dahin. Als könnte er nicht mehr lauter lesen. Da ich aber wusste was die letzten Worte waren die Mama geschrieben hatte, konnte ich Papa sehr gut verstehen. Danach kamen die Worte wieder lauter aus seinem Mund. Vielleicht würden wir uns, wenn Gott es so wollte in diesem Leben nicht mehr sehen. Doch sollten wir uns wieder sehen, dann war ich der glücklichste Mensch den es auf dieser Erde gab! In mir war jetzt sehr große Angst, doch war es nicht die Angst zu sterben. Es war die Angst vor dem was kommen würde! Darum möchte ich jetzt mit diesen Zeilen die ich nun geschrieben hatte und in meinen Gedanken die in mir waren bei Dir sein! Vergiss bitte niemals. Das diese Reise, Christian eine sehr große Freude bereitete. Diese Freude trage ich in meinem Herzen. Wir waren jetzt mit unseren Gedanken bei Dir. Wir lieben Dich. Auf wieder sehen! Irgendwann und irgendwo! Ich Glaube daran und ich wünschte es mir so sehr! Eine Bitte hatte ich noch an Dich! Behalte uns in Deinem Herzen, dann werden wir für immer zusammen sein! Lebe wohl!
Papa legte sich Kopfüber in den Schnee und schrie sehr laut. Was konnte ich nur tun um Dir zu helfen? Doch diese Frage verhallte langsam aber sicher im unendlichen Schnee und Eis das sich vor uns ausbreitete wie eine große weise Wand! Papa nahm das Tagebuch und steckte es unter seinen Pullover um es so nah wie möglich an seinem Herzen zu tragen. Wir begannen wieder nach

Mama zu suchen, wussten aber nicht mehr auf was wir noch achten sollten. Da wir nur noch das Tagebuch im Kopf hatten. Nach einiger Zeit hörten wir auch schon den Hubschrauber der uns wieder zurück zum Flughafen bringen sollte.
Von da an wussten wir, dass auch der heutige Versuch gescheitert war um Mama zu finden! Wir waren bis auf den Boden zerstört. Die Hoffnungslosigkeit die wir nun verspürten zerstörte unsere letzte Hoffnung die wir noch in uns hatten.
Papa versuchte den Piloten zu überreden, noch ein wenig zu warten. Doch es war alles vergebens. Da der Pilot sich an die Anweisungen halten musste, die ihm vorgegeben waren.
Beim Rückflug drückten wir unsere Gesichter fest an die Scheiben des Helikopters und sahen suchend in den unendlichen Schnee der uns umgab. Um doch noch eine Spur von Mama zu finden. Von hier oben konnte man nichts erkennen. Auch diese letzte verzweifelte Hoffnung war vergebens. Es war nur ein letzter und verzweifelter Versuch den wir noch in uns hatten! Jetzt wurde es uns allen bewusst und wir verspürten es in uns mit großem Schmerz, dass wir die Suche ohne Ergebnis abbrechen mussten und ich mein Wiedersehen mit Mama aufgeben musste!
Als wir nach einiger Zeit unsere Gedanken wieder gefasst hatten, sahen wir schon wie wir den Flughafen näher kamen und dies das Ende unserer Suche war!
Am Flughafen warteten einige Zeitungsreporter auf uns. Da sie erfahren hatten, dass wir heute hinausgeflogen waren um Mama doch noch zu finden. Alle Reporter fragten uns fast zur gleichen Zeit wie es uns den ergangen sei? Mein Papa antwortete nur mit einem einzigen Satz! Wenn Ihr unsere Gefühle kennen würdet, dann hättet Ihr diese Frage niemals gestellt!
Wie sind ihre Gefühle? Fragte danach ein anderer Reporter? Papa sah den Reporter sehr lange in die Augen und sagte danach! Diese Frage konnte man nur mit seinem Herzen beantworten und nicht mit Worten! Doch solltet ihr auch wissen. Das ich niemals verstehen werde, dass ein Glück so schnell und schmerzhaft zerstört werden konnte. Nach dieser Antwort von meinem Papa, gab es keinen Reporter mehr der noch eine Frage stellen wollte. Da, so glaubte ich ein jeder verstanden hatte, was Papa damit

sagen wollte. Wir irrten noch einige Zeit am Flughafen umher. Dies nicht, da uns langweilig war. Es war die Angst und die Verzweiflung in uns. Da wir nicht mehr wussten, was wir noch unternehmen sollten um doch noch ein gutes Ende herbeizuführen! Es verging sehr viel Zeit, da wir uns immer wieder fragend ansahen und nicht mehr weiter wussten! Als es Abend wurde hatten wir uns entschlossen in das Hotel zu fahren um unsere Koffer zu packen und auszuchecken.
Da der Flug nach Hause für den späten Abend schon gebucht war, wurde es auch höchste Zeit! Jedoch mussten wir mit anderen Gefühlen nach Hause Fliegen, als solche die wir uns erhofft hatten. Was war ein Zuhause ohne meine Mama? Ich konnte es mir nicht vorstellen und ich wollte es auch nicht. Doch wie würde es sein? Wir alle hatten uns so schwer es uns auch viel damit abgefunden, dass wir am heutigen Tag alles verloren hatten was für uns das größte Glück auf Erden war!
Als wir im Hotel unsere Koffer für den Rückflug fertig machten, hatten wir uns jede menge Zeit gelassen. Da wir noch immer die Hoffnung in uns hatten, das jemand kommen würde und uns etwas über den Verbleib von Mama sagen könnte. Doch auch dem war nicht so! Somit ging auch diese Zeit sehr schnell an uns vorbei! Da auch diese Hoffnung die wir noch in uns hatten zerstört wurde. Da hatten auch wir aufgegeben!
Diese schöne Stadt in der wir waren, war noch vor kurzem mein schönster Traum. Doch heute war diese Stadt, eine Stadt die ich nie mehr in meinem Leben vergessen werde. Da ich hier etwas verloren hatte, dessen Dasein und dessen Wert man niemals erahnen oder schätzen konnte. Meine Mama! Es war eine Stadt die mir alles genommen hatte was mir lieb und teuer war. Sie nahm mir auch die Freude in meinem Herzen und den schönsten Sonnenschein der über unserer Familie strahlte!
Wir fuhren fast schweigend vom Hotel zum Flughafen. Niemand von uns sprach ein einziges Wort. So innerlich zerstört waren in diesem Augenblick unsere Herzen. Als wir am Flughafen angekommen waren kaufte mein Papa einen sehr großen Blumenstrauß. Dieser war wirklich wunderschön. Da die Rosen alles überstrahlten! Jedoch wussten wir nicht was Papa damit

vorhatte! Anschließend ging Papa hinaus auf das Flugfeld, woraufhin ich in folgte! Nicht nur ich war an seiner Seite, auch die Wachbeamten des Flughafens kamen hinterher. Ein Wachbeamter legte seine Hand auf die Schulter von Papa, woraufhin Papa ihn ansah und langsam weiter ging. Der Beamte nahm seine Hand von seinen Schultern und ging in einem kleinen Abstand hinterher. Nach einem kurzen Weg den Papa gegangen war, legte er den Blumenstrauß in den Schnee.
Papa und ich knieten uns in den Schnee um noch ein kleines Abschiedsgebet für Mama zu sprechen. Jedoch auch die Hoffnung auszudrücken, dass wir uns einst, wer weiß wann und wo auch wieder sehen werden. Da Mama dies in ihr Tagebuch geschrieben hatte! Dies war die einzige Hoffnung die wir noch hatten!
Papa, so sagte ich! Ich konnte nicht glauben. Aber auch nicht verstehen, dass Mama nicht mehr bei uns sein sollte? Wenn du meintest Christian, das ich andere Gedanken in mir trage, dann hattest Du Dich getäuscht! Deshalb tragen wir Mama solange in unserem Herzen bis wir wieder zusammen sein werden. Dies würde uns ein wenig helfen den Schmerz denn wir nun in uns hatten zu lindern. Wir werden in uns die Gedanken an Mama niemals verlieren. Darum hatten wir auch die Hoffnung in uns, dass wir irgendwann wieder vereint sein werden. Ich konnte es Dir nicht versprechen, doch ich wünschte es mir so sehr! Ich verspreche Dir! Wir werden jedes Jahr hierher kommen um einen neuen Blumenstrauß in diese Wiese zu legen. Für eine liebevolle Frau und Mama die wir kennen und lieben durften! Auch, wenn sie nun nicht mehr Deine Mama im körperlichen Sinne sein konnte. Wusste ich, dass sie von nun an unser Engel in unserem Herzen sein würde. Ein Engel, den wir gemeinsam erleben und lieben durften! Denn nur wir beide wussten um die schöne Zeit die wir mit Mama erlebten!
Doch nun Christian, mussten wir uns beeilen. Da unser Flugzeug nach Hause schon bald starten würde. Danach gingen mein Papa und ich zurück in die Abfertigungshalle. Nach kurzer Zeit des Wartens, kam auch schon der Aufruf zu unseren Flug! Wir gingen zum Flugzeug und nahmen Abschied, Abschied von einer

Stadt die unser Herz gebrochen hatte! Wir stiegen in das Flugzeug, das uns ohne meine Mama nach Hause bringen sollte! Wir begaben uns zu unseren Sitzplätzen, deren Nummer sich auf unserem Ticket befand. Ich fand meinen Sitzplatz ohne Hilfe. Da ich nun wusste, wie es in einem Flugzeug aussah! Als das Flugzeug langsam zur Startbahn rollte und es danach immer schneller wurde bis es sich langsam vom Boden erhob, überkam mich abermals eine schreckliche Angst vor dem Fliegen. Ich hatte noch nie solche Angst in mir verspürt! Bisher wusste ich nicht vor was man beim Fliegen Angst haben sollte. Doch nun kannte ich die Angst und die Gefahr! Da ich nun wusste, das so ein Flug auch ein Leben zerstören konnte! Darum kraulte ich meinen kleinen Körper zusammen, sodass er fast nicht mehr zu sehen war. Ich wollte mich einfach nur verstecken. Ich wusste nicht wovor, doch ich wollte unsichtbar sein!
Der Flug nach Hause kam mir unendlich vor. So als ob er niemals enden würde. In mir kamen immer wieder die Gedanken an meine Mama. So das ich meine Tränen die ich in mir hatte nicht unter Kontrolle halten konnte. Da ich nun mit Sicherheit wusste, dass wir Mama zurückgelassen hatten. Ohne jemals zu erfahren ob Mama noch auf uns wartete und sich erhoffte, dass wir ihr helfen würden.
Diese Gedanken schmerzten in mir so sehr. Da ich wusste, dass dies ein Abschied für immer war! Dies sollte und musste so sein! Da uns keine andere Möglichkeit mehr geblieben war! Die Gedanken und die Angst in mir an das was geschehen war, waren so groß. Das ich Schuldgefühle in mir hatte! Doch irgendwo in meinen Gedanken lebte noch immer die kleine Hoffnung, dass meine Mama noch am Leben war und unsere Hilfe brauchte! Ich konnte nicht sagen warum ich dies so fühlte, doch war ich davon überzeugt, dass es so sein würde.
Es konnte doch nicht sein, dass Mama von uns gegangen war und nur mehr als Engel über mich wachen sollte! Wir hatten doch noch so vieles vor uns und wollten noch sehr vieles in unserem gemeinsamen Leben vollbringen. Sollte unser schönes Glück das wir bisher hatten, so ein schreckliches Ende nehmen? Nein, dass konnte ich nicht glauben, dass durfte es auch nicht sein! Diese

Gedanken in mir wurden so laut, dass ich im Flugzeug aufschrie und zu Papa sagte. Mama lebt! Papa sah mich mit fragenden Augen an und wusste nicht was er in diesem Augenblick zu mir sagen sollte. Nach kurzem Überlegen sagte Papa zu mir. Auch ich trage diese Hoffnung in mir und ich werde diese Hoffnung niemals aufgeben. Diese Hoffnung lebte nun in unserem Herzen und wir werden dies so in unserem Herzen behalten!
Als ich diese Worte von Papa hörte, war ich sehr erleichtert. Mir kam es vor als hätte ich nach sehr langer Zeit wieder ein kleines Lächeln in meinem Gesicht gefunden. Es war ein Lächeln der Hoffnung und Freude, die in meinem Herzen noch vorhanden war! Mit diesen Gedanken verbrachte ich meinen Flug nach Hause.
Wir alle waren sichtlich erleichtert als wir zu Hause am Heimatflughafen angekommen waren. Ich hatte das Gefühl, dass auch mein Papa etwas Angst vor dem Flug hatte und sichtlich erleichtert war als wir angekommen waren. Wahrscheinlich wollte er mir seine Angst nicht zeigen, da er mir die Angst die ich in mir hatte nehmen wollte! Ich wusste es nicht mit Sicherheit. Doch glaubte ich zu erkennen, dass dies so war!
Als wir sicher gelandet waren und uns danach in die Parkgarage begaben, wo mein Papa sein Auto geparkt hatte. Sagte mein Papa mit etwas bedrücktem Gesicht zu mir. Ich hatte mich noch nicht einmal bei Tante Stefanie und Onkel Franz Josef bedankt. Da sie uns in dieser schweren Zeit beigestanden waren! Ich wusste nicht warum ich dies vergessen konnte, doch ich würde es Morgen nachholen! Da sie doch zur jeder Zeit an unserer Seite wahren und uns Hilfe gaben, wo sie nur konnten!
Als wir nach einer kurzen Autofahrt durch unser schönes Dorf fuhren, hatte ich ein ungutes Gefühl in mir. Ich wusste nicht warum dies so war? Doch hatte ich ein ungutes Gefühl in mir. Da sich alle Menschen die uns sehen konnten nach uns umdrehten, als ob wir etwas Besonderes waren!
Als wir endlich zu Hause angekommen waren, kamen auch schon die ersten Nachbarn zu uns und wollten Neuigkeiten von uns erfahren. Jeder von Ihnen der etwas wissen wollte sprach in einem Ton, als ob Mama schon Vergangenheit wäre. Eine

Vergangenheit die niemals zurückkehren würde! War ich wirklich der einzige der noch an Mama glaubte? Oder war ich es, der nicht verstehen wollte was geschehen war? Konnte oder wollte ich nicht Verstehen, dass mein größtes Glück das ich hatte nur mehr Vergangenheit war? Ich wusste es nicht. Ich wusste nur, dass mein Papa an meine Mama glaubte und mit mir hoffte sie einst wieder zu sehen! Der Glaube war nun die größte Hoffnung die wir in uns hatten. Diese Hoffnung konnte uns niemand nehmen aber auch nicht zerstören!
Ich hätte sehr gerne zu all den Leuten die gekommen waren gesagt, dass sie nach Hause gehen sollten. Doch dies konnte und durfte ich nicht. Deshalb hatte ich mich in meinem Zimmer verkrochen und wollte nur noch alleine sein. Mit meinen Gedanken und mit meinen Gefühlen die ich in mir hatte! Dies waren Gedanken die man nicht beschreiben konnte! Dennoch hatten sie sich in mir verankert und drohten mich zu erdrücken. Darum wollte ich nur noch meine Ruhe haben, von allem was geschehen war und von allem was noch kommen würde! Von nun an wollte ich nur noch schlafen.
Ich sah auf mein Nachtkästchen, wo sich ein Bild von meinen Eltern befand. Mama strahlte hervor als ob sie eine kleine Königin wäre. Sie strahlte nicht nur so, denn Sie war eine Königin. Die Königin meines Herzens! Meine Blicke wollten oder konnten sich nicht mehr von Ihrem Anblick trennen. Immer wieder starrte ich auf das Bild. Auch dann noch als ich meine Augen nicht mehr offen halten konnte. Waren meine Blicke immer noch auf dieses Bild von meinen Eltern gerichtet. Doch irgendwann hatte mich die Kraft verlassen und ich war eingeschlafen. Ich fiel in einen sehr tiefen Schlaf. Dieser hatte mir sichtlich gut getan. Ich träumte von Mama, wie sollte es auch anders sein?
Am nächsten Morgen als ich erwachte, klopfte es an meiner Zimmertür. Die Zimmertür öffnete sich sehr langsam, da konnte ich sie auch schon sehen. Es war Mama! Mama, Du warst wieder bei uns zu Hause? Wo sollte ich denn gewesen sein, fragte sie mich? Du warst doch in Kanada verschollen und niemand konnte dich finden? Warum sollte ich in Kanada gewesen sein? War die

nächste Frage die mir Mama gestellt hatte. Weißt Du den nicht mehr, dass wir mit dem Flugzeug das uns nach Kanada bringen sollte abgestürzt waren und man Dich nicht finden konnte?
Aber Christian, dass konnte doch nicht sein. Ich war doch hier! Hier bei Dir! Für mich war es so als sei es die Wirklichkeit gewesen. Doch nun war ich sehr froh, dass es nur ein böser Traum war den ich erleben musste! Mein Herz und meine Gedanken fühlten sich mit Freude die man nur haben konnte, wenn man wirklich liebte und glücklich sein konnte.
In diesem Augenblick war ich wieder sehr glücklich und drehte mich nun mit erfühltem Herzen in meinem Bett zur Seite und schlief in Geborgenheit wieder ein. Es war nun ein Schlaf wie ich in schon lange nicht mehr hatte. Mit Freude und mit Mama an meiner Seite! Endlich wurde es wieder ein Schlaf den ich in Geborgenheit erleben durfte!
Nach einiger Zeit und nach einem erholsamen Schlaf erwachte ich und hatte mich gewundert, dass es an diesem Morgen schon so hell war. Da ich doch kein Langschläfer war und Frühmorgens schon aus meinem Bett kroch. Da zog ich mich an und öffnete frohen Mutes meine Zimmertüre um in die Küche zu gehen. Wo meine Mama auf mich warten würde, und das Frühstück schon auf den Tisch gestellt hatte. Da hörte ich fremde Stimmen. Ich dachte mir, ob wir heute schon Besuch hätten. Was sollte es? Wenn mich jemand fragen sollte, sagte ich mit einfachen Worten. Das ich verschlafen hätte! Da warf ich einen Blick auf meine Beine, da sah ich sie! Die Narben die ich beim Flugzeugabsturz erlitten hatte! Dann war es doch nur ein Traum der mein Herz für kurze Zeit erfreute? Ich hatte mich so rissig darauf gefreut, Mama zu erzählen was ich schlimmes geträumt hatte. Doch nun war dieser Traum wieder das was es vorher war, die Wirklichkeit!
Da ging ich völlig verstört und starrem Blickes in die Küche. Wo schon einige Nachbarn waren und einen Blick auf mich warfen. Als auch ich sie ansah, wanden sie den Blick sofort ab und sprachen mit Papa. Nach einiger Zeit, hatten sich die Nachbarn nach Hause begeben und es war Ruhe eingekehrt. Ich konnte auch erkennen, dass mein Papa sehr froh darüber war. Da auch

seine Gedanken freie sein wollten. Frei von aller Neugier die uns umgab! Papa legte seinen Kopf auf den Küchentisch und ließ seinen Gedanken die er in sich hatte freien lauf.
Als er bemerkte hatte, dass ich es sah. Erhob er seinen Kopf und fragte mich, was wir denn heute machen wollten? Ich wusste im ersten Augenblick nicht was ich sagen sollte. Doch nach einiger Zeit kam doch eine Antwort von mir und ich sagte zu Papa! Machten wir doch das, was wir immer gemacht hatten wenn Mama nicht zu Hause war. Freuten wir uns auf ein Wiedersehen! Mit diesen oder ähnlichen Gedanken verlief der ganze Tag der für uns kein Ende zu nehmen schien. Als sich die Sonne neigte und den Mond Platz machte um die Nacht zu erleuchten, saßen wir noch immer starr und wie benommen am Küchentisch. Keiner von uns hatte an das Abendessen gedacht. Bis ich nach einiger Zeit danach fragte. Da ich immer wieder versuchte einen Grund zu finden um meine Augen offen zu halten. Ich fragte nach dem Abendessen, obwohl ich keinen Hunger in mir hatte. Nach dem Abendessen, sah ich sehr lange aus dem Fenster und wusste nicht auf was ich noch acht geben sollte. Langsam aber sicher konnte ich am Abendhimmel nichts mehr erkennen, da die Finsternis den Tag verdrängte. Doch wusste ich etwas mit Sicherheit, heute ging ein Tag zu Ende der für mich wie ein verlorener Tag erschien. Da ich nicht wusste warum die Sonne aufgegangen war und ich nicht wusste warum die Nacht hereinbrach!
Nach einiger Zeit des Daseins, gingen mein Papa und ich zu Bett. Ich war sehr froh, dass dieser Tag vorüber gegangen war. Der vergangene Tag war die größte Leere in mir, die ich bisher erlebt hatte. Ich fragte meinen Papa, ob ich bei ihm im Zimmer schlafen durfte? Da ich mich sehr einsam fühlte? Ich war danach auch der Ansicht, dass mein Papa sehr froh darüber gewesen war das ich ihn dies gefragt hatte. Da auch er so wie ich es erkennen konnte, sehr einsam war. Wir waren einsam im Herzen, das unseren Schmerz in sich trug!
Wir lagen sehr lange wach in unseren Betten. Da es uns nicht möglich war einzuschlafen. Jeder Versuch einzuschlafen, scheiterte an einem einzigen Gedanken. Es war der Gedanke an

Mama! Irgendwann, ich wusste es nicht wann es war. Waren wir doch eingeschlafen. Da uns die Kräfte am Wachsein verlassen hatten. Ich wusste nicht ob man dies Schlaf nennen konnte, oder nur das Schlummern in einer trostlosen Nacht. Einer Nacht von der wir erhofften, bald wieder zu erwachen.
Am nächsten Morgen zeigte sich bereits die Sonne die ihre ersten Sonnenstrahlen durch das Fenster in das Schlafzimmer warf. Die Sonne versuchte irgendwie den Weg in meine Augen zu finden. Ich staunte nicht schlecht, als ich das glitzern der Sonne in meinen Augen sah. Es war, als ob sie mir etwas Schönes zeigen wollte! Doch was sollte das Schöne sein das sie mir zeigen konnte? Das Wissen das ich wieder zur Schule gehen musste? Sollte dies das schöne für den heutigen Tag für mich sein? Natürlich freute ich mich sehr auf die Schule. Da ich nach sehr langer Zeit wieder meine Schulfreunde sehen würde und ich in der Schule wieder etwas für mein weiteres Leben lernen würde. Doch auch das Wissen, das mich sehr viele Schulfreunde nach meiner Mama fragen würden. Machte mir doch ein wenig Angst. Nach einiger Zeit sagte mein Papa zu mir, wir mussten jetzt aufstehen. Da Du heute wieder nach sehr langer Zeit zur Schule gehen musstest!
Ich begab mich in das Badezimmer um mich für den heutigen Tag der gekommen war frisch zu machen. Als ich fertig war und in die Küche kam, war eine seltsame Leere in mir. Niemand war da der mir das Frühstück bereitet hätte. Außer meinem Papa! Er versuchte es so gut wie er es nur konnte. Doch dies war nicht das was ich in meinem Herzen gewohnt war! Da Mama es sehr gut verstanden hatte, unsere Herzen schon mit dem Frühstück zu erfreuen.
Als mein Papa und ich am Tisch saßen und das Frühstück zu uns nahmen, sagte ich mit leisen aber doch verständlichen Worten zu ihm. Das ich heute nicht zur Schule gehen möchte! Da ich keine Freude in mir hatte. Ich wusste nicht was ich noch lernen konnte? Christian, ich verstehe das Du heute ein wenig Angst vor der Schule hattest. Da Du nach sehr langer Zeit wieder Deine Freunde treffen würdest und sie Dir sicherlich einige Fragen stellen würden. Doch Du musstest noch sehr vieles lernen um für

Dein weiteres Leben vorbereitet zu sein. Du wusstest aber auch, dass Mama sicherlich sehr enttäuscht von Dir gewesen wäre, wenn Du dies zu ihr gesagt hättest? Wenn Mama noch bei uns wäre, würde alles anders sein. Denn dann hätte ich die Freude in mir um wieder zur Schule zu gehen. Da würde es diese Fragen in mir nicht geben!
Als ich das Frühstück aufgegessen hatte, sagte mein Papa noch einmal mit sehr viel Liebe und Gefühl zu mir. Jetzt musstest Du zur Schule und Du würdest erkennen, dass es nicht so schlimm war wie Du es Dir jetzt vorstelltest! Mit etwas zögern nahm ich meine Schultasche zur Hand und verabschiedete mich von meinen Papa. So verließ ich Gedankenlos und ohne Freude in mir mein Elternhaus. Danach ging ich zur Bushaltestelle.
Da noch ein wenig Zeit war bis der Schulbus kam der mich in die Schule bringen sollte, ging ich zu unseren Sportplatz. An dem Ort wo das Dorffest stattgefunden hatte und ich mit meinen Eltern unsere Freude über die Reise die ich gewonnen hatte feierte. Doch jetzt war es für mich eine vergangene Freude die ich erlebt hatte, an der ich mich niemals wieder in meinen Leben erfreuen könnte. Da dieser Gewinn für mich ein Schicksalstag war. Daran das Glück von mir und meinem Papa schmerzhaft zerbrach!
Da dies nur ein Gewinn in meinem Herzen war, doch dieser auch meine Familie zerstörte. Ich stand an dem Ort an dem wir damals gesessen waren und ich hatte meine Gedanken an die schöne Zeit gerichtet. Die mir damals sehr viel Freude bereitete!
Ohne darauf zu achten, dass der Schulbus in diesen Moment an mir vorbeifuhr. Dachte ich daran wie glücklich wir damals waren als ich diese Reise gewonnen hatte! Ich ging an diesem Tag nicht zur Schule. Da meine Gedanken es nicht zuließen das ich nur etwas, und sollte es nur eine Kleinigkeit sein zu lernen vermochte. Ich hatte aber auch sehr große Angst vor den Fragen die mir gestellt würden. Da auch ich keine Antwort hatte, auf das was geschehen war.
Am Sportplatz, wo im vergangenen Sommer der Festplatz war ging ich alle Schritte ab wo auch meine Mama mit mir gegangen war. Am schwersten waren für mich die letzten Schritte, wo mich

Mama an den Arm nahm um mit mir auf das Podium zu gehen. An dem Ort wo ich im Sommer meinen Gewinn in Empfang nehmen durfte.
Nach ungefähr einer Stunde ging ich wieder zurück nach Hause. Stellte meine Schultasche auf meinen Schreibtisch und wollte nur noch warten. Warten auf das, was kommen würde! Doch was sollte kommen? Ich wusste es nicht! Mit dieser Einsamkeit die ich in meinem Herzen hatte, verging auch dieser Tag. Ohne das ich auch nur das Geringste unternommen hatte! Darum war auch dieser Tag sehr langsam an mir vorbeigegangen! Ich hatte eine Leere in mir, die man mit Worten nicht beschreiben konnte.
Am frühen Abend konnte ich durch das Fenster erkennen, als mein Papa von der Arbeit nach Hause kam. Dieser Platz am Fenster, war für heute der Tag wo ich meine Zeit verbrachte. Einer Zeit die unendlich erschien! Ich bereitete einen Kaffee für meinen Papa und hatte ihn auf den Küchentisch gestellt. Da ich wusste, dass Papa sehr gerne einen Kaffee getrunken hatte, wenn er von der Arbeit nach Hause kam. Als er die Küche betrat und sah das der Kaffee auf dem Tisch stand, erkannte ich wie viel Freude solche Kleinigkeiten bereiten konnten. Denn die Blicke in seinen Augen erzählten mehr, als er selbst zu sagen vermochte. Nach diesem Blick den er auf den Küchentisch warf, begrüßte er mich sehr herzlich und dankte mir dafür.
Danach fragte er mich sehr fürsorglich, wie es mir am heutigen Tag in der Schule ergangen sei? Im ersten Augenblick wusste ich nicht was ich darauf antworten sollte. Doch dann entschloss ich mich doch die Wahrheit zu sagen.
Sei mir bitte nicht böse Papa, heute war ich nicht in der Schule. Da ich in mir keinen klaren Gedanken fassen konnte. Somit auch nicht wusste was ich in der Schule lernen sollte. Ich wusste selbst nicht warum dies so war, doch dies war nicht mehr die Welt in der ich fröhlich sein konnte!
Ich konnte Dich sehr gut verstehen Christian! Darum war ich Dir auch nicht böse. Doch müssten wir darüber sprechen! Da Du doch wieder Freude in Dir finden musstest! Was meintest Du Christian, sollte ich mit Dir zu einem Arzt gehen? Da ich glaubte das Du Hilfe brauchtest die ich Dir leider nicht geben konnte! Ich

würde Dir so gerne helfen. Doch wusste ich auch, dass Du nur einen Gedanken in Dir trägst und ich keine Möglichkeit hatte zu Deinem inneren vorzudringen. Ein Arzt wusste sicherlich, was er zu tun hatte. Damit Du wieder der Junge warst, den ich vorher gekannt hatte! Ein lebensfroher Junge, voller Energie und Lebenslust der seinesgleichen suchte.
Ich war sofort einverstanden. Ohne weitere Worte und viel zu überlegen fuhren wir noch am selben Abend zu einem Arzt. Ich war damit auch einverstanden, da Papa mir dies vorgeschlagen hatte. Ich wusste, dass er nur das Beste für mich wollte! Doch wusste ich auch, dass er meine Gedanken und meine Sehnsucht die ich in mir hatte nicht heilen konnte, und ich deshalb Hilfe brauchte!
Nach der ersten Untersuchung durch unseren Hausarzt gab es ein kurzes Gespräch zwischen meinem Papa und dem Hausarzt. Der Hausarzt sagte zu meinem Papa, dass ich zu einem Facharzt gehen sollte! Ich konnte mich aber nicht mehr an alles erinnern, was der Hausarzt zu meinem Papa gesagt hatte. Da es mir in diesem Augenblick auch egal war, was mit mir geschehen sollte! Ohne darauf Rücksicht zu nehmen, wie spät es schon war. Fuhren wir zu dem Facharzt der uns empfohlen wurde. Als mich Herr Doktor Neumann, so hieß der Facharzt untersucht hatte. Sagte er zu meinem Papa! Körperlich erfreute sich Ihr Sohn der besten Gesundheit. Jedoch in seinem Herzen war er zerbrochen. Mit sehr viel Liebe und Zuneigung würde Ihr Sohn bald wieder so sein wie vor jenem Schicksalstag der sein Herz zerbrach!
Herr Neumann verschrieb mir noch einige Pillen die ich vor dem Schlafengehen einnehmen sollte. Danach durften wir wieder nach Hause fahren. Ich durfte auch die ganze Woche nach dem Arztbesuch zu Hause bleiben und musste nicht zur Schule gehen. Doch diese Zeit der Einsamkeit, machte es in mir noch schlimmer. Da ich sehr viel Zeit hatte um nachzudenken. Nachzudenken über eine kurze Zeit in meinem Leben, wo ich noch Freude in meinem Herzen verspürte.
Mein Papa wusste allmählich nicht mehr, wie er mir noch helfen konnte. Da ich mich immer mehr von der Außenwelt verschlossen hatte und mich in mein derzeitiges Dasein das ich

erlebte zurückzog! Auch ich erkannte, dass ich in meinem Inneren zerbrochen war. Doch konnte ich nichts dagegen unternehmen. Auch ich wusste nicht, konnte ich nicht oder wollte ich nicht mehr fröhlich sein?
Als nach einiger Zeit keine Besserung bei mir eingetreten war sagte mein Papa zu mir. Christian, wenn sich Dein Zustand nicht besserte, muss ich Dich in ein Krankenhaus bringen. Damit Du wieder der Junge wirst der einst mein Herz erfreute!
Papa, ich möchte Dir nicht widersprechen. Doch auch Du wusstest, dass mein zerbrochenes Herz niemals heilen würde. Niemals in meinem Leben werde ich die Freude vergessen, die uns Mama zur jeder Zeit gegeben hatte. All die schönen Stunden die wir zusammen verbrachten, hatten sich in meinen Gedanken verankert. Da mein Herz und meine Seele immer mit Mama verbunden sein werden. Da ich Mama, so sehr liebte und brauchte! Dies würde immer und zur jeder Zeit so sein! Mein Herz könnte sich erst wieder erfreuen, wenn ich Mama in meine Arme nehmen könnte und ich die Wärme ihres Körpers die sie in sich trug an meiner Seite verspürte!
Christian, Du weißt aber auch. Das mein Herz zerbrochen war und auch ich in meinem Herzen eine große Wunde für das ganze Leben hatte. Trotzdem musste ich versuchen mein zerbrochenes Leben wieder zu ordnen. Auch wenn es mir sehr schwer fiel, musste es mir gelingen! Wir hatten noch sehr viel Zeit vor uns, dass man Leben nannte. Auch, wenn es nicht mehr so sein würde wie es bisher für uns war. Wir mussten unseren Weg neu finden. Einen Weg der uns die Freude am Leben wiederbrachte! Dies würde einige Zeit in Anspruch nehmen. Doch unsere Freude am Leben würde wieder kommen! Gemeinsam werden wir es schaffen, da war ich mir sicher! Und irgendwann wenn auch in ferner Zukunft, werden wir Mama wieder in unsere Arme schlissen. Auch wenn es bis dahin noch eine sehr lange Zeit sein würde, mussten wir das Leben für uns neu ordnen! Damit wir gemeinsam, wenn die Zeit einst gekommen war, glücklich und mit Freude in unserem Herzen vor Mama stehen werden. Irgendwann würden wir wieder gemeinsam glücklich sein! Das verspreche ich Dir! Denn was würde sich Mama denken, wenn

wir eines Tages mit zerbrochenem Herzen vor ihr stehen würden? Ich glaubte nicht, dass es das war, was sich Mama von unserem Leben erhoffte?
Ich weiß Papa, ich konnte Deine Worte sehr gut verstehen. Doch ich konnte nichts gegen meine Gedanken unternehmen die mir immer wieder die Hoffnung gaben, das Mama einst wieder bei uns sein würde! Dies ist keine Hoffnung die ich in mir hatte, es war eine Hoffnung die in mir lebte! Es kam mir immer wieder so vor als sei zwischen mir und der Wirklichkeit ein grauer Schleier den ich nicht zu durchdringen vermochte!
Seit diesem Gespräch mit meinem Papa, waren weitere zwei Wochen vergangen und in mir hatte sich noch immer keine Besserung eingestellt. Im Gegenteil, es wurde noch schlimmer! Da hatte sich mein Papa entschlossen mich in ein Krankenhaus zu bringen um mir die Hilfe zu geben die er mir nicht geben konnte!
In mir, brach jedoch eine weitere Welt zusammen als mir mein Papa dies sagte! Da ich mich jetzt auch von meinem Papa verlassen fühlte. Nun hatte ich auch sehr große Angst in mir auch Papa und somit alles zu verlieren, was mir lieb und teuer war! Ich wusste aber auch, dass Papa nur das Beste für mich wollte. Darum konnte ich ihn auch verstehen.
Als es dann so weit war, das ich in das Krankenhaus musste, wollte ich doch lieber zu Hause bleiben. Da ich doch schon meine Mama verloren hatte und auf keinem wollte, das ich auch meinen Papa verlieren könnte!
Warum sollst Du mich den verlieren, wenn Du in das Krankenhaus gehst? Ich war doch zur jeder Zeit für Dich da, wenn Du mich brauchtest. Du weißt doch sehr genau, dass ich jetzt nur noch für Dich lebte und alles unternehmen würde damit Du glücklich warst? Es würde eine schwierige Zeit für uns werden. Doch danach würdest Du wieder so ein lebenslustiger Junge sein, so wie ich Dich kannte. Dann würden wir wieder sehr viel Freude miteinander erleben. Das verspreche ich Dir!
Papa, was für eine Freude könnte man noch erleben wenn man keine Mama mehr hatte, die an meiner Seite war? Ich wusste auch sehr genau, was mich im Krankenhaus erwarten würde.

Man würde mich erst wieder entlassen wenn ich sagen würde, dass ich Mama vergessen hatte. Doch dies würde niemals sein! Aber nein Christian, mit Sicherheit nicht! Nichts und niemand würde dieses von Dir verlangen! Da konntest Du Dir sicher sein! Da war ich ein wenig froh, als mir Papa dies gesagt hatte. Denn nichts und niemand könnten mir jemals die Gedanken an meine Mama nehmen. Sie lebte in mir. Auch wenn nur in meinen Gedanken und meinen Herzen!
Man würde mit Sicherheit nur versuchen Dir zu helfen, damit Du Deinen Schmerz den Du in Dir hattest besser verarbeiten und verstehen konntest! Niemand würde von Dir jemals verlangen, dass Du Mama vergessen solltest! Darüber musstest Du Dir keine Gedanken machen. Das schwöre ich Dir! Bei meinem Leben!
Papa, du wusstest aber auch, dass ich niemals in meinem Leben sagen würde, das ich Mama vergessen hätte. Auch nicht dann, wenn man mich deshalb als verrückt bezeichnen würde. Eher würde ich mein Leben für Mama geben, sowie auch sie es für mich getan hätte. Mama ist es mir zur jeder Zeit Wert, das auch ich mein Leben hingeben würde, wenn sie es brauchen sollte und ich ihr damit helfen konnte! In meinem Herzen, auch wenn es jetzt gebrochen war. Wusste ich mit Sicherheit, dass Mama noch am Leben war. Sie würde wieder zu uns kommen. Dann wirst auch Du verstehen, warum ich diese Schmerzen so lange in meinem Herzen tragen musste!
Christian, niemand würde jemals sagen, dass es falsch war was Du dachtest oder fühltest. Davon konntest Du überzeugt sein. Denn dann, müsste auch ich verrückt sein! Da auch ich in meinem Herzen die gleichen Gefühle in mir hatte, wie Du sie in Dir trägst. Ich war aber auch sehr erfreut über Deine Gedanken die Du in Dir hattest. Da ich nun erkennen konnte, wie sehr sich unsere Gedanken gleichen. Auch wenn diese Erkenntnis erst jetzt über mich gekommen war, wo es uns am meisten Schmerzte. Mussten wir doch dankbar sein für die schöne Zeit die wir mit Mama erleben durften.
Danke für diese schönen Worte Papa! Ich wusste, dass Du mich verstehen würdest. Jetzt konnte ich auch Deine Gefühle die Du in

Dir hattest verstehen! Ich liebe Dich, und wie sollte es anders sein auch Mama!
Nach diesen tröstenden Worten begaben wir uns zum Auto und fuhren in das Krankenhaus das mir helfen sollte. Als wir nach einiger Zeit im Krankenhaus angekommen waren hatte man mich Untersucht! Ich wusste nicht ob man dies als Untersuchung bezeichnen konnte. Da mir ein Arzt immer wieder Fragen gestellt hatte und nur über mein bisheriges Leben Bescheid wissen wollte. Doch ich gab ihm die Antworten auf all seinen Fragen die er mir stellte! Anschließend wurde ich in ein Zimmer gebracht, dass für sehr lange Zeit mein Zuhause sein sollte. Papa brachte meine Kleider die ich im Koffer verstaut hatte in das Zimmer und gab sie in den Schrank. Danach sprach er noch einige sehr liebevolle Worte zu mir, sodass ich wieder Hoffnung schöpfen konnte. Dann hatte er sich von mir verabschiedet und wünschte mir eine gute Nacht!
Papa konnte an diesem Abend nicht länger bei mir bleiben, da er Nachtdienst hatte und zur Arbeit musste. Dies konnte ich sehr gut verstehen. Darum wünschte auch ich ihm einen schönen Abend und sagte leise auf Wiedersehen! Danach sagte er mit leisen Worten zu mir. Sei bitte nicht traurig, dass ich heute nicht länger bei Dir bleiben konnte. Doch wie Du wusstest, musste ich zur Arbeit gehen. Ich verspreche Dir, dass ich in jeder freien Minute die mir blieb zu Dir kommen werde. Damit Du Dich nicht langweilen musstest. Sei bitte nicht traurig, wenn ich jetzt gehe. Freue Dich darauf, wenn ich wiederkomme! Ich liebe Dich mein Junge!
Als mein Papa die Zimmertüre noch nicht ganz geschlossen hatte, rief ich ihm hinterher! Tschüss Papa, ich werde immer nur an Dich und an Mama denken. Da das Wiedersehen danach umso schöner war! Dies würde mir helfen auch die schwere Zeit die ich nun erleben musste zu überstehen. Ich brauchte euch doch so sehr. Mit diesen Worten schloss sich die Zimmertür und ich war alleine und einsam mit meinen Gedanken. Gedanken die in mir schmerzten. Doch wollte ich sie auch nicht verdrängen. Oder anders gesagt, es war mir auch nicht möglich diese Gedanken die ich in mir hatte zu verdrängen. So vergingen Tag um Tag,

Woche um Woche. Ich wusste es nicht mehr, wie lange es in Wirklichkeit war. Für mich war es eine sehr lange und nicht endend wollende Zeit. Nun waren bereits vier Monate vergangen, die ich im Krankenhaus verbracht hatte. Doch in mir so hatte ich das Gefühl, hatte sich nichts geändert. So wie ich es für mich beurteilen konnte, wurde es in mir nur noch schlimmer. Da ich nach den Behandlungen die ich erhalten hatte, sehr viel alleine war und meine Gedanken immer wieder eines suchten. „Mama"! Man wollte immer nur, dass ich meine Gedanken auf etwas richte das mir Freude machte. Doch dies konnte ich nicht und es war für mich nicht einfach zu verstehen? Warum ich lachen sollte, wenn ich traurig war!
Da ich in meinem Inneren immer mehr verschlossen wurde, hatte man keinen Zugang mehr zu mir und zu meinen wirklichen Gedanken und Gefühlen die ich in mir hatte. Auch ich hatte nach einiger Zeit erkannt. Das ich die Hilfe die man mir geben wollte, nicht angenommen hatte. Jeder wollte mir helfen, ich brauchte auch diese Hilfe. Doch ich wollte diese Hilfe nicht annehmen. Ich wusste nicht warum und wieso, doch mein Herz hatte sich vor allem verschlossen, das ich nicht kannte. So ging die lange Zeit die ich im Krankenhaus war an mir vorbei. Bis endlich der Tag gekommen war an dem ich nach Hause durfte.
Mein Papa kam wie jeden Tag zur Tür herein. Doch heute sagte er zu mir. Es war so weit! Ich hatte mit dem Arzt ein sehr langes Gespräch, doch heute durftest Du mit mir mit nach Hause gehen! Ich war sehr froh darüber. Denn endlich ginge es wieder ab nach Hause. Etwas auf das ich schon sehr lange gewartet hatte. Ich freute mich sehr über diese Nachricht. Da ich nach sehr langer Zeit wieder mein Zuhause und meine gewohnte Umgebung sehen durfte. Ich hatte mit Sehnsucht auf diesen Tag gewartet, endlich wieder zu Hause zu sein! Einer Umgebung die ich kannte und die ich liebte! Danke Papa!
Die Ärzte hatten mir aber auch gesagt, dass sich Dein Zustand nicht sehr vieles gebessert hatte. Doch möchte und wollte ich Dich heute mit nach Hause holen. Da in zwei Tagen Weihnachten war und ich zusammen mit Dir dieses schöne Fest erleben wollte! Ich hoffte, dass es auch das war, was auch Du

wolltest? Natürlich Papa, war meine Antwort. Du hattest mir doch so sehr gefehlt und jetzt würden wir Weihnachten gemeinsam verbringen! Ab heute, möchte ich zur jeder Zeit an Deiner Seite sein! Dies waren meine Gedanken und das schwöre ich Dir!
Ich war auch der Meinung, dass Du nun das schlimmste hinter Dir hattest. Doch müssten wir noch sehr viel daran arbeiten das wir wieder glücklich sein konnten. Daran werden wir beide sehr hart Arbeiten und wir werden dies auch schaffen!
Ich will es ja auch Papa. Da ich mit der Zeit eingesehen hatte. Das meine Mama nicht mehr zu uns zurückkommen würde. Jedoch werde ich mein Leben lang an Mama denken, sie lieben und achten wie ich es schon immer getan hatte. Das hatte ich mir selbst geschworen. Sie würde immer einen Platz in meinem Herzen behalten und würde in mir unvergessen bleiben.
Dennoch werde ich die Hoffnung niemals aufgeben, dass ich Mama eines Tages wieder in meine Arme schlissen konnte. Christian, es gab zu dem was Du sagtest und zu dem was Du fühltest, einen sehr schönen Spruch! Die Hoffnung eines Menschen, war der Weg für sein ganzes Leben. Die Hoffnung würde man niemals verlieren. Doch seinen Weg, musste man finden!
Nach diesen schonen Worten nahm Papa meine Kleider aus dem Kleiderschrank und gab sie in den Koffer den er mitgebracht hatte. Als wir das Krankenhaus verließen, verspürte ich zum ersten Mal nach sehr langer Zeit wieder etwas Freude in mir. Da ich mich schon so sehr auf mein Zuhause gefreut hatte. Ich freute mich auch darauf, wieder meine Freunde zu sehen. Mit ihnen zu spielen und jede Menge Spaß zu haben.
Bei diesen Worten die ich in mir hatte erkannte ich, dass ich im Krankenhaus doch etwas gelernt hatte. Ich konnte wieder Freude in mir verspüren. Es war eine Freude die ich sehr lange Zeit nicht mehr in mir hatte. Auch wenn diese Freude nicht übermäßig groß war, doch hatte ich sie wieder in mir!
Als wir zum Auto gegangen waren und danach losfuhren, war es ein sehr schönes und angenehmes Gefühl das ich in mir verspürte. Jetzt hatte auch ich erkannt und ich war mir nun

sicher, dass die Ärzte mir doch sehr geholfen hatten. Danke an alle die mir geholfen hatten!
Bei der Fahrt nach Hause, sah ich immer wieder aus dem Fenster und hatte die schöne Landschaft beobachtet die sich mir zeigte. Es war für mich sehr schön zu sehen, wie die herrliche Winterlandschaft an mir vorbeizog.
Als wir nach einiger Zeit Zuhause angekommen waren, sprang ich aus dem Auto und lief sofort zu meinem kleinen Fischteich hinter dem Haus. Einem Teich an dem ich schon sehr viele schöne Stünden erleben durfte. Es war für mich wunderschön zu sehen, wie die Fische im Wasser schwammen. Wie sie sich frei und lustvoll bewegten, als ob auch sie sich daran erfreuten, dass ich wieder zu Hause bei ihnen war. Ich wusste aber auch, dass dies nicht sein konnte. Dennoch hatte es den Anschein, dass dies so war! Da sie mit ihren eleganten Bewegungen das Wasser so richtig verwirbelten. Ab und zu spritzte mir sogar das Wasser in das Gesicht.
Die Karpfen waren leider nicht mehr zu sehen, da sie sich schon in den Winterschlaf begeben hatten. Jedoch, die anderen Fische die im Teich waren, hatten eine Lebensfreude in sich das man sich daran mit ganzem Herzen erfreuen konnte!
Danach ging ich auf unserem Grundstück ein wenig spazieren und hatte mir alles sehr genau angesehen. Ich erfreute mich am Anblick der Obstbäume, obwohl sie zur dieser Jahreszeit kein Laub mehr an den Ästen hatten. Dennoch war es für mich sehr schön sie anzusehen!
Als ich am Garten vorbeikam, überkam mich doch ein sehr unruhiges und Herzensergreifendes Gefühl. Da ich an Mama denken musste. Da sie immer und zur jeder Zeit mit sehr viel Stolz und Freude die Arbeiten im Garten verrichtet hatte. Es war aber auch eine sehr große und unbeschreibliche Freude in mir, dies alles nach sehr langer Zeit wieder zu sehen. Sodass ich erst gar nicht in das Haus gehen wollte. Doch war meine Freude auch ein wenig getrübt. Da ich daran denken musste, wie schön es doch war als Mama auf mich im Haus gewartet hatte und ich ihr von meinen Erlebnissen die ich hatte erzählen konnte. Mit einigen Tränen die sich nun in meinen Augen sammelten ging

ich zum ersten Mal nach sehr langer Zeit wieder in mein geliebtes Elternhaus. Als ich in der Küche war, übergab mir Papa ein kleines Geschenk und sagte mit sehr viel Freude die er in sich hatte zu mir. Willkommen zu Hause, mein Junge! Darauf hatte ich schon sehr lange gewartet. Doch heute war es endlich soweit! Daran konnte ich erkennen, dass auch Papa sehr einsam in seinem Herzen war und die gleichen Gedanken in sich trug die auch ich in mir hatte. Ich wusste jetzt aber auch, dass er die gleichen Schmerzen und Wünsche in sich hatte, wie auch ich sie verspürte! Ich fand keine Worte um Papa zu sagen, wie sehr ich mich über dieses Geschenk das er mir gegeben hatte freute. Deshalb ging ich zu ihm und gab ihm einen Kuss. In diesem Augenblick war es Glück und Freude die wir gemeinsam erlebten.

Als sich unsere Gedanken über die gemeinsame Freude etwas gelegt hatten, sagte Papa leise zu mir. Übermorgen kommt das Christuskind und Du hattest noch keinen Wunschbrief geschrieben. Da es doch an der höchsten Zeit wäre, das Du noch heute einen schreiben würdest? Ich zögerte nicht lange, nahm einen Bleistift und ein Blatt Papier zur Hand und begann zu schreiben. Ich musste auch nicht sehr lange überlegen was ich mir zu Weihnachten wünschen würde!

Da schrieb ich meinen größten Wunsch den ich in mir hatte auf dieses Blatt Papier, das vor mir lag. Mein Wunsch den ich geschrieben hatte lautete!

Liebes Christuskind, ich wünschte mir von Dir bisher immer nur Spielsachen oder sonstige Kleinigkeiten an denen ich mich sehr erfreute. Doch für dieses Weihnachtsfest hatte ich nur einen einzigen aber doch sehr großen Wunsch in mir, den ich heute an Dich richtete. Ich wünschte mir von Dir nichts anderes, als das Du mir und meinen Papa einen Herzenswunsch erfühltest!

Bring unsere Mama, die wir so sehr liebten wieder zu uns nach Hause. Also liebes Christuskind sorge bitte dafür, dass meine Mama wieder zu uns nach Hause kommen konnte. Den nur Du wusstest, wie sehr wir Mama vermissten und wie sehr wir sie brauchten. Du würdest uns die größte Freude bereiten, die ich mir jemals vorstellen konnte! Ich konnte mich noch sehr gut

daran erinnern als meine Mama einst zu mir sagte! Das ich meinen Wunschbrief den ich an Dich richtete, nur auf die Fensterbank in meinem Zimmer zulegen brauchte. Damit Du meine Wünsche die ich geschrieben hatte sehen konntest. Danach würden in der Nacht in der ich ihn geschrieben hatte, weise Tauben zu mir kommen und den Wunschbrief zu Dir in Dein Himmelsreich bringen. Bitte, bitte mach, dass dieser Wunsch den ich hatte, in Erfüllung gehen würde. Dann verspreche ich Dir auch, dass ich mir nie mehr etwas von Dir wünschen werde. Sodass Du keine Arbeit mehr mit mir und meinen Wünschen hattest!
Ich legte mit sehr viel Sorgfalt und mit größter Vorsichtig meinen Wunschbrief den ich geschrieben hatte auf die Fensterbank in meinem Zimmer, die aus Marmor bestand und erhoffte mir das die Worte meiner Mama die sie mir damals gesagt hatte in Erfüllung gehen würden. Da nun abermals eine Hoffnung in mir erwachte. Eine Hoffnung, dass ich Mama wieder sehen werde!
Ich schloss das Fenster sehr vorsichtig und beobachtete meinen Wunschbrief mit Aufmerksamkeit. Erst als ich mir ganz sicher war das er auch richtig auf der Fensterbank lag, nahm ich meine Blicke davon. Da ich sichergehen wollte, dass kein Windstoß meinen Wunschbrief den ich geschrieben hatte vermochte ihn von der Fensterbank zu stoßen!
Zur Sicherheit, stellte ich meinen Stuhl den ich in meinem Zimmer hatte an das Zimmerfenster. Damit ich mich dort hinsetzen konnte und alles sehen würde was mit meinem Wunschbrief geschehen würde. Als ich mich in den Stuhl setzen wollte um alles zu beobachten, rief mein Papa nach mir! Christian, komm bitte in die Küche. Wir könnten jetzt das Abendessen zu uns nehmen. Da ich schon alles vorbereitet hatte. Ich wusste erst gar nicht was ich sagen sollte. Da ich meinen Wunschbrief nicht mehr aus meinen Augen lassen wollte. Darauf antwortete ich, es ginge jetzt leider nicht. Da der Wunschbrief den ich an das Christuskind geschrieben hatte fertig war und ich nun Acht geben wollte, was nun passieren würde. Da dies, was ich mir in diesem Jahr wünschte ein ganz besonderer

Wunsch war! Aber Christian, Du könntest mir Deinen Wunschbrief doch lesen lassen? Damit auch ich wusste was Du Dir vom Christuskind wünschtest!
Bring Deinen Wunschbrief doch mit in die Küche? Dann könntest Du das Abendessen zu Dir nehmen und du hättest auch den Brief den Du geschrieben hattest im Auge. Da die Nacht noch sehr lange sein würde, hattest Du auch danach noch genügend Zeit um auf den Wunschbrief acht zu geben. Ja Papa, ich komme schon!
Als ich auf den Weg zur Küche war, lass ich den Brief noch einmal sehr sorgfältig durch. Damit ich nichts vergessen hätte, was mir wichtig war. Als ich die Küche betrat, hielt ich meinem Wunschbrief mit ausgestreckten Händen meinen Papa entgegen. Da ich wusste, das auch Papa in lesen wollte.
Papa nahm den Wunschbrief sehr sorgfältig entgegen und lass ihn aufmerksam durch. Danach sagte er zu mir. Du könntest noch hinzufügen. Das dies auch mein größter Wunsch war den ich in mir hatte! Ich nahm ohne zu zögern den Bleistift zur Hand und schrieb. Dies war auch der Wunsch von meinem Papa!
So schnell so meinte ich, hatte ich noch niemals in meinem Leben etwas geschrieben. Jetzt hatte ich nicht nur Hoffnung, sondern sehr große Hoffnung in mir, das dieser Wunsch in Erfüllung gehen würde! Da ich mit meinem Wunsch den ich in mir hatte, nicht mehr alleine war!
Also liebes Christuskind! In diesem Jahr hattest Du es sehr einfach mit meinen Papa und mit mir! Wir hatten nur einen einzigen Wunsch den es zu erfühlen gab. Es war der Wunsch unseres Herzens! Denke bitte daran, wenn Du diese Zeilen die ich geschrieben hatte liest!
In der Zeit in der ich dies geschrieben hatte, stellte Papa das Abendessen auf den Tisch das er schon vorbereitet hatte. Dennoch war es anders als ich es gewohnt war. Da Mama immer sagte, wenn sie das Essen auf den Tisch stellte. Dies hatte ich mit Liebe zubereitet!
Es waren alles nur Worte die Mama zu uns sagte, doch es war etwas was man in seinem Herzen festhält. Da es die Gefühle von uns berührte! Erst in diesen Augenblicken, indem man diese

Wörter nicht mehr hörte, wusste man was Mama uns damit sagen wollte.
Als ich beim Abendessen in meinen Gedanken versunken war, unterbrach mich mein Papa mit den Worten! Ich weiß, dass das Essen von Mama das sie uns auf den Tisch gestellt hatte, Dir sicherlich mehr Freude bereitet hatte. Doch auch ich möchte für Dich da sein, so wie Mama es für uns zur jeder Zeit war.
Obwohl ich einen sehr großen Hunger in mir verspürte, vermochte ich nur wenige Bissen zu mir zu nehmen. Ich wusste nicht warum dies so war, doch ich konnte und wollte nichts mehr essen. Dies machte sich schon seit längerer Zeit bei mir bemerkbar. Da ich seit dem Flugzeugabsturz, sehr vieles an Gewicht verloren hatte. Ich konnte nichts dagegen unternehmen. Denn wie sollte ich etwas essen, wenn ich nicht mehr konnte oder wollte?
Ich wusste aber auch, dass ich mir diese Frage nur selbst beantworten konnte. Doch wie? Wie sollte ich eine Antwort finden, wenn ich die Frage darauf nicht kannte? So sammelten sich in mir immer wieder die Fragen, die nur ich mir beantworten konnte. Doch welche Antwort sollte es sein? Dies war wieder eine Frage auf die ich keine Antwort hatte!
Ich wusste aber auch, dass ich das nicht sollte! Da es mich immer wieder in meine Vergangenheit führte. Doch was sollte man gegen die Gedanken unternehmen die man in sich hatte um an einen Menschen zu denken und an ihn zu glauben, den man sehr liebte? Diese Gedanken waren das einzige was mir von Mama geblieben war und diese Gedanken würden immer in meinem Herzen vorhanden sein!
So Christian, nun müssten wir doch zu Bett gehen. Da wir für morgen all unsere Kräfte brauchten. Wir mussten doch Morgen unseren Christbaum schmücken. Da das Christuskind doch einen schönen Platz vorfinden sollte, wenn es zu Dir mit Deinen Geschenken kam.
Da fragte mich Papa etwas was ich mir niemals gedacht hätte! Glaubtest Du wirklich daran, dass das Christuskind die Mama wieder zu uns nach Hause bringen würde? Ja, aber natürlich war meine Antwort! Bisher hatte ich doch immer das bekommen was

ich auf meinen Wunschbrief an das Christuskind geschrieben hatte. Warum sollte es in diesem Jahr anders sein?
Christian, ich weiß nicht wie ich es Dir sagen sollte. Dennoch werde ich versuchen es Dir so zu sagen, damit auch Du es verstehen konntest. Das Christuskind erfüllte Jahr für Jahr sehr viele Wünsche die wir Menschen an ihm gerichtet hatten. Dennoch gab es sehr viele Wünsche die nicht in Erfüllung gegangen waren. Da es mit einfachen Worten ausgedrückt, unmöglich war diese Wünsche die man hatte zu erfüllen.
Denn wenn es nicht so sein würde, hätten wir Menschen keine Wünsche mehr in uns und wir währen wunschlos glücklich. Doch dies gab es nicht. Denn jeder von uns hatte einen Wunsch, auch wenn dieser unerfüllt blieb. Ich hoffte dass Du verstehst, was ich Dir damit sagen wollte? Deshalb sei Morgen bitte nicht so sehr enttäuscht wenn Du erkennen würdest, dass es Wünsche gab die niemals in Erfüllung gehen würden!
Es gab auf unserer schönen Welt auch Menschen die sich nur das nötigste zum Leben wünschten. Doch dies, niemals bekommen werden. Da es sehr viele Menschen auf dieser Erde gab die hungern müssten, da sie nichts zum Essen hatten. Für diese Menschen wäre es ein Wunder, wenn sie nur ein kleines Stück Brot bekommen würden. Doch für viele von ihnen würde auch dies nur ein Traum bleiben und sie würden an dem sterben was wir als selbstverständlich empfanden. An Hunger!
Obwohl das Essen für uns kein Wunsch mehr war, sondern das selbstverständliche was wir machten. War es für mich schwer anzusehen, dass es so etwas auf unserer schönen Welt noch gab. Da diese armen Menschen nur denn einen Wunsch in sich hatten, sie wollten nur essen um zu überleben!
Wenn alle Menschen auf dieser Erde nur ein Stück Brot abgeben würden, würde es dies was man Hunger nannte auf unserer Welt nicht mehr geben! Doch in der heutigen Zeit war dies nur ein Wunsch von wenigen Menschen die wirklich helfen wollten! Ich wusste aber auch, dass man diesen Wunsch sehr leicht erfühlen konnte. Doch es gab noch immer so viele mächtige Menschen auf dieser Welt die das nicht wollten! Da sie noch immer der Meinung waren das man alles so machen müsste, wie sie es uns

sagten und dabei auf die Ärmsten der Armen vergaßen. Sie konnten oder wollten dies auch nicht erkennen. Da sie glaubten, dass nur sie die Welt zum Guten wenden könnten. Daher würden sie alles versuchen um dies auch weiterhin so zu machen, wie sie es sich vorstellten! Meist um damit nur ihre Geldbörsen zu füllen! Doch dabei vergaßen sie leider auch, das die ärmsten Menschen dieser Welt diejenigen waren die ihnen den Reichtum ermöglichten! Nur wenn diese Menschen dies auch verstehen würden, könnten wir alle glücklich und ohne Hunger Leben!
Ich wusste leider auch, dass dies nur ein Wunschtraum von mir war. Doch wusste ich, dass ich diese Gedanken mit sehr vielen Menschen teilte. Da auch sie das gleiche Ziel verfolgten und die gleichen Gedanken in sich hatten! Dies war mein Traum nach Freude, Glück und Freiheit für alle Menschen auf dieser Welt! Ich könnte Dir darüber noch so vieles erzählen, doch für heute war es genug!
Papa, ich erkannte Deine Wünsche und Deine Gefühle die Du in Dir hattest. Doch ich war mir sicher, dass sich mein Wunsch den ich an das Christuskind gerichtet hatte erfühlen würde. Ich spürte dies in meinem Herzen. Da ich es fühlte, so wie ich Dich jetzt vor mir sah! Es konnte doch nicht sein das mich meine Gefühle so in die Irre führten?
So, nun müssten wir doch zu Bett gehen. Da es doch schon sehr spät geworden war. Ich musste auch noch meinen Wunschbrief den ich an das Christuskind geschrieben hatte auf die Fensterbank in meinem Zimmer legen!
Ich nahm meinen Brief in die Hand und wünschte meinem Papa noch eine gute Nacht. Mit Hoffnung in mir, lief ich in mein Zimmer und öffnete das Fenster. Ich legte meinem Wunschbrief wieder behutsam auf die Fensterbank und begab mich in den Sessel den ich schon vorhin an das Fenster gestellt hatte. Da ich doch Acht geben wollte, was mit meinem Wunschbrief, denn ich an das Christuskind geschrieben hatte geschehen würde.
Obwohl noch nicht mehr als eine halbe Stunde vergangen war, kam es mir vor wie eine kleine Ewigkeit die ich schon am Fenster saß. Doch ich wusste, dass ich nicht einschlafen durfte. Ich musste und wollte auch sehen was mit meinem Wunschbrief

passieren würde. Deshalb versuchte ich meine Augen offen zu halten, so lange ich dies nur konnte.
Ich wollte aber auch das Christuskind sehen, das ich in meinem Herzen trug. Das Christuskind sollte aber auch sehen und erkennen, wie sehr mir dieser Wunsch den ich in mir hatte, dass Mama wieder zu mir nach Hause kommen würde, am Herzen lag! Denn wenn das Christuskind erkennen würde wie traurig ich ohne meine Mama war, würde es mir diesen Wunsch den ich hatte sicherlich erfüllen. Jedenfalls, wünschte ich es mir so sehr! Nach einiger Zeit des Wartens, sah ich eine sehr schöne Sternschnuppe die über den Himmel flog. Da sie sehr hell und glanzvoll den Nachthimmel erleuchtete. Da ergriff ich sofort meine zweite Chance, die ich nun hatte. Denn Mama hatte mir einst gesagt, dass wenn man eine Sternschnuppe sehen würde, man sich etwas wünschen durfte. Dieser Wunsch würde danach auch in Erfüllung gehen. Ich wusste aber auch, dass dies nur ein Sprichwort war. Dennoch, warum nicht? Ich konnte es doch versuchen! Da es auch eine Hoffnung gab, dass auch Sprichwörter die vor langer Zeit entstanden waren, einen wahren Kern in sich trugen.
Somit öffnete ich meine Augen sehr weit und wünschte mir, dass morgen am Heiligen Abend, meine Mama wieder bei mir sein würde und ich sie sehr fest aber doch zärtlich in meine Arme nehmen konnte! Da es auch diese Arme waren, die Mama damals verspürte, als wir abgestürzt waren und ich sie nicht an meiner Seite halten konnte. Ich wusste aber auch, dass ich mit meinen kleinen Armen meine Mama so fest halten würde, dass ich sie niemals mehr verlieren würde.
Als ich gleich darauf wieder eine Sternschnuppe sah, wusste ich, dass mein Wunsch erhört wurde. Ja, in diesem Augenblick war ich mir sicher. Es war ein kleiner Hinweis und ein Zeichen des Himmels, dass ich die Hoffnung in meinem Herzen behalten musste! Einer Hoffnung die neuerlich in mir zum Leben erwachte! Als ich weiterhin die Sterne beobachtete, dachte ich daran was mir mein Papa vor einiger Zeit erzählt hatte. So zum Beispiel, dass es sehr viele Sternzeichen an unserm Nachthimmel gab. Jedes Mal, wenn er mir ein Sternzeichen zeigte, sagte er mir

auch den Namen den sie trugen. Leider waren sie mir nicht alle in Erinnerung geblieben. Doch einige kannte ich heute noch!
Damals, in der Nacht als Papa mir dies alles gezeigt hatte, war es eine besondere Nacht. Da es in der damaligen Nacht, einen Sternschnuppen Hagel gab. Genau so wie er vorhergesagt wurde. Der Himmel spielte verrückt! Jedoch war es sehr schön dieses Schauspiel der Natur mitzuerleben.
Diese wunderbare Nacht hätte ich damals beinahe verschlafen. Denn an jenem Abend ging ich wie immer um acht Uhr zu Bett. Irgendwann in der Nacht, ich wusste es nicht mehr wie spät es war, kam mein Papa zu mir in mein Zimmer und fragte mich ob ich nicht Lust hätte mir einige Sternschnuppen anzusehen? Ich war noch sehr in meinem Schlaf gefangen und wusste im ersten Augenblick nicht was mein Papa von mir wollte. Danach, fragte er mich ein zweites Mal. Erst da hatte ich verstanden was er von mir wollte. Ich stimmte ohne zu zögern zu, sprang aus meinem Bett und zog mir etwas über.
Wir gingen hinaus in die Finsternis der Nacht und bewunderten die schöne und klare Sicht die wir zum nächtlichen Himmel hatten. Nach einiger Zeit der nächtlichen Schönheit und den Blicken zu den Sternen, holten wir uns einen Liegestuhl, damit wir es uns gemütlich machen konnten. Wir sahen schon einige Zeit in den unendlichen Nachthimmel, doch dann war es endlich soweit. Es war damals im wahrsten Sinne des Wortes eine himmlische Nacht. Den in dieser Nacht, hatte ich zum ersten Mal erfahren und erkannt, wie wunderbar unser nächtlicher Himmel sein konnte.
Die meisten von uns lebten nur in den Tag hinein und erkannten nicht wie schön diese Welt auch am Abend sein konnte. Man musste nur seine Augen offen halten, dann sah man auch das Schauspiel unserer Natur.
Ich fragte Papa nach einiger Zeit, warum er mir nicht schon vor dem Schlafengehen etwas davon gesagt hatte? Er sagte nur, dass auch er schon im Bett gelegen war und auch er nicht wusste, was heute Abend am Himmel zu sehen sein würde. Doch da er nicht einschlafen konnte machte er das Radio an und hörte, dass sich in der heutigen Nacht dieses Naturschauspiel ereignen würde. Ich

war aber auch sehr erfreut darüber, dass mein Papa an mich gedacht hatte und mich an diesem Naturschauspiel das sich vor unseren Augen ereignete teilhaben ließ.
Doch nach einiger Zeit, ich konnte es zuerst nicht glauben. Begannen die ersten Sternschnuppen vom Himmel zu fallen. Jede einzelne von ihnen erstrahlte so schön, wie sie es nur vermochte! In diesem Augenblick wurde ich immer neugieriger und wollte immer mehr von unserem schönen Sternenhimmel erfahren.
Papa hatte es in dieser Nacht sichtlich schwer mit mir. Da ich immer und immer wieder Fragen gestellt hatte und alles sehr genau wissen wollte. Ich hatte Papa schon so viele Fragen gestellt, dass auch er bald keine Antwort mehr wusste.
Anfangs konnte ich es nicht so recht glauben oder ich konnte es nicht verstehen, dass sich die Sternschnuppen, wenn sie sich der Erde näherten in Staub auflösen sollten! Da es für mich unvorstellbar war, dass sich ein so schönes Licht in nichts auflösen konnte. Danach sagte Papa zu mir, dass einige wenige auch die Erde erreichten. Mit etwas Glück könnte man diese dann auch finden. Da hatte ich doch ein ungutes Gefühl in mir. Denn was wäre, wenn mir eine Sternschnuppe auf den Kopf fallen würde? Ich wusste aber auch, dass ich nicht daran zu denken brauchte. Da es fast unmöglich war von einer Sternschnuppe getroffen zu werden.
In dieser Betrachtung der himmlischen Nacht, verging auch die Zeit sehr schnell. Weil wir immer und immer wieder etwas Neues am Sternenhimmel erkennen konnten. Doch endlich und nach langem warten war die Zeit hereingebrochen, an der es die meisten und schönsten Sternschnuppen zu sehen gab.
Danach fragte ich Papa, ob wir nicht auch Mama wecken sollten? Da ich mir sehr gut vorstellen konnte, dass auch Mama dies sehr gerne sehen wollte? Ich war mir auch sicher, dass auch Mama sich dieses schöne Schauspiel die diese Natur uns heute zeigte, nicht entgehen lassen wollte. Da wir gemeinsam der Natur doch so sehr verbunden waren. Papa war sofort einverstanden. So lief in das Schlafzimmer meiner Mama um sie so sanft wie es mir nur möglich war zu wecken. Im Augenblick ihres Erwachens war

Mama erst sehr erschrocken. Da sie nicht wusste, was ich zu dieser nächtlichen Stunde von ihr wollte. Als ich ihr danach erzählte, was mein Papa und ich in dieser Nacht schon schönes erlebt hatten, wollte auch Mama an unserer Freude teilhaben. Danach ging ich oder besser gesagt, lief ich wieder in das Freie zu meinem Papa. Damit ich nichts versäumte, was in dieser schönen Nacht noch kommen sollte.
Als meine Mama nach einiger Zeit nachkam, erschien sie vor aus wie ein kleiner Engel. Ihr Anblick erstrahlte in mir, als sei sie eine kleine Königin. Für mich war sie in diesem Augenblick die Königin der Nacht! Mama war wunderschön anzusehen. Dies war ein Anblick, den ich immer in meinem Herzen behalten werde und niemals vergessen könnte.
Mama fragte uns, da auch mein Papa sich des Anblicks ihrer Schönheit nicht entziehen konnte, ob mit ihr etwas nicht in Ordnung sei?
Papa sagte nur! Ich Fragte mich in diesem Augenblick, was war schöner? Dich zu sehen oder die Sterne zu beobachten? Da beides in meinem Herzen im vollsten Glanz erstrahlte. Mama sah Papa an und hatte ein wenig gelächelt!
Danach fragte uns Mama, ob schon etwas vorgekommen war das sie versäumt hätte? Nein sagte ich zu ihr! Ich zeigte Mama danach auch in was für eine Himmelsrichtung sie sehen musste, um die schönsten Sternschnuppen zu sehen die heute Abend kommen sollten. Da die Sternschnuppen am hellsten und in großer Zahl in nördlicher Himmelsrichtung zu sehen sein würden. Ab und zu sah man auch eine Sternschnuppe die aus einer anderen Richtung über den nächtlichen Himmel zog. Doch diese waren nicht diejenigen auf die wir unsere Blicke geworfen hatten.
Von diesem Augenblick an, sahen wir gemeinsam sehr erwartungsvoll in den nächtlichen Himmel. Wir sahen hin und wieder einige Sternschnuppen die am Himmel erleuchteten. Doch so viele wie es vorhergesagt war, waren es noch nicht! Doch nach einiger Zeit des Wartens, begann sich der Himmel wie von selbst zu erleuchten! Wir hatten jede einzelne Sternschnuppe gezählt die wir sehen konnten. Es mussten

hunderte gewesen sein! Da wir schon nach kurzer Zeit aufgegeben hatten zu zählen. Wir sahen nur noch mit weit geöffneten Augen in den abendlichen Himmel. Es sah so aus als ob alle Sterne die es am Himmel gab, ihres dazu beitrugen damit es ein schöner und unvergesslicher Abend für uns werden sollte. Als die Zeit des himmlischen Anblicks an diesem Abend schon sehr weit fortgeschritten war, hatten wir uns entschlossen zu Bett zu gehen. Der Abschied von diesem schönen Anblick fiel uns etwas schwer. Doch wir wussten, dass es sein musste! Da auch wir unseren Schlaf zur Erholung brauchten. Dies, was wir in dieser Nacht erlebt hatten, würde für mich eine unvergessene Nacht bleiben. Da meine Eltern und ich sie gemeinsam mit Freude erlebt hatten.

Als ich in jener Nacht wieder zu Bett gegangen war, war ich sehr schnell eingeschlafen. Ich träumte von den Sternschnuppen die ich mit meinen Eltern gemeinsam gesehen hatte. Doch diese waren nicht das, was ich mit meinen eigenen Augen gesehen hatte. Ich meinte auch den Grund dafür zu kennen, warum meine Eltern und ich damals in dieser schönen Nacht so lange wach geblieben waren. Es lag sicherlich daran das wir von der Natur etwas sehr Schönes sehen wollten. Dies war etwas, das wir Menschen nicht beeinflussen konnten. Denn die Natur hatte ihr eigenes Leben in sich und zeigte uns immer wieder, dass nichts und niemand vermochte es zu ändern! Wir wussten aber auch, dass wir die Natur brauchten. Da sie uns immer wieder etwas Schönes zeigten konnte und wir ohne sie keine Zukunft hätten! Doch an dem heutigen Abend, an dem ich alleine vor meinem Zimmerfenster saß und auf meinem Wunschbrief achtete, kam es mir vor als sei dies eine Nacht ohne Träume. Da ich nur die Einsamkeit in mir verspürte!

Auf ein Mal hatte ich die Gefühle in mir, die Mama in Ihrem Herzen trug und Sie immer wieder versuchte diese Gefühle zu mir in meine Gedanken zu tragen. Ich konnte Ihre Gedanken die sie hatte, in mir spüren. Doch wusste ich nicht woher sie kamen? Waren diese Gefühle von dieser Welt oder kamen sie von einem Engel der sie zu mir trug? Diese Frage konnte ich nicht beantworten! Da nur Gott diese Antwort kannte! Deshalb

beobachtete ich einen sehr schönen Stern am Himmel. Der von allen am hellsten erstrahlte und ich mir vorstellte, das dieser Sterne den Namen meiner Mama trug.
Es war ein sehr schöner Stern den ich gesehen hatte, da er ungewöhnlich hell erstrahlte. Er sah so aus als wollte er mir mein Herz erleuchten. Er hatte immer wieder geblinkt, wurde einmal heller und hatte sich danach wieder verdunkelt. Dies war etwas das man sehen musste um es zu verstehen. War es meine Mama, die mir eine Botschaft gesendet hatte? Doch wollte und konnte ich es nicht glauben. Da ich mir in meinem Herzen noch immer sicher war das sie am Leben sei und zu uns zurückkehren würde. Da ich mit Sicherheit wusste, das sie mich niemals alleine gelassen hätte. Alleine mit meiner Angst und meinen Sorgen die ich in mir hatte. Sie wusste immer einen Weg um mich glücklich zu machen, warum sollte es jetzt anders sein?
Als ich von den Gedanken die ich in mir hatte erwacht war, schrak es mich auf. Wo war mein Wunschbrief, den ich an das Christuskind geschrieben hatte? Ach ja, da lag er doch! Genauso an dem Platz an dem ich ihn hingelegt hatte. Da ich vorhin so sehr in meine Gedanken vertieft war, hatte ich vergessen auf meinen Wunschbrief den ich an das Christuskind geschrieben hatte acht zu geben!
Als ich wieder und immer wieder aus dem Fenster sah, zogen sehr dunkle Wolken am Horizont herbei. So das die Sterne langsam aber sicher in der Dunkelheit der Nacht verschwanden. Nach einiger Zeit konnte ich am Himmel langsam aber sicher nichts mehr erkennen. Ich suchte immer wieder nach dem Stern der mir nun so sehr vertraut war. Doch auch dieser war für mich in dieser dunklen Nacht nicht mehr zu erkennen. So konnte ich meine Blicke wieder auf meinen Wunschbrief werfen und hatte keinen Grund mehr meine Blicke davon zu nehmen. Da ich dieses Ereignis, was mit meinen Wunschbrief geschehen sollte nicht versäumen wollte! Ich wollte, möchte und musste es mit meinen eigenen Augen sehen!
Ich hatte an diesem Abend schon eine sehr große Müdigkeit in mir verspürt und wollte nur noch schlafen. Doch ich konnte und wollte nicht aufgeben. Da ich mir immer wieder sagte,

irgendwann in dieser schönen Nacht müssten doch die weißen Tauben kommen um meinen Wunschbrief den ich an das Christuskind geschrieben hatte zu holen. Dies durfte ich auf keinen Fall verschlafen! Ich hatte es mir vorgenommen und es war mein Ziel für diese Nacht!
Doch irgendwann in der finsteren Nacht, geschah etwas das ich mir nicht vorstellen aber auch nicht verstehen konnte. Ich sah in der Dunkelheit einen weißen Schatten der immer näher an mein Zimmerfenster kam. Erst war es nur ein weißer Schatten den ich vernommen hatte, doch dann konnte ich es klar vor meinen Augen erkennen! Ich glaubte nicht was ich nun sah, doch es war meine Mama die auf mich zukam!
Ich sah, wie sie immer näher an unser Haus kam und zu lächeln begann. Da dachte ich mir zuerst, dass dies nicht sein konnte. Doch dann, es musste so sein! Da ich doch wach war und ich sie mit meinen eigenen Augen sah! Ich öffnete mein Fenster und rief nach meiner Mama. Jedoch in diesem Augenblick als ich das Fenster geöffnet hatte, verlor ich sie aus den Augen.
Aus Freude darüber begann ich zu weinen, sodass ich nicht wusste wie mir dabei geschah. Ich wartete in meinem Zimmer und hatte diesen schönen und einzigartigen Anblick meiner Mama vor Augen. Ich wartete und wartete, doch Mama kam nicht zur Zimmertür herein. Konnte ich mich so getäuscht haben? Ich sah Mama doch in vollster Schönheit die sie an sich hatte auf mich zukommen!
Auf einmal hörte ich eine Stimme hinter mir und begann zu weinen wie noch niemals zuvor in meinem Leben! Da ich diese zarte Stimme sofort erkannte! Es war die Stimme meiner Mama! Nein Christian, Du hattest Dich nicht getäuscht bei dem was Du gesehen hattest! Diese lieben und schönen Worte sprach Mama zu mir. Mama! Du warst es wirklich! Ich hatte doch gewusst und ich war mir sicher, dass Du wieder zu uns nach Hause kommen würdest. Ich hatte es immer gewusst, das schwöre ich Dir so wahr ich Dich aus vollstem Herzen liebte!
Nun hatte ich wieder eine Freude in mir die man mit Worten nicht beschreiben konnte. Mama nahm ein Taschentuch von meinem Nachtkästchen und wischte mir sanft, so wie sie es

immer getan hatte, mir die Tränen aus meinen Augen. Wo warst Du so lange? Fragte ich Mama!
In meinen Gedanken war ich immer und zur jeder Zeit bei euch!
Das wusste ich Mama. Du hättest Papa und mich doch niemals alleine gelassen. Darum hatte ich die Hoffnung niemals aufgegeben, dass wir uns wieder sehen werden! Du weißt aber auch, dass Papa und ich immer und zur jeder Zeit mit unseren Gedanken bei Dir waren?
Natürlich Christian, deshalb war ich heute zu Dir gekommen um Dir dies zu sagen! Christian, Du weißt nicht wie lieb ich Dich und Deinen Papa hatte. Darum möchte ich es Dir heute wieder sagen. Da diese Gefühle die wir füreinander hatten, uns niemals trennen könnten.
Mama, ich laufe schnell in das Zimmer vom Papa und weckte ihn. Damit wird wieder gemeinsam glücklich sein konnten! Ich lief so schnell ich nur konnte in das Schlafzimmer von meinen Papa und weckte ihn mit sehr lauter Stimme und mit Freude in meinem Herzen! Papa erwachte langsam von seinem Schlaf und ich schrie immer wieder, wach auf! Mama war wieder zu Hause! Was, waren die Worte von meinem Papa und er sprang noch sehr verschlafen aus seinem Bett. Ich rief noch einmal, Mama war wieder zu Hause! Wo ist sie Christian? Sie ist in meinem Zimmer und freute sich darüber das sie wieder bei uns sein konnte! Komm schnell, waren meine Worte als ich das Schlafzimmer von meinem Papa wieder verlassen hatte und in mein Zimmer lief! Ich wusste nicht, dass Papa so schnell laufen konnte.
Als ich in meinem Zimmer angekommen war, konnte ich Mama nirgendwo sehen. Dies konnte ich nicht verstehen. Da ich Mama doch sah und mit Ihr gesprochen hatte! Mama wo warst Du? Waren die verzweifelten Rufe die ich in mein Zimmer warf und sie unbeantwortet verhallten. Es kam nicht die Antwort zurück die ich mir erhofft hatte. Mein Papa und ich sahen uns kurze Zeit an und wussten nicht was wir sagen sollten.
Nach einigem zögern sagte Papa zu mir! Christian, ich war mir sicher das Du nur einen schönen Traum hattest in der Mama bei Dir war? Nein, dies konnte doch nicht sein. Da ich doch auf

meinen Wunschbrief acht gab und noch nicht eingeschlafen war! Auch ich hatte schon mehrmals sehr schöne Träume von Mama. Da hatte auch ich gedacht, dass dies die Wirklichkeit sei. Doch es war nicht so, wie ich es mir gewünschte hätte!
Es war sehr schön von Dir Christian, dass Du von Mama träumtest und Deine Gedanken bei ihr waren. Doch das wahre Leben sah leider anders aus und war nicht immer das, was wir uns wünschten!
Nein Papa, bitte glaube mir! Ich hatte Mama gesehen und ihre Hände gespürt! Da ich doch mit ihr gesprochen hatte! Mama war hier bei uns, ich wusste es mit Sicherheit. Bitte glaube mir, ich hatte nicht geträumt! Warum wollte mir Papa nicht glauben, dass Mama bei mir in meinem Zimmer war? Oder konnte er es nicht? Da er Mama in seinem Herzen schon vergessen hatte? Nein, das konnte und durfte nicht sein. Denn Mama war und ist in unseren beiden Herzen und wird es immer bleiben!
Komm Christian, gehen wir wieder zu Bett! Papa legte mich sanft in mein Bett und sagte mit zärtlichen Worten zu mir! Ich liebe Dich mein Junge, ich brauchte Dich sowie auch Du mich! Ich liebte Dich auch, war meine Antwort die über meine Lippen kam! Papa, ich möchte Dir auch sagen, dass Mama als sie vorhin mit mir gesprochen hatte zu mir sagte, dass sie uns immer lieb haben würde und in Ihrem Herzen das sie in sich trug, nur unseren Anblick erscheinen lässt. Da wir alles Glück dieser Erde waren, dass sie in ihrem Leben erfahren durfte!
Mit Tränen und weit geöffneten Augen sagte Papa zu mir, dass er Mama auch sehr lieb hatte und dies in seinem Herzen immer so sein würde, solange er lebte!
Nach diesem Ereignis, dass ich in dieser Nacht erlebt hatte, ging Papa wieder aus meinem Zimmer um sich in den Schlaf zu begeben indem er vorhin war.
Ich hatte noch sehr viele Gedanken in mir die dieser Abend mit sich gebracht hatte und konnte deshalb nicht verstehen, dass ich dies alles nur geträumt haben sollte? Ich war mir nach einiger Zeit des Nachdenkens auch nicht mehr sicher, ob dies alles so war wie ich es gesehen hatte! Da kam mir ein schlimmer Gedanke und es riss mich aus meinem Schlaf den ich beginnen

wollte! Meinen Wunschbrief, auf den hatte ich ganz und gar vergessen. Da sprang ich so schnell ich konnte aus meinem Bett um wieder darauf Acht zu geben.
Doch wo war mein Wunschbrief den ich auf die Fensterbank gelegt hatte? Ich konnte ihn nicht mehr sehen! Er musste in der Zeit als ich mit Papa gesprochen hatte von der Fensterbank gefallen sein. Da lief ich in die Küche und holte mir eine Taschenlampe. Danach ging ich in die Finsternis der Nacht und begann nach ihm zu suchen. Jedoch all die Suche von mir war vergebens. Ich konnte meinen Wunschbrief nicht mehr finden. Nach ungefähr einer Stunde gab ich die Suche auf und war von mir selbst enttäuscht. Doch auch diese Enttäuschung hatte sich nach einigem Augenblick wieder gelegt. Da ich mir nun vorstellte, dass die weisen Tauben meinen Wunschbrief den ich auf die Fensterbank gelegt hatte, geholt hätten.
Nur ich, ich hatte es übersehen! Wenn dies so war, wie ich es mir in meinen Gedanken vorstellte, dann würde mir das Christuskind meine Mama wieder nach Hause bringen. Da es nun wusste, was ich mir in meinem Herzen wünschte! Diese Hoffnung und dieser Glaube an das Christuskind waren es, was mir wieder Freude in mein unglückliches Herz brachte.
Ich legte mich wieder in mein Bett und dachte über die letzten Stunden und über das was ich erlebt haben wollte nach. Hatte ich meine Mama wirklich gesehen, oder war es nur ein schöner Traum wie Papa es mir sagte? Wenn dies nur ein Traum gewesen war, dann war es der schönste Traum den ich in meinem bisherigen Leben hatte!
Nun versuchte ich doch ein wenig zu schlafen. Ich schaffte es aber nicht Ruhe in mir und meinen Gedanken zu finden. Da die Gedanken in mir es nicht zuließen! So versuchte ich mich an die schöne Zeit zu erinnern als Mama noch bei uns war und dachte an den letzten Sommer zurück als meine Eltern mit mir zum Baden fuhren.
Wir hatten uns einen sehr schönen Badeort ausgesucht. Es war ein See in unserer Nähe. Doch ich hatte in zuvor noch niemals gesehen. Dieser See hatte alle Erwartungen die ich in mir hatte übertroffen. Denn es war der größte und schönste See den ich

bisher in meinem Leben gesehen hatte. Als wir angekommen waren, sah ich die vielen Boote und das klare Wasser. Dies war der erste Anblick der sich mir geboten hatte. Es war etwas, was mein Herz erfreute und man sich wünschte, das es überall auf unserer Erde so angenehm, schön und friedlich sei.
Als mein Papa einen Liegeplatz gefunden hatte rief er uns zu. Hier an diesem Platz werden wir den heutigen sonnigen und sehr schönen Tag verbringen!
Papa, Du hattest aber einen sehr schönen Liegeplatz für uns ausgesucht! Du weißt doch Christian, dass ich immer und zur jeder Zeit versuchte das schönste und beste für euch zu finden. Oder hattest Du jemals einen Grund daran zu zweifeln? Nein, das wusste ich schon und da war ich mir auch sicher! Doch bei so vielen Menschen die heute hier am See badeten, war es mit Sicherheit nicht leicht so einen schönen Platz zu finden wie Du in für uns gefunden hattest! Da unterbrach uns Mama und sagte zu uns, dass wir uns die Badehosen anziehen sollten. Da wir zum Baden hierher gekommen waren, um die Sonne und das klare Wasser zu genießen.
Als meine Mama kurze Zeit später aus der Umkleidekabine kam war ich sehr stolz auf sie. Denn sie sah in meinen Augen so aus, als wenn sie eine kleine Wassernixe wäre. Ihre Haut war so zart und glatt, doch strahlte sie auch eine zärtliche Bräune von sich die sie schon an ihr hatte. Dann nahm sie das Sonnenöl aus der Badetasche und begann es gleichmäßig auf ihren Körper aufzutragen. Als sie fertig war, sagte sie zu mir. Das auch ich mich einölen musste! Damit die Sonne meine Haut nicht verletzen konnte.
Warum sollte ich den einen Sonnenbrand bekommen war meine Frage? Ich wusste, dass die Sonne die Haut verbrennen konnte. Doch warum dies so war, konnte ich nicht mit Sicherheit sagen! Da kam auch schon die Antwort auf meine Frage!
Es war richtig, dass die Sonne Deiner Haut schwere Verbrennungen zufügen konnte. Deshalb war es eine sehr ernste Angelegenheit und man sollte die Kraft der Sonne auf keinem Fall unterschätzen. Deshalb sollte man darüber auch Bescheid wissen, was sein könnte wenn! Nun hör mir sehr genau zu, was

ich Dir nun sagte! Wenn die Sonne sehr intensiv auf Deine Haut einwirkte, würde die Haut sehr heiß werden. Doch dies war nicht das eigentliche Problem! Die Wärme die Du dabei verspürtest, schadete Deiner Haut auf keinem Fall. Jedoch die ultravioletten Strahlen die mit der Sonne sehr intensiv auf Deine Haut einwirkte, war das was unserer Haut Schaden zufügen konnte. Da die menschliche Haut diese Strahlen nicht abwehren konnte! Darum begann die Haut langsam aber mit Sicherheit zu verbrennen. Das schlimme daran war, dass man es erst gar nicht erkannte. Doch wenn man es erkannte, war es schon zu spät. Dies war für Dich in erster Linie sehr schmerzhaft.
Doch was man auf jedem Fall bedenken sollte, dass bei solchen Verbrennungen die Haut bleibende Schäden erleidet und somit Deiner Gesundheit gefährden könnte! Das seltsame daran war, dass man der Sonne keine Schuld daran zuschreiben konnte. Den verantwortlich dafür, dass uns die Sonne so gefährlich geworden war, waren wir Menschen selbst.
Wir hatten über Jahrhunderte hindurch systematisch durch unser Verhalten das wir der Natur gegenüber gezeigt hatten, ihr Schaden zugefügt. Durch dieses Verhalten hatten wir die Ozonschicht die uns beschützen sollte geschwächt. Denn nur die Ozonschicht konnte die schädlichen Strahlen der Sonne filtern. Da aber die Ozonschicht immer kleiner wurde, konnte die Sonne mit ihrer vollen Kraft auf uns Menschen einwirken und uns somit Schaden zufügen. Deshalb mussten wir uns eingestehen, dass wir Menschen selbst verantwortlich waren, für das was geschieht und noch geschehen würde! Darum gab es kein wenn und aber! Auch wenn wir immer wieder versuchten die Schuld anderem zuzuschreiben, so mussten wir doch erkennen das wir es waren das es soweit gekommen war!
Daher ist es nur in Deinem eigenen Interesse, dass Du Dich vor längerer Sonneneinstrahlung schützt. Das Sonnenöl war derzeit der beste Schutz den wir uns geben konnten und es sollte daher auf jedem Fall verwendet werden. So schön auch die Sonne war, doch auch so schädlich konnte sie für uns Menschen sein. Wenn Du dies nicht beachtest oder aus Leichtsinn darauf verzichtest, konntest Du Dir sehr leicht eine gefährliche Hauterkrankung

einfangen. Dies würde nicht heute, Morgen oder Übermorgen geschehen. Diese Hauterkrankung kann auch erst nach sehr vielen Jahren zum Vorschein kommen und würde Dich danach daran erinnern, wie leichtsinnig Du einmal warst!
Da gilt wieder das Sprichwort das ich schon so oft zu Dir sagte! Es gab keinen Vorteil ohne Nachteil. Der Nachteil war, dass man sich schützen musste. Jedoch der Vorteil war, dass man auf seinen Körper acht gab. Denn er war das wichtigste was man in seinem Leben besitzen konnte!
Doch jetzt genug davon. Kommt wir wollen doch in das Wasser gehen um ein wenig zu schwimmen und unsere Körper abzukühlen. Da es am heutigem Tag doch sehr heiß war und wir schon eine Abkühlung brauchten. Wir liefen mit sehr viel Lust und Freude zum Wasser. Ich war der erste der mit seinen Füßen im Wasser stand! Hurra, ich war der schnellste! Was für eine Belohnung gab es für mich? Da ich als erster im Wasser war. Dafür durftest Du als erster alleine um den ganzen See schwimmen, antwortete mir meine Mama! Und wenn Du zurück warst von der ersten Runde schwimmen wir mit Dir noch eine weitere Runde!
Wir lachten sehr herzlich und ich wusste nicht was ich darauf Antworten sollte. Da meine Eltern sehr genau wussten, dass ich mich nicht weit in das Wasser wagte. Da ich noch nicht sehr gut schwimmen konnte. Meine Mama hatte es mir immer wieder vorgezeigt, doch ich hatte Angst, wenn ich keinen Boden mehr unter meinen Füßen verspürte. Diese Angst die ich in mir hatte war sehr seltsam. Doch ich verspürte sie sehr intensiv. Wenn ich noch dazu so wie es bei mir fast jedes Mal der Fall war, den Mund mit Wasser voll bekam, hatte ich wie wild um mich geschlagen und die Bewegungen die ich beim Schwimmen machen sollte nicht mehr unter meiner Kontrolle.
Dies waren Angstzustände die man nicht beschreiben konnte. Ich wollte aber auch diese Angst überwinden und so versuchte ich es immer wieder, weiter hinaus zu schwimmen. Auch dann noch, wenn ich keinen Boden mehr unter meinen Füßen verspüren sollte. Doch jedes Mal, wenn ich versuchte weiter in den See hinaus zu schwimmen, stellte ich meinen Fuß auf den Boden um

zu fühlen, wie tief ich schon im Wasser war! Nach einigen Versuchen von mir hatte ich auch bemerkt, dass meine Eltern mich sehr genau beobachteten. Es war mir auch verständlich und ich wusste es mit Sicherheit, dass meine Eltern mich zur jeder Zeit sehr genau beobachteten. Deshalb war ich auch sehr froh darüber und hatte ein sicheres Gefühl beim Schwimmen in mir. Denn dies ist und war die Sicherheit die mir meine Eltern immer gaben! Alle Eltern dieser Welt würden auf das eigene Kind acht geben, wenn es im Wasser war und sie wussten, dass es noch nicht gut schwimmen konnte!

Leider gab es aber auch immer wieder Ausnahmen, wo jedoch die Eltern keine Schuld daran hatten oder wofür sie nichts konnten. So etwas geschah vor einem Jahr im Winter in meiner näheren Umgebung. Zwei Kinder wollten ein Abenteuer und ein wenig Lust erleben. Da hatten sie sich ohne das Wissen ihrer Eltern von ihrem Elternhaus entfernt und gingen zu einem Teich der in ihrer Nähe war und wollten dort spielen. Da es jedoch schon seit einigen Tagen nicht mehr kalt war, hatte sich auch das Eis das sich auf den Teich befand zurückgebildet.

Dennoch hatten sie sich darauf ausgetobt und erkannten nicht die Gefahr die auf sie zukam. Sie spielten und erfreuten sich wie jedem Tag ihres Daseins. Doch hatten sie nicht gewusst oder nicht daran gedacht, dass dies auch eine sehr große Gefahr für sie sein konnte. Nach einiger Zeit des Spielens war das passiert woran keiner von ihnen gedacht hatte und das was niemand wollte!

Das Eis auf dem die beiden Kinder spielten war eingebrochen! Einem Jungen gelang es sich aus dem Wasser zu befreien. Doch der andere Junge versank nach kurzer Zeit im kalten Wasser. Da er den Kampf gegen das Eis und die Kälte verloren hatte!

Der eine Junge, der sich mit letzter Kraft aus dem Wasser befreien konnte, lief sofort zum nächsten Haus um Hilfe zu holen.

Als man die verzweifelten Hilferufe des Kindes hörte, lief man sofort zum Teich und wollte so rasch wie möglich helfen. Doch man konnten das Kind, das im Eis eingebrochen war nicht mehr sehen. In dieser Zeit des Suchens, wurden auch die Feuerwehren

und ein Notarzt verständigt. Doch auch diese benötigten eine gewisse Zeit um an den Unglücksort zu kommen. Doch war es diese Zeit, die dieser Junge nicht mehr hatte!
Als nach einiger Zeit die Feuerwehr und der Notarzt eintrafen, war der kleine Junge noch immer nicht aus dem kalten Wasser gerettet. Man konnte ihn unter dem Eis nicht finden! Man suchte mit aller Kraft und Entschlossenheit nach dem Jungen, doch wo war er? Mit jeder Minute schwand die Hoffnung auf ein glückliches Ende!
Als man es dann doch geschafft hatte, den Jungen aus dem kalten Wasser zu retten war er nicht mehr bei Bewusstsein und hatte einen Herzstillstand. Die Rettungsmannschaften begannen sofort mit der Wiederbelebung. Nach einiger Zeit begann der Junge wieder selbstständig zu Atmen. Danach wurde er mit einem Rettungshubschrauber in ein Krankenhaus gebracht!
Es waren vier Monate vergangen bis dieser Junge wieder aus dem Krankenhaus entlassen werden konnte. Doch würde er für sein weiteres Leben das er noch vor sich hatte ein Pflegefall bleiben. Da man nur sein Leben retten konnte und nicht die Gedanken die er für das Leben brauchte!
Dies geschah meist nur aus Unwissenheit die man in sich trug. Da einem Kind die Gefahren nicht bekannt waren oder es glaubte, dass dies einem nicht basieren konnte! Dieses Unglück konnte man aber auch darauf zurückführen, dass die beiden Jungen nicht wussten auf was für eine Gefahr sie sich bei diesem Spiel eingelassen hatten. Dies erkannte man auch daran, dass dieser Teich in dem sie ihren Spaß und ihr Abenteuer suchten mit einem Zaun umgeben war. Doch die beiden Jungen waren aus Abenteuer das sie in sich hatten darüber geklettert. War es die Abenteuerlust oder das Verbotene das sie gesucht hatten? Man würde es niemals erfahren!
So wie ich es aus meinem bisherigen eigenen Leben erkannt hatte, erkannten wir Kinder nicht die Gefahren die sich hinter so einem Abenteuer verborgen. Noch schlimmer war es für uns Kinder, da wir die Gefahren die sich dahinter verborgen nicht sehen wollten. Da wir in solchen Augenblicken nur die Spielerei und die Lust auf ein Abenteuer in uns hatten. Aus diesem Grund

versuchte ich immer wieder den Worten meiner Eltern Glauben zu schenken, wenn sie mir sagten! Das ich dies oder jenes nicht durfte.
Diese Worte waren für mich nicht als Verbot zu verstehen, sondern ein Hinweis auf eine Gefahr die ich nicht sehen oder erkennen konnte! Da auch ich schon schlechte Erfahrungen gemacht hatte, dachte ich zurück an die Worte die meine Eltern zu mir gesagt hatten, wenn sie ein Verbot aussprachen! Heute konnte ich sagen, es stimmte zur jeder Zeit und sie hatten Recht! Darum wusste ich, dass ich meinen Eltern immer und zur jeder Zeit vertrauen konnte. Da sie das Leben schon kannten, und ich es erst lernen musste. Ein Leben voller Angst und Gefahren! Ich wusste aber auch, dass es immer wieder Unfälle geben würde. Denn sie waren dazu da, dass sie vorkamen. Jedoch sollte ein jeder von uns sein möglichstes versuchen, damit auch nur der kleinste Unfall vermieden werden konnte. Da wir mit Sicherheit wussten, dass wenn uns ein solches Schicksal treffen würde. Es für immer in unseren Gedanken erhalten bliebe!
Als ich an unseren Liegeplatz nach einiger Zeit meines Nachdenkens wieder die Augen öffnete, hatte uns mein Papa schon etwas zum Trinken besorgt. Ich war dankbar, da ich schon einen sehr großen Durst in mir verspürte. Deshalb freute ich mich sehr darüber. Die gute Laune die wir hatten war wunderbar. Da an diesem Tag einfach alles zu passen schien. Da sich der Himmel ganz in blau zeigte. Keine einzige Wolke war am Himmel zu sehen oder besser gesagt, wagte sich keine hervorkommen. Doch auch das Wasser im See konnte seine Wärme nicht in sich behalten, das es in sich hatte. Deshalb gab es diese angenehme Wärme wieder an uns die sich im Wasser befanden zurück.
Meine Eltern und ich wollten nicht sehr lange in der prallen Sonne liegen bleiben. Deshalb gingen wir immer wieder in das Wasser um uns eine angenehme Kühle und Erfrischung zu holen. Da hatte Papa eine wunderbare Idee! Er fragte uns, ob wir ein wenig mit einem Boot hinausfahren wollten? Wir waren sofort einverstanden. Ich empfand es als ein sehr schönes Erlebnis das wir erleben sollten und ich freute mich rissig darauf. Papa ging

zum Anlegeplatz um die Schlüssel für ein Boot zu besorgen. Ich musste gestehen, dass mir diese Zeit des Wartens so vorkam, als sei es eine kleine Ewigkeit. Da ich es schon nicht mehr erwarten konnte bis er wieder zu uns zurückkam und wir mit dem Boot losfahren konnten. Ich wartete schon mit solchen Freuden auf Papa, dass ich ihm entgegengelaufen war, als ich sah wie er wieder auf uns zukam. Da wusste ich, wie sehr ich mich auf diese Bootsfahrt gefreut hatte! Wir bestiegen gemeinsam das Boot und sahen es uns an. Doch endlich war es soweit, meine erste Bootsfahrt die ich heute machte! Ich musste in diesem Augenblick heller erstrahlt sein als es die Sonne jemals vermochte. Denn die Freude über diese Bootsfahrt war in mir riesengroß!

Es war sagenhaft, als wir uns langsam vom Ufer entfernten. Nach einiger Zeit konnten wir das Ufer vom Wasser aus betrachten. Dies war ein herrlicher Anblick. Jedoch, wenn ich in das Wasser sah, hatte ich doch ein ungutes Gefühl in mir. Da ich doch nicht gut schwimmen konnte und ich keinen Boden mehr unter meinen Füßen verspüren würde, wenn ich in das Wasser fallen sollte. Doch warum sollte ich in das Wasser fallen? Ich war doch hier im Boot bei meinen Eltern!

Irgendwie hatte mein Papa diese Angst die ich in mir hatte erkannt und fragte mich ob ich Angst hätte und er nicht zu weit hinausfahren sollte? Nein Papa, ich hatte doch keine Angst wenn ich bei euch war. Es war nur ein ungutes Gefühl das ich in mir hatte. Doch es war nichts im Gegensatz zur Freude, die ich hier und jetzt mit euch erleben durfte.

Jedoch das Schaukeln des Bootes war mir sehr unangenehm. Ich wusste, dass auf dem Wasser das Boot schaukeln würde. Darum hoffte ich, dass sich das Wasser bald wieder beruhigen würde. Doch dies konnte ich meinen Eltern nicht sagen. Da ich doch vorhin gesagt hatte, dass ich keine Angst hätte. Darum blieb dies ein kleines Geheimnis in mir.

Als dieser schöne Tag allmählich zu Ende gegangen war und der Abend sich angekündigt hatte, fuhren wir sehr zufrieden und glücklich wieder nach Hause. Ich war aber auch schon so müde, das ich irgendwann auf der Fahrt nach Hause im Auto

eingeschlafen war. Ein glücklicher und sehr schöner Tag den ich erleben durfte, neigte sich seinem Ende.
Als ich am nächsten Morgen erwachte, es war der 23. Dezember schien mir die Morgensonne sehr hell in das Gesicht. Da ich am Vorabend vergessen hatte den Vorhang zu schließen oder es auch nicht mehr konnte. Da ich schon sehr große Müdigkeit in mir verspürte und deshalb eingeschlafen war.
Doch auch jetzt an diesem schönen Morgen an dem ich erwachte, kam es mir nicht so vor als ob ich nur davon geträumt hätte, dass meine Mama bei mir in meinem Zimmer gewesen war. Nein, im Gegenteil! Ich hatte ein angenehmes Gefühl in mir und war mir auch sicher, dass Mama in dieser Nacht bei mir gewesen war und ich mit ihr gesprochen hatte!
Somit fasste ich all meine Sinne die ich in mir hatte zusammen und dachte sehr genau darüber nach, was ich in der vergangenen Nacht erlebt oder geträumt hatte. Doch je mehr ich über diese Nacht nachgedacht hatte, desto mehr vermischten sich mein Traum und die Wirklichkeit. Es war mir nicht mehr möglich meinen Traum den ich erlebt hatte, von der Wirklichkeit zu unterscheiden!
Ich wusste aber auch, dass wenn meine Mama gestern Nacht wirklich bei mir war, sie nun auch noch hier sein müsste! Mit der Zeit kamen mir wieder Tränen in meinen Augen. Da sich nun ein sehr großer Schmerz in meinem Herzen breit machte.
Doch dann sah ich auf mein Nachtkästchen. Da sah ich das Taschentuch mit dem mir meine Mama gestern Abend die Tränen aus den Augen nahm. Nun wusste ich es mit Sicherheit. Dies war das Taschentuch das die Mama gestern Abend in ihrer Hand hatte und es mit Sorgfalt auf meinem Nachtkästchen abgelegt hatte! Es lag genau so da, wie sie es immer abzulegen pflegte. Da sie eine eigene Art hatte etwas abzulegen. Sie hatte das Taschentuch immer schräg gefaltet. Damit man sofort erkennen konnte, dass es schon einmal benutzt wurde. Daraufhin war ich mir sicher! Nein, ich wusste es! Mama war wieder bei mir zu Hause!
Ich lief voller Freude in die Küche wo bereits das Frühstück auf dem Küchentisch stand und hatte mich umgesehen. Danach lief

ich in das Wohnzimmer, in das Badezimmer und wer weiß noch wo hin. Doch wo war Mama? Ich konnte Sie nicht finden!
Danach ging ich wieder in die Küche zurück und sagte mit etwas enttäuschter Stimme. Guten Morgen Papa! Da ich nun erkannt hatte, dass es nicht so war wie ich es mir in meinen Träumen erhofft hatte! Ich konnte es aber auch nicht für mich behalten, deshalb erzählte ich Papa davon! Ich wusste mit Sicherheit, dass ich in der vergangenen Nacht nicht geträumt hatte! Mama war bei mir in meinem Zimmer! Da ich heute Morgen als ich erwacht war und meine Augen öffnete, das Taschentuch gesehen hatte, dass auf meinem Nachtkästchen abgelegt war. Da ich genau wusste, wie Mama es immer ablegte.
Genau so, hatte ich es am heutigen Morgen vorgefunden. Ich wusste nun mit Sicherheit, dass nicht nur ich in meinen Gedanken bei Mama war, sondern dass auch Mama bei uns gewesen sein musste! Nur wo war sie jetzt?
Christian, es war aber auch möglich, dass die Mama das Taschentuch vor eurer Abreise liegen gelassen hatte und Du es erst heute Morgen gesehen hattest? Nein, dass konnte nicht sein! Da Mama niemals etwas liegengelassen hatte! Dies wusste ich mit Sicherheit. Da die Ordnung für Mama sehr wichtig war. Mama war mit Sicherheit wieder zu uns nach Hause gekommen. Nur wir konnten sie nicht sehen. Diesen Glauben und diese Hoffnung durftest und konntest Du mir nicht nehmen! Da dies meine einzige Freude und Hoffnung in mir ist auf die ich schon so lange gewartet hatte.
Ich wünschte es mir auch so sehr Christian. Du weißt aber auch, dass Mama in unseren Herzen immer in uns sein würde und so Gott will, werden wir einst wieder zusammen glücklich sein und wieder gemeinsam Freude erleben!
Christian bedenke aber auch, dass morgen Abend das Christuskind zu uns kommen würde und wir noch sehr vieles für diesen Abend vorbereiten mussten!
Ja ich weiß, doch es war sehr schwer für mich an das Christuskind zu glauben, da Mama nicht mehr bei uns war! Dennoch glaubte und hoffte ich, dass uns das Christuskind seine Barmherzigkeit die es für uns Menschen hatte, zukommen lässt!

Nicht nur für Dich Christian, auch in meinem Herzen gab es eine sehr große Finsternis. Da mir das liebste genommen wurde das ich auf dieser Welt kennen gelernt hatte und lieben durfte!
Hattest Du schon ein Geschenk für Mama besorgt, fragte ich Papa? Natürlich Christian. Es war ein sehr schöner und großer Blumenstrauß mit sehr vielen roten Rosen! Diesen geben wir morgen unter den Weihnachtsbaum damit Mama in dieser Zeit in der wir uns des Festes erfreuten, bei uns in unseren Herzen sein konnte!
Papa, was sollte das? Mama musste immer in unseren Herzen sein und nicht nur morgen am Heiligen Abend! Natürlich Christian. So wollte ich es auch nicht sagen, wie Du es verstanden hattest. Damit wollte ich nur sagen, dass Mama am Heiligen Abend mit all Ihrer Liebe bei uns sein wird und wir bei Ihr in Ihrem Herzen sein werden!
Papa, ich war mir nicht sicher ob Mama mit einem Blumenstrauß eine große Freude haben würde? Da sie bisher immer etwas bekommen hatte, dass sie für sich oder den Haushalt gebrauchen konnte und sich daran sehr erfreute?
Nach diesem Gespräch ging ich ein wenig enttäuscht in das Freie um ein wenig frische Luft zu atmen. Ich setzte mich am Teich auf die hölzerne Bank die mein Papa irgendwann im Sommer gebaut hatte und dachte wie immer über die Vergangenheit nach. An diesem Tag war es aber auch eisig kalt, dennoch war ich auf der Bank sitzen geblieben und hatte darüber nachgedacht warum Papa nicht etwas Liebevolleres für Mama gekauft hatte. Ich konnte es nicht verstehen!
Hatte Papa wirklich schon die Gedanken in sich, dass Mama nicht mehr nach Hause kommen würde? Oder, dass Mama nicht mehr am Leben sein würde? Ich konnte und wollte es nicht wahrhaben. Da wir uns doch versprochen hatten, alles zu versuchen bis wir Mama fanden. Um einst, wenn auch in ferner Zukunft wieder glücklich zu sein. Hatte mein Papa diese kleine Hoffnung die wir noch in uns hatten schon aufgegeben?
Bei diesen Gedanken richtete sich mein Blick auf den zum teil schon zugefrorenen Teich. Auch dieser schien an diesem Tag so leer zu sein wie mein Herz es war. Dennoch wusste ich, dass im

Teich auch zur dieser Jahreszeit Leben vorhanden war. Auch, wenn man dies in diesen Augenblicken nicht erkennen konnte. Doch ab und zu sah ich einige kleine Fische Vorüberschwimmen. Die sich noch nicht in den Winterschlaf begeben hatten und sich ihres Daseins erfreuten!

In meinem trostlosen Dasein das ich in mir hatte, kam mir ein wunderbarer Gedanke! Ich lief in mein Schlafzimmer, holte mein Sparschwein hervor und hatte es zerbrochen. Als ich mein Geld das ich erspart hatte eingesammelt hatte, bestaunte ich mich selbst. Da ich schon so einiges beisammen hatte. Ich nahm das Geld und fragte Papa ob ich noch ein wenig in unseren schönen Ort gehen durfte?

Jedoch sagte ich Papa nicht, dass ich auch das Geld aus meinem Sparschwein mit dabei hatte! Für eine Stunde konntest Du noch fort, doch dann musstest Du wieder zu Hause sein. Da wir für das morgige Christfest noch einiges zum Vorbereiten hatten!

Da ich nun die Erlaubnis von meinen Papa hatte, lief ich so schnell ich konnte zu meinem Fahrrad das in der Garage stand und holte es hervor. Ich wusste, das ich zu Fuß viel zu lange gebraucht hätte, für das was ich mir vorgenommen hatte. Die Straße war ein wenig mit Schnee bedeckt. Doch dies war mir in diesem Augenblick egal. Da es für dieses Vorhaben das ich nun in meinen Gedanken hatte, kein zurückgab gab. Ich fuhr so schnell ich nur konnte in unseren Markt um ein schönes Weihnachtsgeschenk für Mama zu kaufen. Ich wusste noch nicht was es sein sollte, doch ich würde und ich musste etwas finden. Etwas woran sich Mama sehr erfreuen würde!

Als ich nach einiger Zeit am Marktplatz angekommen war, waren meine Finger von der Kälte schon so sehr erstarrt, dass ich in das nächste Kaufhaus lief um meine Finger etwas zu erwärmen. Nach einigen Augenblicken konnte ich meine Finger wieder so gebrauchen wie es sein sollte. Nun begab ich mich auf die Suche nach einem Geschenk für meine Mama. Jedoch war es sehr schwierig ein passendes Geschenk zu finden. Da ich keine Vorstellung davon hatte, was ich suchen sollte! Nach einiger Zeit glaubte ich doch zu Wissen was sich meine Mama immer wünschte! Ich wusste, dass sich meine Mama schon immer eine

Halskette mit Ihren Sternzeichen gewünscht hatte. Doch bis heute, hatte Mama noch keine bekommen oder sich selbst eine gekauft. Da Mama für sich selbst nie so viel Geld ausgeben hatte. Sie hatte immer nur versucht die Wünsche von mir und meinen Papa zu erfüllen. Mama hatte Papa und mir alles gegeben was Sie hatte und niemals an sich selbst gedacht! Sie war glücklich wenn sie sah, dass auch wir glücklich waren.
Doch heute sollte es anders sein! Da ging ich in das nächste Schmuckgeschäft um mir einige schöne Halsketten mit dem Sternzeichen meiner Mama anzusehen. Die Verkäuferin zeigte mir sehr viele und eine jede von ihnen war eine Schönheit für sich. Sodas die Auswahl immer schwerer wurde. Ich musste aber auch auf den Preis acht geben, damit ich mir diese oder jene Halskette auch leisten konnte! Somit wurde aber auch die Auswahl für mich immer kleiner.
Nach einiger Zeit des Suchens, entschied ich mich für eine Halskette in der, der Schriftzug „Ich Liebe Dich“ zu sehen war. Da diese Halskette mit den Worten die eingraviert waren alles sagte, was auch die Worte meines Herzens waren! Ich legte der Verkäuferin mein Geld das ich aus dem Sparschwein genommen hatte auf den Tisch und fragte sie ob es für diese schöne Halskette mit diesem Sternzeichen meiner Mama reichen würde? Sie zählte ein wenig und sagte mir zur Freude. Du konntest Dir diese Halskette mit diesem schönen Anhänger ohne weiteres kaufen. Es bliebe Dir sogar noch ein wenig Geld übrig, mit dem Du auch Deinen Papa etwas kaufen könntest! Über diese Antwort war ich so sehr erfreut, sodass ich der Verkäuferin erzählte, warum ich diese Halskette auf jedem Fall haben wollte. Als ich der Verkäuferin alles erzählt hatte, konnte ich erkennen das sie auf einmal sehr sanft mit Ihren Worten die sie zu mir sprach umgegangen war.
Nach einigen Augenblicken des Schweigens, fragte mich die Verkäuferin ob sie dieses Geschenk mit einem Weihnachtspapier einpacken sollte? Nein danke, war meine Antwort! Das möchte ich selbst machen. Da dieses Geschenk für mich eine große Bedeutung hatte! Doch die Verkäuferin packte die Halskette so gut ein, dass ich sie auf keinem Fall verlieren konnte. Dafür war

ich ihr auch sehr dankbar. In diesem Augenblick war ich sehr Stolz auf mich, da ich für Mama ein sehr schönes Geschenk hatte. Da ich wusste, dass sie sich so eine Halskette schon immer gewünscht hatte. Jetzt brauchte ich nur noch meine Mama um ihr dieses Geschenk überreichen zu können!
Als ich das Schmuckgeschäft wieder verlassen hatte, sah ich einige Kinder die mit ihren Eltern über den Marktplatz spazierten und sich die Ausstellungsfenster an den Kaufhäusern sehr genau ansahen. Da es überall etwas Schönes zu sehen gab. Da dachte ich mir, was könnten sich diese Kinder noch wünschen als ihre Eltern die sie an ihrer Seite hatten? Noch vor einiger Zeit, als Mama noch bei mir zu Hause war, hatte auch ich sehr viele Wünsche in mir. Doch heute hatte ich nur noch einen einzigen Wunsch! Das die Mama wieder bei mir sein würde und ich sie in meine Arme nehmen konnte.
Dies musste und konnte doch nur der einzige Wunsch sein das ein Kind in seinem Herzen trägt. Man musste es nur erkennen! Ich, hatte es jetzt erkannt! Ich wusste, dass Mama immer in meinen Herzen war und sie in mir lebte. Doch wollte ich sie auch umarmen können so wie es vor einiger Zeit für mich noch selbstverständlich war. So lange ich an Mama glaubte und in mir die Hoffnung war, das sie wieder zu mir nach Hause kommen würde! Werde ich nicht zur Ruhe kommen. Denn die Erwartung, dass dies einst wieder die Wirklichkeit für mich sein würde, war das wofür ich jetzt lebte! Ich wusste, dass ich irgendwann wieder glücklich sein werde. Sei es heute, Morgen oder irgendwann in ferner Zukunft. Die Zeit würde kommen, sodass auch ich wieder glücklich sein konnte! Doch wie würde dieses Glück für mich aussehen?
Nach diesen Gedanken die ich in mir hatte, ging ich wieder zu meinem Fahrrad und fuhr voller Freude in mir nach Hause. Als ich nach einiger Zeit zu Hause angekommen war, war mein Papa etwas böse mit mir. Da er gesehen hatte, dass ich mit dem Fahrrad gefahren war. Er fand es unverantwortlich bei solchen Straßenverhältnissen mit dem Fahrrad zu fahren. Da ich seine Worte die er zu mir sprach auch verstehen konnte, gestand ich es mir ein und versprach dies nie wieder zu tun! Jedoch wenn Papa

gewusst hätte, wieso ich es getan hatte. Hätte er vielleicht anders darüber gedacht. Doch dieses kleine Geheimnis das ich nun in mir hatte, wollte ich Ihm nicht sagen. Es war mein kleines Geheimnis, dass ich von nun an in meinem Herzen trug. Darum versprach ich Papa, dass ich es mit Sicherheit nicht mehr tun würde!

Na dann, wenn Du das was ich Dir gesagt hatte auch verstanden hattest, war ich wieder sehr Stolz auf Dich mein Junge. Es war nur zu Deinem besten was ich Dir gesagt hatte! Doch nun komm mit in das Haus Christian, da es draußen doch sehr kalt war? Ich komme gleich Papa, da ich nur noch das Fahrrad in die Garage bringen musste!

In dieser Zeit holte Papa den Weihnachtsbaum aus dem Keller und brachte ihn in unser Wohnzimmer. Da wusste ich, dass jetzt die schönste Arbeit des Jahres bevorstand. Es war das Schmücken des Christbaumes! Als ich in das Wohnzimmer gekommen war, hatte Papa schon alles vorbereitet und sagte zu mir. Wir könnten mit dem Schmücken des Christbaumes beginnen!

Ich begann von unten nach oben und mein Papa von oben herab mit dem Schmücken des Christbaumes. So wussten wir, dass es in der Mitte des Baumes ein zusammentreffen gab. Es war ein treffen auf das wir uns jedes Mal sehr gefreut hatten. Denn da wussten wir, dass wir die Arbeit an diesem heiligen Baum vollbracht hatten und er nun im vollsten Glanz erstrahlen könnte!

Beim Schmücken des Baumes waren mein Papa und ich sehr leise. Wir sprachen kein einziges Wort und wollten nur eines, das unser Christbaum in vollster Schönheit auf das Christuskind wartete!

Nach ungefähr einer Stunde hatten wir es geschafft und der Christbaum erstrahlte in seinem schönsten Glanz. Es sah so aus als würde der Christbaum in diesem Jahr noch schöner und heller erstrahlen als jemals zuvor. Als wir die Lichterkette anmachten, war es so als würden sich alle Farben dieser Erde vereinen. Für jeden von uns musste so ein Anblick das schönste sein was wir für eine besondere Nacht, wie die Weihnachtsnacht erwarteten. Dieser Anblick konnte an einem, im Herzen nicht spurlos

vorübergehen. Als dies alles fertig war, holte ich in meinem Zimmer die Halskette die ich Mama gekauft hatte. Ich verpackte die Halskette so gut ich nur konnte in einem farbenfrohen Weihnachtspapier. Ich nahm, als ich fast fertig war noch ein goldfarbenes Band und machte eine sehr schöne Schleife darüber. Danach bekam es die Beschriftung. „Für Mama“!
Langsam aber sicher war es auch schon dunkel geworden. Da sich der Tag schon dem Ende neigte und die Nacht begann hereinzubrechen. Mein Papa und ich hatten alles vorbereitet, sodass der morgige Abend ein schöner Weihnachtsabend werden konnte.
Doch was war ein schöner Weihnachtsabend? Da dachte ich an meine Mama. Ein schöner Weihnachtsabend konnte doch nur sein, wenn man mit seinen Eltern gemeinsam glücklich im Wohnzimmer neben den Weihnachtsbaum saß und die Geschenke die man bekommen hatte bewunderte. Da dies die Achtung und die Liebe zueinander ausdrückte. Es konnte und durfte nicht anders sein!
Da verspürte ich zum ersten Mal Angst davor, diese schöne und heilige Nacht ohne Mama erleben zu müssen. Doch auch ein wenig Neugier machte sich in mir bemerkbar. Da ich sehr genau wusste, dass mir Papa ein Geschenk besorgt hatte! Erst wollte ich Wissen was es sein würde. Doch dann, erinnerte ich mich daran. Das der Heilige Abend erst morgen sein würde. Warum sollte ich mir schon heute Gedanken darüber machen was Morgen sein würde und was für ein Geschenk für mich unter dem Christbaum liegen sollte! Viel größer waren meine Gedanken daran, wird Morgen der Wunsch den ich in mir hatte in Erfüllung gehen? Es war nur ein Wunsch von mir, doch dieser kam aus meinem Herzen! Wird meine Mama Morgen wieder bei mir sein? Dies war die einzige Frage die ich in mir trug und auf die mir niemand eine Antwort geben konnte!
Mein Papa und ich gingen an diesem Abend sehr früh zu Bett. Da wir für den Heiligen Abend ausgeschlafen sein wollten. Doch für mich war es wie bisher an jedem Abend nach dem schrecklichen Flugzeugabsturz. Ich konnte und wollte nicht einschlafen! Da meine Gedanken zur jeder Zeit bei Mama waren

und diese mir niemand vermochte zu nehmen. Da ich mir diese Gedanken auch niemals hätte nähmen lassen! Meine einzige Hoffnung die ich noch in mir hatte meine Mama wieder zu sehen, lag in der morgigen Heiligen Nacht.
Diese Hoffnung die ich mir selbst gegeben hatte, ließen meine Gedanken nicht zur Ruhe kommen. Ich wusste aber auch, dass es nur ein Wunsch von mir war. Doch manchmal gingen auch Wünsche in Erfüllung. Ich wagte nicht einmal daran zu denken, was denn sein würde wenn diese Erwartung von mir nicht eintreffen sollte. Ich hatte sehr große Angst davor diese Erfahrung machen zu müssen! Wenn ich nur daran dachte, stieg in mir ein Gefühl empor dessen Schmerz größer war als alles Leid das ich kannte. Doch das konnte und durfte nicht sein, daran dachte ich immer wieder. Da ich doch aus vollstem Herzen an Gott glaubte und immer versuchte die Ziele zu erreichen die er uns Menschen vorgegeben hatte. Deshalb glaubte ich auch an seine Barmherzigkeit die er für uns Menschen hatte und immer haben würde. Daran glaubte ich und ich werde immer darauf hoffen! Ganz egal was auch kommen sollte! Auch wenn es mir schwer fallen sollte die Wege zu verstehen die er mir vorgegeben hatte! Ich Glaubte an die Güte in seinem Herzen die er uns auch immer wieder zeigte! Wir mussten nur unsere Herzen öffnen, dann konnten wir es fühlen! Immer wieder hatte ich diese Gedanken in mir die mich nicht einschlafen ließen.
Nach einiger Zeit, in der ich im Bett wach gelegen war, hatte ich mich entschlossen aufzustehen und ein wenig spazieren zu gehen. Wenn auch die Nacht sehr dunkel war, hatte ich den Drang in mir nach draußen zu gehen. Da mir vielleicht die Sterne etwas zeigen könnten. Etwas das ich noch niemals in meinem Leben gesehen hatte! Doch was könnte es sein? Ich wusste es nicht! Vielleicht wollte ich auch nur die Zeit etwas verdrängen, da ich so sehr auf morgen hoffte! Da der morgige Tag seine schönste Nacht in sich verbarg! Die Heilige Nacht!
Ich ging sehr leise aus dem Haus weil ich nicht wollte, dass Papa mich hörte. Da ich sehr genau wusste, dass er damit nicht einverstanden wäre wenn ich am Abend das Haus alleine verlasse. Dies wusste ich auch, trotzdem hatte ich es getan! Da

ich ein wenig Ruhe und Freiheit in meinen Gedanken suchte. Die Sterne glitzernden am Himmel wie ein unendliches Lichtermeer. An diesen Abend war es das erste Mal, das ich das Elternhaus am Abend alleine verlassen hatte. Mir wurde schon ein wenig unwohl, doch ging ich immer weiter und sah nicht zurück. Ich wusste nicht warum dies so war, doch es hatte in mir eine Ruhe ausgestrahlt die mich zum Träumen brachte.
Ich dachte mir auch, war dies Schlafwandeln was ich heute machte? Doch dies konnte nicht sein, da ich sehr genau wusste was ich machte. Es war eine innere Kraft in mir die zu mir sprach und sagte, geh nur weiter. Du brauchtest die Dunkelheit nicht zu fürchten.
Es hatte den Anschein, dass die Sterne über mir immer heller zu leuchten begannen. Da ich trotz der Dunkelheit fast alles erkennen konnte. Es kam mir vor als würde mich ein magisches Licht begleiten. Dies war ein Licht in der Dunkelheit der Nacht, das ich so noch nie erlebt hatte. Es begleitete mich wie ein Sonnenschein den man nur im Herzen erlebte!
Ich konnte auch einige Flugzeuge am Himmel beobachten die schön erleuchtet in die Ferne oder nach Hause flogen. Ich wandte meinen Blick von ihnen erst ab, wenn sie nicht mehr zu sehen waren. Es erschien mir als wunderschönes und märchenhaftes Schauspiel das sich in dieser Sternenklaren Nacht zeigte. Dies waren Gefühle die wir Menschen aber auch ich bis heute und für immer nicht verstehen werden. Es war sagenhaft und unbeschreiblich, was die Natur in ihrer Schönheit hervorbrachte. Es war ein Anblick den ich ein Leben lang in meinen Gedanken behalten werde. Dies war etwas, was nur die Natur vermochte hervorzubringen. Niemand sonst konnte Licht und Gefühle verbinden!
Die Schauspiele mit der Natur was wir Menschen auf dieser Erde versuchten zu leben, waren dagegen nur kleine und unwirkliche Darstellungen unseres Daseins die wir versuchten weiterzugeben. Denn jedes, noch so kleine Naturereignis war einzigartig und nicht wiederholbar. Dies konnte nur in den Gedanken der Menschen erlebt werden. Doch auch durch Erzählungen wurden diese schönen Ereignisse weitergeben. Jedoch die Gefühle und

Gedanken die man dabei erlebte, blieben für immer verborgen. Diese konnte man nur spüren, wenn man es selbst erlebt hatte! Denn nur diese Gefühle hatten sich in den Herzen verankert!
Da keine Erzählung so naturgetreu wiedergegeben werden konnte, dass man sie so erleben konnte wie es in Wirklichkeit war! Man musste aber auch dankbar dafür sein, dass wir Menschen nicht alles nachmachen konnten. Da wir sonst versucht hätten, es zu ändern. Denn wenn wir dies könnten, würde es auf der Welt sehr hektisch zugehen. Da der eine dies und der andere jenes wollte. Dann wäre auch dieses schöne Gefühl das man in sich verspürte sehr bald zerstört und wir könnten uns nicht mehr daran erfreuen.
Irgendwie, so hatte ich es mir gedacht. Müssten wir Menschen doch dankbar dafür sein das wir ein kleines Bindeglied zur unserer Natur sein durften. Ohne etwas zu bestimmen! Nur um etwas zu sehen, zu erfahren oder es zu erleben! Da wir nur so die Werte des Daseins schätzen und erleben konnten. Da wir Menschen ein kleiner Baustein des Lebens waren, der in uns dieses Gefühl erst ermöglichte!
Denn auch die Natur konnte nicht alles verkraften was wir aus Unwissenheit oder Dummheit ihr zufügten. Da es immer wieder Naturkatastrophen gab die einzig und alleine der Menschheit zuzuschreiben waren. Dies sollte man niemals vergessen und immer darauf achten, was sein konnte, was sein sollte und was sein durfte! Dieses wussten wir leider nicht immer, doch wurde es Zeit das wir versuchten es zu verstehen.
Nach einiger Zeit in der ich in meinen Gedanken versunken war um an das schöne im Leben zu denken war auch die Zeit schon mächtig vorangeschritten. So das auch ich die Müdigkeit in mir verspürte. Deshalb entschloss ich mich wieder in mein Zimmer zu gehen und mich in meinem warmen Bett zu verkriechen. Als ich kurze Zeit später unter meiner wärmenden Decke lag, sprach ich noch ein kurzes Gebet für meine Mama und natürlich auch für Papa. Danach fielen mir die Augen langsam zu und ich war in meinen Gedanken an dem morgigen Tag erwartungsvoll eingeschlafen. Ich hatte erstmals nach sehr langer Zeit wieder eine angenehme Wärme in meinem Herzen verspürt. Da ich so

sehr auf den morgigen Abend hoffte! Am nächsten Morgen, es war der Weihnachtstag, war ich als erster aufgestanden. Da mein Papa noch schlief und ich mit meiner Zeit nichts anzufangen wusste. Darum hatte ich schon das Frühstück für meinen Papa zubereitet und auf den Küchentisch gestellt.
Als Papa einige Augenblicke später, als er erwacht war in die Küche kam und sah, dass das Frühstück schon am Tisch stand. Konnte er seine Dankbarkeit nicht verbergen und gab mir einen liebevollen Kuss. Diesen verspürte ich heute noch an meiner Wange. Genau diese Freude verspürte ich in mir als er zu mir sagte, Du kannst Dir nicht vorstellen was für eine Freude Du mir mit diesem Frühstück bereitet hattest!
Es war sehr schön, wenn man jemanden Freude bereiten konnte und sich derjenige darüber freute. Dies hatte ich jetzt zum ersten Mal erfahren. Da wusste ich wie sehr sich Mama gefreut haben musste, als wir danke zu Ihr sagten! Jedoch konnte ich mich nicht mehr daran erinnern, wann dies der Fall gewesen war! Hatte ich es jemals gesagt? Ich wusste es nicht!
Es war für mich zur jeder Zeit selbstverständlich, dass das Frühstück am Tisch stand. Ich hatte niemals darüber nachgedacht was sich hinter dieser Arbeit verbarg! Doch heute konnte ich es sehr gut verstehen und wusste eines, Mama war für uns ein Engel, ein Engel auf Erden!
Was sollte das, dachte ich mir in diesem Augenblick? Warum war Mama ein Engel auf Erden? Sie ist ein Engel auf Erden und sie würde wieder zu mir kommen. Damit ich ihr sagen konnte, wie ich in diesen Augenblicken dachte und fühlte. Denn nur Mama konnte verstehen was für Gefühle ich in mir hatte! Da auch sie für uns alles getan hatte, damit wir Freude und Lust in uns verspürten.
Danach sagte Papa, jetzt sollten wir doch das Frühstück zu uns nehmen. Da Du es sicherlich mit sehr viel Freude und Liebe für uns zubereitet hattest? Wenn es so gut mundet wie es aussah, konnte uns heute nichts den schönen Tag verderben. Ich hatte eine innerliche Freude in mir als ich sah, dass das Frühstück meinen Papa wohl bekam und er eine Freude daran hatte. Es musste eine Freude sein, die wir bei Mama schon immer erlebt

hatten. Doch wir erkannten bisher nicht, was für einen Wert und was für eine Liebe diese kleine Geste in sich trug.
Ich fragte Papa, ob das Christuskind heute nicht schon früher zu uns kommen konnte. Da ich schon jetzt wissen wollte, ob das Christuskind Mama wieder zu mir in meine Arme bringen würde?
Du weißt doch Christian, dass wir bisher noch immer vor der Bescherung zur Christmette gegangen waren und dies würde auch heute und in Zukunft so sein! Da in der Zeit wo wir in der Kirche bei der Christmette waren um die Geburt des Christkindes zu feiern und unseren Glauben an die Heilige Nacht zu verkünden, dies die Zeit war an der die Geschenke unter dem Weihnachtsbaum gebracht wurden.
Ja, das wusste ich schon! Doch war es dennoch nicht irgendwie möglich, dass ich mein Geschenk das ich heute bekommen sollte schon früher bekommen könnte? Da ich schon jetzt Freude und Angst in mir verspürte. Dies war die Freude über das Geschenk, dass ich heute bekommen würde. Doch zugleich war es auch die Angst in mir, dass sich mein Wunsch nicht erfühlen sollte!
Nein Christian, dies war vollkommen ausgeschlossen! Da die Weihnachtsnacht bei uns immer so gelebt wurde und wir werden sie weiterhin so erleben wie auch ich es als Kind schon erlebt hatte!
Nach dieser Antwort wusste ich, dass es nicht möglich war etwas zu ändern was bisher mit Liebe und Stolz von meinen Eltern gelebt wurde! Darum würde dieser Tag sehr langsam und einsam, jedoch mit sehr viel Hoffnung für den heutigen Abend an mir vorbeigehen.
Mein Papa und ich hatten am heutigen Weihnachtstag noch einige Verwandte besucht. Da dies bei uns so der Brauch war. Da kam es auch immer wieder vor das man über Mama gesprochen hatte. Ich war natürlich sehr Stolz darauf das man über Mama sprach! Da ich nun wusste das man sie noch nicht vergessen hatte. Doch konnte und wollte ich nicht verstehen, dass man über Mama so gesprochen hatte, als ob sie schon im Himmel wäre! Dies hatte mir in meinem Herzen sehr wehgetan. Da es das erste Weihnachtsfest für mich war an dem meine Mama nicht an

meiner Seite war. Meine Gedanken waren am heutigen Tag immer wieder bei Mama. Da ich die Hoffnung in mir hatte, sie heute nach sehr langer Zeit wieder in die Arme schließen zu können.
Obwohl auch ich schon die ersten Zweifel an meinen Wunsch hatte und nicht mehr mit Sicherheit darauf vertraute, dass mein Wunsch in Erfüllung gehen würde! Doch hatte ich Liebe, Glaube und Hoffnung in mir! Doch was würde geschehen wenn?
Denn in mir war schon sehr schwach die Einsicht gekommen, dass Mama nur noch in meinem Herzen bei mir sein konnte. Trotz des Schmerzes den ich in meinem Herzen trug, würde ich Mama niemals vergessen. Denn Sie war der Sonnenstrahl der mein Herz erleuchtete. Sie war der Stern der in mir erstrahlte. Sie war die Liebe die ich in mir trug!
Als wir wieder zu Hause angekommen waren ging ich mit meinem Papa zur kleinen Kapelle in unserem Dorf. Da das Friedenslicht von unseren Sportlern dort erwartet wurde. Wir hatten eine sehr schöne Laterne bei uns. Als die Sportler mit dem Friedenslicht kamen, begann der Chor unseres Dorfes sehr sanft zu singen. Wir erfreuten uns alle an den schönen Liedern und der Ankunft des Friedenslichtes!
Als der Chor mit dem Gesang ihren schönen Weihnachtsliedern langsam verstummte, begannen die Sportler das Friedenslicht zu verteilen. Auch wir öffneten unsere Laterne und empfingen das Heilige Licht!
Danach begaben wir uns nach Hause wo wir dieses Friedenslicht auf alle anderen Kerzen die wir vorbereitet hatten übertrugen! Anschließend gingen wir zu unserem Auto und fuhren zu den Gräbern unserer Vorfahren. Um auch ihnen das Friedenslicht zu bringen und ihnen zu zeigen, dass sie in unserem Herzen nicht vergessen waren! Danach fuhren wir wieder nach Hause.
Langsam sah ich, dass es endlich dunkler wurde. Da wusste ich, dass der Abend nicht mehr weit war. Ein Abend den ich mir so sehr herbei gewünscht hatte. Deshalb, so kam es mir vor, wurde ich immer unruhiger. So das ich keinen klaren Gedanken mehr in mir hatte. Ich spürte in mir Gefühle die man unmöglich in Worten fassen konnte. War es die Erwartung auf das größte

Glück das ich heute erleben sollte oder die Angst davor, dass mein Wunsch den ich für heute hatte nicht in Erfüllung gehen sollte?
Ich konnte und wollte nicht daran denken was sein würde wenn? Den dies durfte und dies konnte nicht sein! Mit diesen Worten machte ich mir immer wieder Hoffnung. Doch ich wusste auch, heute war der Abend gekommen an dem all meine Fragen beantwortet werden. Ich konnte nicht mehr ruhig an einem Platz sitzen bleiben. So kam es, das ich immer wieder von meinem Zimmer in die Küche lief und wieder zurück. Dabei sah ich immer wieder auf meine Uhr. Doch die Zeit schien am heutigen Tag still zu stehen.
Als es dunkel wurde ging ich zu unseren Teich um die Fische zu beobachten. Doch die Fische waren nicht zu sehen. Da der Teich durch die Kälte zugefroren war. Obwohl die Pumpe den ganzen Tag gelaufen war, hatte sich eine sehr große Eisschicht gebildet. Ich beseitigte das gröbste Eis von der Pumpe, damit das Wasser wieder richtig sprudeln konnte. Nach einiger Zeit rief mein Papa nach mir und sagte, dass ich in das Haus kommen sollte! Beim hineinlaufen dachte ich mir ob etwas geschehen sei?
Da sah ich Tante Stefanie und Onkel Franz Josef die zu uns auf Besuch gekommen waren. Hallo Christian, sagte Onkel Franz Josef. Da heute doch Weihnachten war, hatten wir Dir ein kleines Geschenk mitgebracht. Ich war mir sicher, dass Du daran sehr viel Freude haben würdest! Sieh nur, dort drüben steht es!
Ich konnte mir nicht vorstellen was es sein sollte, da wurde ich doch ein wenig neugierig. Ich sah ein sehr großes Gefäß, das sehr schön verpackt war. Langsam ging ich zu diesem Gefäß und nahm die Verpackung ab. Als ich hinein sah, staunte ich nicht schlecht! Oh, war das lieb von euch, kam es mir im ersten Augenblick über meine Lippen!
Wir wussten doch, dass Du Dich darüber freuen würdest. Es waren genau zehn Regenbogenforellen. Wir hatten die schönsten für Dich ausgesucht. Da wir wussten, dass Du sehr große Freude an den Fischen hattest!
Ja, Onkel Franz Josef. Es waren zehn sehr schöne und liebe Fische. Doch nicht alles waren Regenbogenforellen! Sieh einmal,

die Regenbogenforelle, hatte ihre Pünktchen über den ganzen Körper verteilt. Dies gilt aber auch für alle anderen Arten der Forellen. Doch dieser Fisch hatte keine Pünktchen auf seinen Flossen. Somit konnte ich mit Sicherheit sagen, dass dies keine Regenbogenforelle war! Da ich schon sehr vieles über Fische gelernt hatte. Darum konnte ich mit Sicherheit sagen, dass dieser Fisch ein Saibling war! Jedoch gab es auch bei den Saiblingen kleine Unterschiede.
Dieser Fisch zum Beispiel war ein Bachsaibling! Da Flusssaiblinge nur in Nordamerika überleben könnten. Da wie Du wusstest, ich ein sehr großes Interesse an Fischen hatte, hatte ich mir schon einige Bücher darüber durchgesehen und so einiges war mir in meinen Gedanken geblieben. Deshalb konnte ich auch so manche Arten unterscheiden und wusste auch wo sie lebten und wo nicht! Es war aber egal das Saiblinge dabei waren, da sie mit den Forellen aufwachsen könnten.
Mein Onkel sah mich nur fragend an und sagte kein einziges Wort. Wollte er nichts sagen, oder konnte er dazu nichts sagen? Ich wusste es nicht!
Da fragte ich meinen Onkel, ob wir zum Teich gehen wollten um die Fische in Ihr neues Zuhause zu geben? Danach unterbrach uns Papa und sagte, dass es heute nicht mehr möglich war. Da es doch schon sehr spät war. Warum den dies, sagte Onkel Franz Josef? Die Fische kannten doch keine Uhr! Über diese Antwort hatten wir alle sehr herzhaft gelacht!
Gehen wir schnell zum Teich und geben die Fische in ihr neues Zuhause, sagte Onkel Franz Josef. Damit auch sie sich an ihrem Leben im neuen Teich erfreuen konnten. Somit konnte er auch meinen Papa überreden, dass wir die Fische so schnell als nur möglich in den Teich gaben.
Es war ein wenig kalt als wir zum Teich hinausgegangen waren. Darum hatten wir uns noch schnell etwas übergezogen. Als wir am Teich angekommen waren und das Licht anmachten, erstrahlte ein sehr schönes glitzerndes Licht an der Wasseroberfläche. Dies war wunderbar und herrlich anzusehen. Es war ein Farbenspiel, das man nur am Abend sehen konnte. Alle hatten mir sehr genau auf die Finger gesehen, als ich die

Fische in das Wasser gab. Doch danach hatten wir gemeinsam eine sehr große Freude in uns verspürt. Als wir sahen wie sich die Fische im Wasser erfreuten.
Im Gegensatz zu den Karpfen die sich im Teich befanden, waren die Forellen sehr stürmisch und erfreuten sich ihres Daseins und hatten es uns auch gezeigt. Dies war auch kein Wunder, da sich die Karpfen schon in der Winterruhe befanden und nicht gestört werden wollten. Wir sahen die Fische noch einige Augenblicke zu und gingen anschließend in das Haus zurück um unsere Körper wieder die Wärme zu geben die sie brauchten um sich wohl zu fühlen. Da man bei sechzehn Grat unter Null, so wie es heute bei uns war, wir sicherlich kein Vergnügen daran fandet im Freien zu sein! Trotzdem war ich der Meinung, dass es das richtige war die Fische noch heute in den Teich zu geben. Ich erinnerte mich dabei an ein Sprichwort das meine Oma immer pflegte zu sagen. Dies lautete, verschiebe nichts auf Morgen, was Du heute konntest besorgen! Dies hatte ich bis heute nicht vergessen und ich war sehr Stolz darauf!
Als wir uns wieder ein wenig gewärmt hatten, bereitete mein Papa einen kleinen Weihnachtsschmaus für Tante Stefanie und Onkel Franz Josef. Da es bei uns schon immer der Brauch war, für diejenigen die am Weihnachtsabend zu uns kamen ein Essen aufzutischen.
Als ich sah wie Papa dies machte, erkannte man aber auch, dass uns Mama doch sehr fehlte. Nach einiger Zeit hatte mein Papa es dann doch geschafft, und uns ein wirklich weihnachtliches Essen zubereitet. Es sah nicht nur sehr gut aus, es mundete uns allen sehr. Sodas wir auch ein Lob auf Papa ausgesprochen hatten.
Es erfreute meinen Papa sichtlich. Da er uns danach sehr genau erzählte wie er das Essen zubereitet hatte. Es war ein wenig Stolz in seinen Worten zu erkennen. Doch er konnte und durfte auch Stolz darauf sein.
Bei diesem wunderbaren Essen und einigen Gesprächen die wir führten war doch auch die Zeit mächtig vorangeschritten. Sodas wir uns beeilen mussten um uns für die Christmette fertig zu machen. In der Zeit als Papa und ich uns umgezogen hatten, hat Tante Stefanie das Geschirr bereits abgewaschen und an seinen

Platz abgestellt. Sie hatte uns damit sehr geholfen. Denn es sollte doch nicht sein, dass wenn das Christuskind mit meiner Mama nach Hause kam, sie Unordnung vorfinden sollte! Als ich mich in meinem Zimmer fertig umgezogen hatte, kniete ich mich vor meinem Bett und sprach ein hoffnungsvolles Gebet!
Lieber Gott!
Heute war für mich der Tag gekommen, an dem ich sehr große Freude oder aber auch ein sehr großes Leid erfahren würde. Gib mir bitte, aber auch meinen Papa die Freude wieder in unsere Herzen zurück. Da wir dies für unser weiteres Leben so sehr brauchten. Sollte es Dir nicht möglich sein, unseren Wunsch den wir an Dich gerichtet hatten zu erfühlen. Dann sag bitte zur Mama, dass ich sie sehr Lieb hatte und meine Gedanken immer bei ihr sein werden. Wie auch immer Deine Endscheidung ausfallen sollte. Ich danke Dir aus ganzen Herzen!
Als ich mit meinem Gebet fertig war ging ich zurück in die Küche um allen zu zeigen was für ein schöner Junge ich sein konnte, wenn ich nur wollte! Von mir aus so sagte ich, könnten wir nun zur Christmette fahren. Da erhoben sich alle von ihren Stühlen und wir gingen gemeinsam zu unserem Auto das in der Garage stand.
Als wir nach einiger Zeit bei der Kirche angekommen waren, war es ein sehr schöner Anblick. Da sich die Kirche von ihrer schönsten Seite zeigte und sehr hell erleuchtet war. Wir öffneten die Kirchentüre und gingen hinein. Da hatten wir mit etwas Glück noch einen Sitzplatz bekommen. Da schon sehr viele Menschen in der Kirche waren und auf die Christmette warteten. Als es kurz vor zweiundzwanzig Uhr war, hatte sich die Kirche schon so gefüllt, dass man nur noch mit etwas Glück an dieser schönen Feier teilnehmen konnte. Da sich sehr viele Menschen einfanden um gemeinsam die Heilige Nacht zu feiern! Auf einmal wurde es sehr leise, man sah wie der Priester vor dem Altar trat und sich vor ihm verneigte.
Der Kirchenchor begann leise zu singen und die Orgel erklang als wäre sie die Stimme Gottes. Diese Musik hatte etwas Anziehendes und magisches an sich, sodass sie den ganzen Körper durchdrang. Es erklang in meinen Ohren als wollte sie

uns etwas sagen. Wollte die Musik uns sagen, dass dies die Nacht war in der wir unseren inneren Frieden und unsere innere Ruhe finden sollten? Den Frieden einer längst vergangenen Nacht, nach der wir uns alle so sehr sehnten? Dies erfuhr ich in vollster Harmonie.
Ich musste bei den sanften Klängen der Orgel meine Gedanken an Mama richten. Würde auch Mama diese Nacht in einer solchen Harmonie und Schönheit erleben so wie wir es hier und jetzt empfanden? Oder hatte das Christuskind sie schon zu mir nach Hause gebracht, wo sie schon mit Freude auf mich wartet? Diese Gedanken waren in mir etwas verschwommen durch das Angenehme das ich hier und jetzt verspürte. Es war eine Wärme die man nur in seinem Innersten fühlen konnte!
Der Priester sprach sehr schöne Worte zu uns. Als wollte er uns sagen, dass wir auf diese Heilige Nacht gewartet hätten. Dies war mit Sicherheit so! Wir alle hatten auf diesen Abend gewartet! Da es die Zeit war, an der man sich still und leise an das erinnerte, was einem liebevoll und wichtig war.
Auch wenn die Erinnerungen, wie in meinen Fall schmerzhaft sein konnten, waren sie doch sehr schön und man erfreute sich das man diese erleben durfte.
Als sich die Christmette langsam aber sicher seinem Ende neigte, ging unerwartet die Kirchentüre auf. Dies spürte man, da sich ein kalter Luftzug den Weg in die Kirche bahnte. Ich dachte mir, es müssten Mitbürger unserer Gemeinde sein die sich verspätet hatten. Doch dem war nicht so! Es waren zwei Polizisten in Uniform die in die Kirche kamen. Ihre suchenden Blicke gingen in alle Richtungen.
Nach einigen Augenblicken des Suchens, kamen die beiden Polizisten in unsere Nähe. Als sie es geschafft hatten, sich durch die Menschenmenge die sich in der Kirche befand durchzudringen, kamen sie zu meinem Papa und sagten mit leisen Worten zu ihm. Würden sie bitte einen Augenblick mit uns mitkommen? Danach ging mein Papa mit den beiden Polizisten ein wenig zur Seite, wo sie miteinander sprachen und sich fragend in die Augen sahen. Ich sah, dass einer der Polizisten sehr zögerlich gesprochen hatte. So als ob er nicht genau wusste,

wie oder was er sagen sollte! Da zeigte sich auf einmal ein sehr erfreulicher Gedanke in meinem Herzen. Ich meinte und ich war mir nun sicher, denn Grund für dieses Gespräch gefunden zu haben. Da es nicht anders sein konnte! Mama war wieder zu Hause! Mama hatte die beiden Polizisten zu uns in die Kirche geschickt, damit sie uns sagten, dass wir nach Hause kommen sollten! Da sie schon mit Sehnsucht auf uns wartete. Sodas wir wieder vereint sein könnten und unser Leben, dass so vieles an Schmerz und Leid erfahren musste, endlich wieder Frieden fand! Sodas wir wieder mit voller Hoffnung und Freude uns unseres Daseins erfreuen konnten.
Als der Kirchenchor ein sehr schönes Lied sang," Stille Nacht, Heilige Nacht", kam auch der Priester zu diesem Gespräch, dass die Polizisten mit meinem Papa führten. Doch auf einmal sah ich wie sich die Augen von meinem Papa mit Tränen füllten und er heftig zu weinen begann. Der Priester nahm Papa in die Arme und führte ihn nach vorne zum Altar. Nach einigen Schritten blickte Papa zu mir zurück, so als ob er mir etwas sagen wollte? Beide knieten sich vor dem Altar und senkten Ihre Köpfe. Da erkannte ich, dass dies nicht zur Christmette gehörte. Da sich auch alle Besucher dieser Christmette niederknieten, um Anteil daran zu nehmen was nun geschehen sollte!
Mir kam ein sehr schlimmer und furchtbarer Gedanke! Waren die beiden Polizisten gekommen um meinen Papa und mir zu sagen, dass Mama nicht mehr am Leben war?
In mir kam nun ein Gefühl der Verzweiflung und der Hoffnungslosigkeit. Dieses Gefühl konnte man nicht mit Worten beschreiben. Ich wollte nur noch weg von diesem Ort. Fort von den vielen Menschen und hinaus aus der Kirche, um mit meinen Gedanken die ich nun in mir hatte alleine zu sein. Ich konnte und wollte nicht mehr bleiben, sodass ich ohne Rücksicht auf die anderen Mitmenschen die in der Kirche waren meine Sitzbank verlassen hatte und wie von Sinnen loslief! Die Kirchentüre hatte ich mit aller Kraft die ich in mir hatte geöffnet und sah noch dass mir Papa gefolgt war! Ich hörte noch heute die Worte in mir die mein Papa mir damals zurief. Christian gib Acht! Ich drehte mich kurz zu meinen Papa um und wurde im selben Augenblick von

einem Auto erfasst und zu Boden geschleudert, das genau zur dieser Zeit auf der Straße fuhr die an der Kirche vorbeiführte. Mein Papa, aber auch andere Mitbürger unserer Gemeinde liefen sehr schnell zu mir um zu helfen. Ich hörte noch heute die Worte in mir die mein Papa damals sagte, warum Christian?
Danach fiel ich durch große Schmerzen die ich in mir verspürte, in ein Koma. Somit war jetzt auch die Finsternis über mich gekommen.
Als ich nach einiger Zeit wieder aus meinem Koma erwachte. Erkannte ich im ersten Augenblick nicht, was mit mir geschehen war. Darum schloss ich meine Augen wieder. Kurze Zeit später, hatte ich neuerlich versucht meine Augen zu öffnen! Als ich meine Augen geöffnet hatte, saß mein Papa bei mir an meinem Bett und hielt meine Hand. Als er sah, dass ich erwacht war drückte er auf einen Knopf der über meinem Bett war. Erst jetzt hatte ich erkannt, dass ich in einem Krankenhaus war.
Nach kurzer Zeit kam die Krankenschwester in mein Zimmer und einige Augenblicke später auch ein Arzt. Ich sah sie alle verwundert an und wusste nicht was den sei? Da begann der Arzt mir einige Fragen zu stellen. Ob ich wiese wie mein Name war und so weiter. Nach einiger Zeit der Befragung wandte sich der Arzt zu meinem Papa und sagte, dass er sehr zufrieden mit mir sei. Er sagte aber auch, dass ich mich auf keinen Fall aufregen durfte und ich sehr viel Ruhe brauchte. Da wusste ich auch, dass ich Papa nicht nach meiner Mama Fragen konnte. Da er ein sehr schlechter Lügner war!
Doch was wollte ich noch erfahren? Ich hatte doch in der Kirche alles mit eigenen Augen gesehen! Trotz der Tränen in meinen Augen und den Fragen die ich in mir hatte, was mit mir sei? Behielt ich meine Gedanken und meine Fragen die ich in mir hatte für mich.
Der Arzt sprach noch einige sehr leise Worte zu meinen Papa, die ich nicht hören konnte, oder nicht hören sollte. Danach kam Papa wieder an mein Bett um sich von mir zu verabschieden. Mit einem dicken Kuss auf meine Wangen versprach er mir, dass er Morgen in aller Früh wieder zu mir kommen würde! Ich fragte meinen Papa, warum er denn schon gehen wollte? Da sagte er zu

mir. Das die Ärzte mich jetzt noch untersuchen wollten. Um zu sehen wie schwer ich verletzt war. Es war sehr schwer für mich zu sehen wie Papa das Zimmer verlassen hatte. Da ich nun alleine mit der mir fremden Umgebung war.
Die Krankenschwester nahm mein Bett und fuhr mit mir einen langen und schmalen Flur entlang. Durch eine große Schiebetüre die sich automatisch öffnete, gelangten wir in einen großen Raum der hell erleuchtet war. Ein mir unbekanntes Gerät befand sich darinnen. Man hob mich auf eine Unterlage, die danach in dieses Gerät eingebracht werden sollte.
Der Arzt erklärte mir sehr genau was dies für ein Gerät sei. So sagte er, dies war etwas das in mich hineinsehen konnte. Da man danach sehr gut erkennen konnte, was für Verletzungen ich hatte. Da sprach ich mit leiser Stimme! Ich brauchte doch nur ein wenig Schlaf, danach könnte ich wieder nach Hause gehen. Da mein Papa sicherlich auf mich warten würde. Da doch Weihnachten war und er nun alleine zu Hause war. All die Geschenke die wir vorbereitet hatten, warteten auf uns? Wir hatten uns schon so sehr darauf gefreut!
Christian, hör mir jetzt genau zu, sagte der Arzt zu mir. Es waren nicht nur einige Minuten die Du im Koma wahrst. Es waren zwei Tage. Das Weihnachtsfest war schon vorüber, doch Du hattest es verschlafen. Wie konnte es sein, dass ich die schönste Zeit im Jahr nicht vernommen hatte? Ich war doch nur aus der Kirche gelaufen und wollte meinen Gedanken freien lauf lassen. Jetzt das? Ich konnte mich nicht daran erinnern! Was war mit mir geschehen?
Nach einem kurzen Gespräch hatte mir der Arzt geschildert was an diesem Abend mit mir geschehen war. Ich konnte es erst nicht verstehen. Wo war die Zeit geblieben an die ich mich nicht mehr erinnern konnte? Ich wusste keine Antworten auf meine Frage? Doch es musste so sein wie man es mir gesagt hatte!
Als ich wieder so einigermaßen ruhig wurde, kam ich in dieses Gerät. Man nannte es einen Scanner. Als man mich in das Gerät schob und es einschaltete, hörte ich um mir herum nur ein summen. Es wollte kein Ende nehmen und ich hatte schon große Angst in mir, dass man mich darinnen vergessen hätte. Da diese

Zeit in die ich darinnen war einfach nicht vergehen wollte. Als man mich dann doch endlich aus dem Scanner holte, sahen sich die Ärzte fragend an! Da erkannte ich, dass es nicht sehr gut um meine Gesundheit bestellt war! Man sprach über dieses und jenes, nur ich konnte es nicht verstehen. Dies machte mir sehr große Angst.
Man brachte mich danach wieder durch diesen schmalen Flur in dem ich gekommen war, zurück in mein Zimmer. Es waren nur einige Augenblicke vergangen, da kam auch schon eine Krankenschwester zu mir in das Zimmer. Sie fragte mich, ob sie mir eine Geschichte vorlesen sollte? Ich sagte natürlich ja, und hatte mich ein wenig erfreut. Danach fragte sie mich, was für eine Geschichte ich am liebsten hören wollte? Mit einem leisen, ich wusste es nicht, kam meine Antwort. Da mir meine Mama niemals eine Geschichte vorgelesen hatte! Sie hatte mir die Geschichten aus Ihrem inneren erzählt. Dies waren die Geschichten ihres Herzens! Nach diesen Worten musste ich nach kurzer Zeit eingeschlafen sein.
Als ich am nächsten Morgen erwachte, kam auch schon mein Papa zur Türe herein. Die Gesichtszüge die ich in ihm sah waren nicht sehr ermunternd. Da ich seine Blicke, die er in seinem Gesicht trug sehr gut kannte.
Es kamen aber auch zwei Ärzte mit in das Zimmer. Sie kamen zu mir an mein Bett und untersuchten mich auf das neuerliche. Sie nahmen die Decke von meinem Körper und sahen auf meine Füße. Da bemerkte ich zum ersten Mal, dass ich meine Füße nicht mehr bewegen konnte! Auf die Frage, was den mit meinen Füßen sei? Sagte ein Arzt zu mir! Bei dem Unfall den Du am Heiligen Abend erlitten hattest, hattest Du Dir die Wirbelsäule gebrochen! Wahrscheinlich, würdest Du nie mehr in deinem Leben laufen können. Wir würden alles Menschenmögliche unternehmen um Dir so gut es ginge zu helfen. Dies konntest Du uns glauben!
Als der Arzt ausgesprochen hatte, nachdem er mir gesagt hatte wie es um meine Gesundheit gestanden war. Erkannten die Ärzte, dass ich große Angst in mir hatte. Ich bekam eine Spritze und war danach sehr schnell eingeschlafen. Ich träumte von

meiner Mama, wie sie an unserem Fischteich stand und sich an dem Anblick der Fische erfreute. Sie sah in das Wasser und erfreute sich als sie die Forellen sah! Doch wie konnte dies sein? Mama wusste doch nicht, dass wir Forellen im Teich hatten? Diese kamen doch erst in der Weihnachtsnacht in den Teich! Woher konnte Mama das den wissen? Wenn ja, wie und woher? Ich erlebte diesen Traum genauso, als wäre es die Wirklichkeit gewesen. Da meine Mama in meinem Traum einem Satz zu den Fischen sagte, den ich niemals vergessen werde! Er lautete! Wartet noch einige Tage ihr lieben Fische, dann würde Christian wieder bei euch sein und euch das Futter reichen.
Dieser Satz hatte sich so sehr in meinen Gedanken verankert, dass ich nicht mehr wusste, war es die Wirklichkeit oder ein Traum? Doch auch dieser Traum hatte ein Ende!
Als ich am nächsten Morgen erwachte, war ich ganz alleine in meinem Krankenzimmer. Da hatte ich zum ersten Mal Angst für immer alleine zu sein! Ich hatte ein sehr großes Gefühl der Einsamkeit in mir, da diese Angst die ich in mir hatte mich nicht mehr losließ.
Deshalb hatte ich etwas zögernd aber doch, denn Knopf über meinem Bett gedrückt. Nach einiger Zeit, oder war es auch nur eine kurze Zeit, ich wusste es nicht mehr. Konnte ich die Schritte der Krankenschwester hören als sie zu mir in mein Zimmer kam. Die Zimmertüre ging auf und da freute ich mich, dass ich nicht mehr alleine war.
Danach kamen auch schon die ersten Worte der Krankenschwester. Guten Morgen Christian, wie geht es Dir heute? Hattest Du gut geschlafen? Ich war Schwester Andrea und werde am Tage bei Dir sein, wann immer Du mich brauchtest. Ich sah die Krankenschwester an und wusste sofort das Sie Ihren Mund nicht nur zum Essen hatte. Da Sie sehr viele Fragen zur gleichen Zeit an mich richtete!
Dann bekam in Tränen in meinen Augen und begann zu weinen. Zuerst sah Schwester Andrea mich fragend an. Doch dann fragte sie mich, warum ich weinen würde? Mit etwas zögern sagte ich zur Schwester Andrea, dass der Name meiner Mama auch Andrea war! Deshalb hatte ich diese Gefühle in mir die sich mit

Tränen zeigten. Nach einiger Zeit fragte ich Schwester Andrea, kommt heute mein Papa um mich wieder zu besuchen? Darauf antwortete sie sehr liebevoll.
Dein Papa war heute Morgen schon hier. Doch Du hattest so tief und gut geschlafen, dass er Dich nicht wecken wollte. Doch Übermorgen kommt Dein Papa wieder zu Dir und dann würde Deine Freude umso größer sein! So, nun musste ich aber nach den anderen Patienten sehen, da auch sie mich brauchten. Doch ich verspreche Dir Christian, dass ich danach, wenn ich wieder ein wenig Zeit hatte zu Dir kommen werde um mich ein wenig mit Dir zu unterhalten.
Natürlich Schwester Andrea, ich wusste doch das ich nicht der einzige Patient war und auch die anderen auf Sie warteten. Ich freute mich schon sehr darauf, wenn Sie wieder zu mir in mein Zimmer kommen würden! Es war sehr schön, wenn man mit jemanden sprechen konnte der einem zuhörte. Da sah Schwester Andrea mich mit einem strahlenden Lächeln an und ging aus dem Zimmer.
Da ich nun wieder alleine mit meinen Gedanken war. Hatte ich darüber nachgedacht, was den eigentlich mit mir geschehen war. Ich wusste nicht mehr, was für einen Sinn das Leben für mich noch haben sollte? Da ich nicht mehr laufen konnte und ich keine Mama mehr hatte. Die mich liebte und pflegte!
Mein einziger Trost war nun mein Papa. Da ich wusste, dass er mich liebte und ich ihn jetzt sehr brauchte. So schöpfte ich wieder neuen Lebensmut. Denn ich glaubte schon verloren zu haben. Da erwachte in mir wieder neue Lebensfreude. Danach dachte ich an die Worte zurück, die Schwester Andrea zu mir sagte. Das mein Papa Übermorgen wieder zu mir kommen würde!
Weshalb erst Übermorgen? Warum nicht heute? Warum nicht Morgen? Da wusste ich nicht was ich von diesen Worten halten sollte! Ich dachte immer wieder an diesen Satz. Er wollte mir nicht aus den Kopf gehen. Hatte mich mein Papa jetzt nicht mehr so lieb, dass er nicht mehr bei mir sein wollte?
Dies waren meine Gedanken die ich nun in mir hatte. Ich war doch der gleiche liebe Junge der ich vor dem Unfall war! Warum

kam Papa erst übermorgen? Warum war er nicht bei mir? Ich hatte nun schreckliche Angst in mir auch meinen Papa zu verlieren.
Da zog ich die Bettdecke über meinen Kopf und begann fürchterlich zu weinen. Ich hatte große Angst alles verloren zu haben was mir lieb und teuer war! Nach ungefähr einer Stunde kam Schwester Andrea wieder zu mir in mein Zimmer. Ich hatte Tränen in meinen Augen und sagte kein einziges Wort.
Zuerst brachte Schwester Andrea einiges in meinem Zimmer in Ordnung, dass Ihr nicht richtig erschien. Doch dann schrie ich auf. Warum war mein Papa heute nicht bei mir? Sie sah mich verwundert an. Doch Sie erkannte auch sehr schnell, dass ich sehr große Angst in mir hatte. Da gab mir Schwester Andrea einige Pillen, sodass ich nach einiger Zeit ein wenig ruhiger wurde. Dies war für mich nicht so einfach, da ich schreckliche Gedanken in mir hatte!
Nach einiger Zeit hatte ich mich wieder beruhigt. Ich konnte die lauten Worte die ich von mir gegeben hatte, noch in weiter Ferne hören. Ich verstand selbst nicht, dass ich dies gesagt hatte. Doch war es mit Sicherheit die Angst in mir, die aus mir sprach! Danach setzte sich Schwester Andrea zu mir an mein Bett und wollte so einiges von mir erfahren. So zum Beispiel, wollte sie von mir wissen was ich zu Hause am liebsten machen würde? Ich erzählte Ihr dies und jenes. Nun fühlte ich mich ein wenig wohler in Ihrer Nähe. Da ich nun wieder jemanden hatte, mit dem ich über alles sprechen konnte. Was ich sonst nur mit meiner Mama konnte!
Aus irgendeinem Grund, ich wusste nicht weshalb. Fragte ich Schwester Andrea, ob sie meine Pflegemutter für mein weiteres Leben werden möchte? Da ich doch jemanden für mein weiteres Leben das ich noch vor mir hatte brauchte! Ich wusste auch, dass ich Schwester Andrea diese Frage stellen durfte, obwohl ich sie erst seit kurzer Zeit kannte. Ich hatte so ein großes Vertrauen zu ihr aufgebaut das ich mir sicher war, dass sie mir diese Bitte nicht ausschlagen würde.
Was? Waren die Worte von Schwester Andrea etwas entsetzt! Dann nahm sie meine Hand und drückte sie sehr fest an sich.

Was würde den Deine Mama dazu sagen, wenn ich damit einverstanden wäre? Waren Ihre ersten Worte! Deshalb war es unmöglich, dass ich Dein Angebot annehmen konnte!
Aber Schwester Andrea! Meine Mama war doch im Sommer beim Flugzeugabsturz ums Leben gekommen. Auch ich wollte es erst nicht glauben. Doch heute wusste ich, dass meine Mama nur noch in meinem Herzen und in meinen Gedanken bei mir sein konnte. Doch dies für alle Zeit! Außer meinen Papa, aber auch da war ich mir nicht mehr sicher. Hatte ich doch keinen lieben Menschen mehr der zu mir hält.
Aber Christian, warum hattest Du nur solche Gedanken in Dir! Deine Eltern glaubten sehr fest an Dich und sie hatten Dich mit Sicherheit sehr, sehr lieb! Diesen Glauben solltest Du niemals an Deine Eltern verlieren!
Ich wusste Christian, man konnte es Dir noch nicht sagen? Deshalb sollte ich es sein der es Dir heute sagen würde!
Schwester Andrea nahm mich in ihre Arme und sah mich mit hell erleuchteten Augen an. Ihre Augen glitzerten wie sanfte Sterne am Himmel. Ich sah auch, dass Ihre Augen etwas feucht wurden. Darum wusste ich, dass dies was sie mir nun sagen wollte. Etwas mit sehr Gefühl sein musste!
Ich war mir sicher Christian, dass dies was ich Dir jetzt sagen werde wie ein Märchen für Dich sein würde. Doch am Heiligen Abend an dem Du Deinen schweren Unfall hattest. Hatte man Deine Mama in Kanada gefunden, und „Sie war am Leben“! Mama lebt, schrie ich mit erfreuter Stimme auf! Ist dies Wirklichkeit oder ein Traum, wollte ich nun wissen? Schwester Andrea drückte mich an sich und sagte, dies war kein Traum den Du jetzt erlebtest. Es war die Wirklichkeit auf die Du Dich freuen durftest. Das verspreche ich Dir!
Meine Gefühle die ich in diesen Augenblicken in mir hatte waren unbeschreiblich. Am liebsten würde ich jetzt einen Luftsprung machen, wenn ich dies nur könnte! Doch, warum hatte mein Papa am Heiligen Abend in der Kirche geweint, als die Polizisten und der Priester mit ihm gesprochen hatten? Wollte ich nun wissen? Die Tränen von deinem Papa waren keine Tränen aus Schmerz oder Leid, dies waren Freudentränen die Dein Papa in

sich trug und die ihm überkamen! Diese Tränen kamen hervor, als er die größte Freude erfuhr die er sich erhoffte und diese hatten danach sein Herz bewegt. Doch bevor Dein Papa es Dir sagen konnte, warst Du aus der Kirche gelaufen und wurdest von einem Auto erfasst, das Dich danach so schwer verletzte! Schwester Andrea, ich hatte schon gedacht das meine Mama nicht mehr am Leben sei und Sie nie mehr zu mir zurückkehren würde! Wie konnte ich den nur solche Gedanken in mir haben? Da doch ich es war der die Hoffnung immer in sich trug, das Mama wieder nach Hause kommen würde!

Daran Christian, zeigte sich eines. Man durfte drei Worte niemals vergessen! Glaube, Liebe und Hoffnung! Du hattest alle drei Worte in Dir! Doch nur Glaube und Liebe hattest Du gelebt. Die Hoffnung hattest Du schon fast verloren. Doch auch dieses war und ist noch immer in Dir vorhanden. Wenn diese drei Worte in einem Herzen waren, gab es immer eine Hoffnung!

Jetzt schämte ich mich doch ein wenig dafür, für das was ich gefühlt hatte! Ich fühlte, dass meine Mama wieder zu mir nach Hause kommen würde, doch glaubte ich nicht mehr mit vollstem Herzen daran! Ich war auch sehr enttäuscht darüber, dass ich an der Liebe von meinem Papa gezweifelt hatte! Da ich doch mit Sicherheit wusste, dass er alles für uns gab und dafür keine Gegenleistung brauchte. Dies hatte er uns immer und zur jeder Zeit vorgelebt. Nicht nur vorgelebt! Er lebt auch danach! Ich war nun sehr Stolz darauf, dass ich solche Eltern haben durfte!

Als mir so allerlei Gedanken durch den Kopf gegangen waren bemerkte ich, dass ich meinen Kopf an die Schultern von Schwester Andrea gelehnt hatte. Da ich zum ersten Mal seit sehr langer Zeit, wieder glücklich und zufrieden sein konnte! Ich verspürte wieder angenehme Geborgenheit in meinem Herzen! Schwester Andrea legte mich in meinem Bett zurecht und sagte mit liebevoller Stimme zu mir. Jetzt musste ich wieder nach den anderen sehen. Und Du Christian, versuche nun ein wenig zu schlafen. Da du ausgeschlafen sein solltest, wenn der morgige Tag hereinbricht!

Doch wie sollte ich nun schlafen können? Da ich diese schöne Nachricht erfahren hatte? Es war mir in diesem Augenblick

meines Glückes nicht möglich an den Schlaf zu denken! Da meine Gedanken jetzt nur noch ein Ziel vor Augen hatten. Meine Familie! Eine Familie die sich liebte und brauchte, wieder vereint zu sehen! Ich schämte mich aber auch für meine Hoffnung, die ich schon fast verloren hatte. Doch ich wusste auch, dass ich niemals aufgegeben hatte, daran zu Glauben! Dies erfühlte mich wieder mit etwas Freude!
Meine Mama würde wieder nach Hause kommen! Doch ich, ich sollte nie mehr laufen können. Das wollte und konnte ich nicht glauben! Ich würde alles versuchen was mir möglich war, damit ich irgendwann wieder laufen könnte! Genau so wie es vor meinem Unfall war! Damit auch meine Eltern sich mit mir wieder so erfreuten, wie es bisher zur jeder Zeit war!
Als sich meine Gedanken wieder so einigermaßen gesammelt hatten, verspürte ich erstmals ein glückliches Gefühl in mir. So wie ich es schon lange nicht mehr in mir hatte. In diesen Augenblick war ich alleine, doch in meinem Herzen nicht mehr einsam. Da ich jetzt mit Sicherheit wusste, das meine Eltern, wenn schon nicht hier aber doch im Herzen bei mir waren und wiederkommen werden! Da ich nun aber auch wusste, dass sie wieder zu mir kommen werden. Hatte mein Dasein wieder einen Sinn bekommen! Ein Leben für eine Familie die sich liebte und brauchte! Es war mit einfachen Worten gesagt. Ein herrliches Gefühl zu wissen, dass wir uns wieder sehen werden!
In diesem Fall war es nicht jemand der wiederkam, es war meine Mama und mein Papa die mit vollstem Herzen hinter dieser Familie standen! Danke meine Lieben!
Ich musste aber auch an etwas anderes denken. An die weißen Tauben und an das Christuskind! Den nur sie waren es, die es ermöglichten das mein Wunsch den ich und mein Papa in uns hatten in Erfüllung ging! Niemand anderes hätte es vollbracht unsere Herzen so sehr zu erfreuen!
Als Schwester Andrea das Zimmer wieder verlassen hatte, konnte ich meinen Tränen freien lauf lassen. Da wusste auch ich, was Freudentränen waren! Obwohl ich wusste, dass ich nie mehr in meinem Leben laufen könnte. War ich an diesem Tag das glücklichste Kind auf Gottes Erden. Doch dies war in diesen

Augenblicken nur Nebensache. Den das wichtigste für mich war, dass ich schon sehr bald meine Mama wieder in die Arme schließen konnte!
In meinem Übermut der nun in mir herrschte, versuchte ich zum ersten Mal nach meinen Unfall aufzustehen. Da ich es nicht glauben konnte, dass ich es nun war um den sich meine Eltern Sorgen machen mussten! Mein Ziel und mein Wille war es nun, dass ich wieder laufen werde können! Über Stock und Stein zu springen, so wie ich es schon immer mit Freude gemacht hatte! Vielleicht und wenn möglich noch etwas besser als jemals zuvor!
Ich versuchte meine Füße sehr vorsichtig auf den Boden zu stellen. Doch schon im gleichen Augenblick verlor ich mein Gleichgewicht und stürzte zu Boden. Aus eigener Kraft war es mir nun nicht mehr möglich wieder in mein Bett zu kriechen. So musste ich am Boden warten bis jemand in mein Zimmer kam und mir half!
Doch diese Zeit des Wartens, kam mir sehr lange vor. Da ich nicht vermochte nur die kleinste Bewegung zu machen! Doch endlich öffnete sich die Zimmertüre, Tante Stefanie und Onkel Franz Josef waren gekommen um mich zu besuchen. Onkel Franz Josef lief schnell zu mir und half mir wieder in mein Bett. Wieso warst Du auf den Boden, fragte er mich?
Ich hatte versucht auf meinen eigenen Beinen zu stehen, doch dann war ich hingefallen. Ich möchte doch so gerne wieder laufen können, wenn meine Mama zu mir kommt!
Als wenige Augenblicke später Schwester Andrea in das Zimmer kam, hatte Onkel Franz Josef einen sehr ernsten Blick in seinem Gesicht!
Er fragte Schwester Andrea, wie so etwas basieren konnte? Da hatte ich sofort dazwischen gesprochen! Gebt Schwester Andrea keine Schuld an dem was geschehen war! Den sie war es die mir wieder Lebensfreude gegeben hatte. Diesen kleinen Zwischenfall hatte nur ich zu verantworten!
Für einige Zeit waren alle still und sagten kein Wort, sie sahen mich nur verwundert an. Danach hatte sich mein Onkel bei Schwester Andrea entschuldigt und sagte, dass er es nicht so gemeint hatte. Als alle erkannten das alles wieder in bester

Ordnung war, hatten wir ein wenig darüber gelacht und hatten ein kleines Lächeln in unserem Gesicht!
Onkel Franz Josef, wie konnte es den sein das die Mama fast sechs Monate in Eis und Schnee überleben konnte? Dies war meine erste Frage die ich an ihn richtete!
Es war für uns alle fast unvorstellbar, als ich am Telefon mit Deiner Mama gesprochen hatte. Da erzählte sie mir wie es Ihr ergangen war. Es klang für mich wie ein Märchen. Doch wusste ich auch, dass dies die Wirklichkeit war, was Deine Mama erleben musste.
So sagte Sie zu mir! Als das Flugzeug abgestürzt war, war sie erst sehr benommen. Doch nach einiger Zeit als sie wieder einen klaren Gedanken fassen konnte, hatte sie versucht Dich zu finden. Doch war es ihr unmöglich! Sie wusste nicht wo Sie Dich finden sollte! In diesen Augenblicken ihrer größten Angst, wusste Sie nicht ob Du noch am Leben warst. Daher hatte sie sehr große Sorge in sich, da sie Dich nicht finden konnte!
Da an diesem Tag auch noch sehr schlechtes Wetter herrschte, hatte Sie das Flugzeugwrack sehr schnell aus ihren Augen verloren. Danach hatte sie panische Angst und lief immer weiter, sodass sie nach einiger Zeit auch das abgestürzte Flugzeug nicht mehr finden konnte!
An Ihrer Stimme konnte ich erkennen, was für eine Angst Deine Mama gehabt haben musste. Sie suchte nach Dir und konnte Dich nicht finden. Dies musste, so meinte ich doch das schlimmste für eine Mama gewesen sein das sie erleben konnte. Ihren einzigen Sohn nicht mehr zu finden und ihn nicht helfen zu können. Auch als sie alle Kraft aufbrachte die Sie noch in sich hatte, war es ihr nicht möglich Dich zu finden und Dir in dieser schweren Zeit zu helfen und an Deiner Seite zu sein!
Danach hatte sie sich entschlossen Hilfe zu holen. Wo auch immer? Sie wusste es nicht! Da sich nach einiger Zeit die Wolken am Himmel etwas lichteten, konnte Deine Mama die Sterne am Himmel sehen. Danach hatte sie sich orientiert. Doch ging Sie immer weiter in das ewige Eis hinein. Die Richtung in die Deine Mama gegangen war, erkannte Sie an den Sternen die ab und zu über ihr erstrahlten. Da sie so ihren Weg den sie gehen

sollte, erkennen und finden wollte! Den durch die Sterne konnte Deine Mama erkennen wo die nächste Stadt war und wo Menschen lebten die ihr helfen konnten.
Nach einiger Zeit, sie wusste nicht mehr wann es war. Es könnten Tage, Wochen aber auch Monate gewesen sein. War sie über einen Abhang gestürzt und hatte sich dabei verletzt. Nun hatte auch sie sich gedacht, dass auch ihr Ende auf dieser schönen Welt gekommen war. Doch dem war nicht so! Da sie nur noch im Schnee kriechen konnte und nicht mehr wusste wie sie Ihrem Körper erwärmen sollte, hatte sie große Angst zu erfrieren!
Doch auf einmal hörte sie ein sehr lautes Gejaule um sich herum. Es waren Wölfe die Deiner Mama gefolgt waren. Sie schlichen sich langsam um sie herum und sahen ihr zu wie sie immer wieder versuchte aufzustehen. Doch nach einiger Zeit stürmte der größte Wolf im Rudel, er hatte so weißes Fell wie der Schnee es war, auf Deine Mama zu und öffnete sein großes Maul. Er backte Deine Mama am Kragen ihrer Jacke und zog sie immer wieder ein Stück weiter! Doch hatte er sie dabei nicht verletzt. Er wollte Deiner Mama nur helfen.
Danach sah Deine Mama dem Wolf einige Zeit in die Augen, auch der Wolf erwiderte diese Blicke. Doch dann, kam der Wolf abermals mit weit geöffnetem Maul zum Gesicht Deiner Mama und schleckte sie liebevoll ab.
Dieser Wolf hatte erkannt, dass Deine Mama Hilfe brauchte und er war bereit ihr diese auch zu geben! Nicht nur dieser Wolf der zu ihr gekommen war, wollte Deiner Mama nun helfen. Das ganze Rudel scharrte sich nun um Deine Mama und wollte sie gemeinsam pflegen! Die Wölfe brachten Deine Mama in ihre Hölle in der sie lebten und legten sich sehr dicht an ihrem Körper. Sodas Deine Mama die Wärme bekommen hatte, die sie sehr dringend brauchte um in dieser Wildnis überleben zu können.
Doch dann kam der Heilige Abend! An diesen Abend war ein Eskimo in die Eiswüste gefahren um die Wildtiere zu füttern. Er sah Deine Mama und lief zu ihr. Er erkannte sofort, dass sie verletzt war und half sie in sein Kajak. Der Eskimo wollte auch

mit Deiner Mama sprechen, doch konnte er sich nur durch Handzeichen mit ihr verständigen. Da sie ja eine andere Sprache sprachen! In diesen Augenblicken der Rettung war die Sprache nur Nebensache! Den für Deine Mama war es nun die Hilfe auf die sie schon seit Monaten gehofft hatte.
Als der Eskimo mit seinem Kajak losfahren wollte, stellten sich auf einmal die Wölfe in den Weg. Der Eskimo hatte aus Angst vor den Wölfen seinen Gewähr zur Hand genommen. Doch Deine Mama stieg aus dem Kajak aus und ging auf die Wölfe zu. Sie nahm den großen, weißen Wolf in die Arme und streichelte ihn über sein Gesicht. Sie sah ihn dabei in die Augen und sprach kein einziges Wort. Denn sie konnten sich auch ohne Worte verstehen!
Nach einiger Zeit des Wartens erhob sich der Wolf. Er ging zur Seite und begann ein Gejaule, dieses wie eine Melodie im ewigen Eis erklang. Auch die anderen Wölfe die zu seinem Rudel gehörten begannen ihr Gejaule preiszugeben. Als ob sie erkannt hätten, dass dies ein Abschied für immer sein sollte! Der Eskimo sah nur verwundert zu und begann danach sehr vorsichtig und langsam die Fahrt mit seinem Kajak zu sich nach Hause. Als dies bekannt wurde, nannte man Deine Mama. Die Königin der Wölfe!
Da aber der linke Arm Deiner Mama, den sie sich verletzt hatte noch nicht geheilt war brachte man sie in ein Krankenhaus. Sie hatte aber auch sehr vieles an Gewicht verloren. Da sie nur das nötigste für sich zum Essen gefunden hatte. Doch durch Ihr Wissen über die Natur, konnte sie das nötigste finden das sie zum Überleben für sich brauchte. Durch die Hilfe der Wölfe bekam sie auch die nötige Wärme, die sie brauchte um zu überleben!
Ich war mir aber auch sicher sagte Christian, dass Mama auch überlebt hatte. Da sie sehr genau wusste, wie sehr wir sie brauchten und sie zu uns nach Hause kommen sollte!
Heute wusste ich auch mit Sicherheit! Das ich damals in der Nacht als ich Mama gesehen hatte, sie auch wirklich sah! Sie wollte mir damit sagen, dass sie wieder zu uns nach Hause kommen würde! Ich wusste es und ich hatte es immer in mir gespürt, dass dieser Tag einst kommen würde! Dies würde für

mich sicherlich das schönste Weihnachtsgeschenk das ich jemals erlebt hatte. Auch, wenn dieses Fest schon einige Zeit vorbei war. In meinem Herzen hatte es erst jetzt begonnen. Mein Geschenk das ich mir so sehr erhofft hatte, würde kommen. Meine Mama!
Nach einiger Zeit fragte ich Onkel Franz Josef. Wer gab den in der Zeit, in der Papa nicht zu Hause war auf die Fische in unserem Teich Acht und fütterte sie? Das machten Deine Tante Stefanie und ich gemeinsam. Da ja auch Deine liebe Katze, die so schönes helles Fell hatte, auch Futter und Pflege brauchte. Was meintest Du Onkel Franz Josef?
Meine Katze Bärli, hatte doch ein schwarzweißes Fell! Natürlich, sagte Onkel Franz Josef. Deine Bärli hatte schon ein schwarzweißes Fell! Doch Dein Papa hatte sich für Dein Weihnachtsgeschenk das Du bekommen solltest, etwas sehr Schönes ausgedacht. Er hatte Dir eine schöne und liebe Katze besorgt. Die Du am Heiligen Abend zu Hause vorfinden solltest. Sie war eine Rassekatze und ihr Name war“ Mia“! Sie war wunderschön! Dein Bärli und Mia waren schon jetzt die besten Freunde. Sie spielten, als ob sie es schon immer so getan hätten. Ich möchte meine Mia sehen? Bringt sie doch Morgen mit zu mir, wenn ihr mich wieder besuchen kommt?
Aber Christian. Das geht doch nicht! Du warst hier in einem Krankenhaus und da hatten die Tiere nichts verloren! Doch weißt Du was? Ich werde ein Foto von Mia machen und zeigte es Dir morgen. Bist Du damit einverstanden? Ja natürlich! Nach dieser Unterhaltung die mir sehr viel Glück und Freude in mein Herz gebracht hatte, verabschiedeten sich meine Tante und mein Onkel von mir. Diese Worte die sie mir gesagt hatten waren so schön, dass ich es erst nicht glauben konnte. Doch ich wusste auch, dass es jetzt die Wirklichkeit war die ich erlebte!
Nun hatte ich genügend Zeit um darüber nachzudenken was ich mit meinen Eltern gemeinsam unternehmen werde, wenn wir drei wieder vereint sind und uns unseres Lebens erfreuten. Ich machte mir aber auch sehr große Vorwürfe darüber, was ich in meiner Unüberlegtheit gemacht hatte. Es könnte für uns wieder so schön sein, wenn ich am Heiligen Abend darüber nachgedacht hätte

was ich machte? Doch konnte ich es nicht mehr rückgängig machen! Somit musste ich es hinnehmen wie es geschehen war! Als ich in meinen Gedanken versunken war, öffnete sich die Zimmertüre und es kam eine Krankenschwester herein die mir das Abendessen brachte. Es wurde mir sehr liebevoll an mein Bett gebracht.
Nach sehr langer Zeit hatte ich so richtigen Hunger in mir verspürt, sodass ich alles aufessen konnte und mich auch darauf gefreut hatte! Da ich nun wieder all meine Kräfte sammeln musste die ich nun brauchte, wenn meine Mama wieder vor mir stehen würde und mich in ihre Arme nahm.
Nachdem ich das Abendessen zu mir genommen hatte, kam auch Schwester Andrea zu mir in mein Zimmer. Sie hielt einen Brief in ihrer Hand und sagte zu mir. Dein Papa hatte Dir heute Morgen einen Brief geschrieben. Den ich Dir erst heute Abend geben sollte. Darum war ich jetzt gekommen. Ich möchte mich aber auch für heute verabschieden, da ich erst morgen wieder bei Dir sein werde. Gute Nacht Christian und Träume etwas Schönes. Morgen sehen wir uns wieder!
Ich nahm den Brief an mich und hatte mich gewundert, warum ein Brief, und was hatte mir mein Papa geschrieben? Als ich alleine war öffnete ich den Brief und begann zu lesen. Darin stand geschrieben!
Lieber Christian, ich war heute Morgen schon bei Dir. Doch Du hattest noch geschlafen und ich wollte Dich nicht wecken. Darum hatte ich Dir diesen Brief geschrieben, denn Schwester Andrea Dir am Abend geben würde! Da Du nun wusstest, dass die Mama am Leben war, würdest auch Du verstehen. Das ich morgen nicht zu Dir kommen konnte. Da ich Morgen nach Kanada fliegen werde um Mama nach Hause zu holen. Ich wusste aber auch, dass Du sehr gerne mitgekommen wärst! Doch dies war leider nicht möglich. Doch in meinen Herzen waren wir wie immer zusammen!
Ich konnte diese Worte erst nicht verstehen! Doch desto länger ich darüber nachdachte, desto besser verstand ich die Worte die mein Papa mir geschrieben hatte. Papa wollte das ich Anteil hatte an seiner Freude die er nun in seinem Herzen trug. Er wusste

sehr genau, dass nicht nur er wieder glücklich sein konnte. Sondern auch ich mich auf ein Wiedersehen mit meiner Mama sehr freute! Diese Freude wollte er mir mit diesem Brief mitteilen. Da er genau wusste, das wir immer eine liebevolle Familie sein werden. Eine Familie die zur jeder Zeit zusammen gehörte und die niemand auf dieser Welt etwas anhaben konnte! Danke Papa!

Mit diesen schönen Gedanken in mir, war ich am Abend eingeschlafen und erwachte am nächsten Morgen mit einem herrlichen Gefühl in mir. Die Sonne ging langsam auf und zeigte sich erst zögernd, doch dann mit ihrer vollen Pracht. Zuerst etwas rot gefärbt und ein wenig später mit allen Farben die sie in sich trug!

Nach dem Frühstück kam auch Schwester Andrea zu mir in das Zimmer und wünschte mir einen guten Morgen. Ich freute mich wirklich sehr! Dies, so glaubte ich. Hatte auch Schwester Andrea erkannt. Da sie über ihr ganzes Gesicht freudig strahlte. Als wir uns ein wenig unterhalten hatten, sagte sie zu mir. Heute würdest Du Bewegungsübungen machen. Damit der Arzt erkennen konnte, wie es mit Deiner Gesundheit aussah.

Darauf freute ich mich schon sehr. Da ich nun zeigen konnte, dass ich wieder laufen möchte! Schwester Andrea hatte mich in meinen Rollstuhl gehoben und fuhr mit mir durch den langen schmalen Gang der sich vor uns zeigte. Als wir am Ende angekommen waren, brachte sie mich in einen Raum der so aussah wie der Turnsaal in unserer Schule.

Man legte mich auf den Boden und hob meine Füße etwas hoch. Ich sollte nun versuchen irgendetwas an meinen Beinen zu bewegen. Ganz egal was es war. Doch es gelang mir nicht, nur die kleinste Bewegung zu vollbringen. Es war mir nicht möglich nur etwas, ganz egal was es sein sollte mit meinen Beinen zu vollbringen.

Ich wusste wie es gehen würde, doch meine Füße erkannten meinen Willen nicht! Nach kurzer Zeit der Anstrengung, gab es immer wieder kleinere Pausen. Danach versuchte ich es immer wieder auf das neue. Doch es stellte sich kein Ergebnis ein. Es war schrecklich für mich die Füße zu sehen, nur ich konnte

nichts damit anfangen. Sie konnten nicht das geringste Lebenszeichen von sich geben. Da sie nicht das machten was ich von ihnen wollte. Meine Gedanken die sie bewegen sollten, gingen spurlos an sie vorüber!
Als der Vormittag vorüber gegangen war, brachte man mich wieder in mein Zimmer zurück. Damit ich etwas schlafen sollte. Um wieder etwas Ruhe in mir zu finden. Doch es war für mich sehr schwer Ruhe zu finden wenn man dies erleben musste! Sowie ich es heute erfahren hatte! Es war ein Gefühl das in mir schmerzte und ich daher keine Ruhe in mir fand!
Nach dem Mittagessen war ich dann doch für einige Augenblicke eingeschlafen. Sodas ich wieder neue Kraft schöpfen konnte. Zur Besuchszeit kamen Tante Stefanie und Onkel Franz Josef zu mir. Hallo Christian, erklang es aus beiden gleichzeitig. Wie geht es Dir heute? War ihre erste Frage die sie an mich gerichtet hatten? Ich antwortete wie immer mit einem Lächeln in meinem Gesicht und sagte, sehr gut!
Dann waren wir alle sehr froh, wenn Du bei bester Laune warst! Denn gestern Abend hatte uns Schwester Andrea angerufen und uns gesagt. Das ich Deine Katze Mia mitbringen dürfte. Da Du doch alleine im Zimmer warst, hatte es uns auch der Arzt erlaubt. Deshalb bringen wir dir heute Dein Weihnachtsgeschenk das Dir dein Papa besorgt hatte und hofften sehr, dass Du viel Freude an Deiner Katze Mia findest.
Meine Augen öffneten sich sehr weit, in der Hoffnung, dass ich Mia gleich zu sehen würde! Tante Stefanie nahm das Tuch von dem Behälter den sie mit sich hatte. Da sah ich auch schon wie sich etwas bewegte. Tante Stefanie öffnete das Türchen und da war es auch schon geschehen. Ein Kätzchen namens Mia lief heraus und sah sich sehr neugierig im Zimmer um.
Sie lief von einer Seite zur anderen. Als ob sie alles genau sehen wollte. Nach etwas zögern sprang sie auf mein Bett und sah mich sehr beherzt an. Da sah ich zum ersten Mal ihre großen blauen Augen. Sie waren wunderschön! Danach kam Mia an mein Gesicht, sah mich an und ging wieder ein kleines Stück zurück. Dies hatte sie einige male so gemacht. Danach kroch sie über die Bettdecke und legte sich auf meine Füße. Dabei schnurrte sie

sehr laut. Sodass wir erkennen konnten, dass sie glücklich und zufrieden war. Ich wollte sie streicheln und an mich ziehen. Doch sie blieb auf ihren Platz den sie gefunden hatte liegen und sah etwas schüchtern um sich.
Nach einiger Zeit die sie auf meinen Füßen gelegen war sagte ich. Ich spürte die Wärme an meinen Füßen die Mia von sich gab! Da erhob Tante Stefanie ihren Kopf und sagte, dies konnte doch nicht sein! Doch sagte ich! Ich empfinde die Wärme die meine Katze Mia von sich gab! Man schenkte mir keinen Glauben. Doch ich wusste, dass ich diese Wärme in mir verspürte. Als die Besuchszeit herum war, gingen meine Tante und mein Onkel wieder nach Hause.
Meine Katze Mia durfte bei mir im Zimmer bleiben. Sie schlief so friedlich auf meiner Decke an meinen Füßen, dass es ein wolliges Gefühl war ihr beim Schlafen zuzusehen.
Am späten Nachmittag kam Schwester Andrea wieder in mein Zimmer und erfreute sich des Anblicks meiner Katze. Da sie sah, wie Mia mit vollster Freude bei mir im Bett auf meinen Füßen lag. Diese Katze war wunderschön, sagte sie zu mir. Es war nur schade, dass Du jetzt nicht fühlen konntest wie sie auf Dir sehr friedlich schläft und durch ihr lautes Schnurren zeigen möchte, dass es ihr auch gefällt!
Schwester Andrea. Glauben Sie mir, ich verspürte die Wärme die Mia von sich gab. Ich konnte fühlen wie sie die Wärme die sie in sich hatte an mir weitergab! Ich wusste selbst nicht wie dies sein konnte, doch war es eine wollige Wärme die zu mir vordrang.
Im ersten Augenblick hat mich Schwester Andrea sehr fragend angesehen. Danach fragte sie mich noch einmal, war es wirklich so wie Du es mir erzähltest? Mit einem nicken, beantwortete ich ihre Frage die sie mir gestellt hatte!
Daraufhin holte sie einen Arzt zu mir in mein Zimmer. Der Arzt sah zuerst meine Katze Mia. Da hatte er einen sehr ernsten Blick in seinem Gesicht. Doch dann kam er zu mir und fragte mich. Stimmte es was Schwester Andrea mir gesagt hatte?
Da kam ein ungutes Gefühl über mich. Ich sagte sehr laut! Warum glaubte mir niemand? Da beruhigte mich der Arzt. Dies war nicht, dass wir Dir nicht glaubten. Doch war es fast

unmöglich, dass es so sein konnte. Doch es gab auch in der Medizin immer wieder Wunder! Vielleicht warst Du eines davon!
Der Arzt wollte Mia von der Bettdecke nehmen, da er meine Beine anfassen wollte. Doch da hatte Mia ihre sanften Haare mit vollster Kraft erhoben und begann so laut zu Knurren, dass auch ich mich im ersten Augenblick erschrocken hatte. Der Arzt griff nicht mehr nach meiner Katze, doch sah er etwas verwundert auf sie.
Da kam Schwester Andrea zu meinem Bett und nahm meine Katze Mia in ihre Arme. Das Fell von Mia glättete sich und sie begann wieder zu schnurren. Der Arzt sah etwas verwundert zu, als Schwester Andrea mir die Katze in die Arme legte. Nun nahm er die Bettdecke von meinen Füßen und hatte daran gedrückt. Immer wieder fragte er, ob ich dies spüren könnte? Doch dem war nicht so. Nach einigen Versuchen gab er die Decke wieder über meinen Beinen und sah mir dabei in die Augen. Als die Decke wieder auf meinen Füßen lag, hatte ich meine Katze Mia los gelassen und sie ging wieder an dem Platz zurück wo sie vorher friedlich schlief!
In diesem Augenblick verspürte ich wieder die Wärme die sie an mich weitergab. Doch nun hatte ich Angst es noch einmal zu sagen. Fragend sah mich der Arzt an und ging aus meinem Zimmer. Nach einiger Zeit folgte ihm auch Schwester Andrea. Ich konnte es selbst nicht verstehen, doch ich verspürte die Wärme die von Mia ausging! Dies war wirklich so, ich träumte dies doch nicht und ich war mir sicher, dass dies so war! Auch wenn mir niemand glauben wollte! Jedoch verspürte ich Ihre Wärme die an mir überging. Dieses Empfinden konnte mir niemand nehmen!
Nach einiger Zeit die ich mit meinen Gedanken verbracht hatte, kam Schwester Andrea wieder in mein Zimmer zurück um nach mir zu sehen. Ich erwähnte kein einziges Wort über die Wärme die Mia wieder an mich weitergegeben hatte. Auch Schwester Andrea fragte nicht danach! Dies hatte mir doch sehr geholfen zu verstehen, dass auch sie es sich wünschte. Nur konnte sie es nicht glauben! Schwester Andrea setzte sich an mein Bett und nahm

sich sehr viel Zeit für mich. Ich hatte ihr so einiges über mein bisheriges Leben erzählt. So zum Beispiel was ich zu Hause am liebsten machte und woran ich Freude hatte!
Schwester Andrea war eine Krankenschwester die sehr gut und aufmerksam zuhören konnte. Aber auch eine Frau der ich alles erzählen durfte. Alles was mir am Herzen lag, konnte und durfte ich ihr erzählen! Da ich in meinem Innersten verspürte, dass sie meine Gefühle auch verstand!
Somit entstand eine kleine Freundschaft unter uns, die das Leben geschrieben hatte! Ich wusste aber auch, dass es für mich jetzt sehr schwer werden würde neue Freunde zu finden! Denn das Leben hatte mir ein sehr schweres Schicksal auferlegt. Ich wusste aber auch, dass die Freunde die jetzt zu mir hielten, wahre Freunde waren und es ein Leben lang bleiben würden!
Da es schon Abend wurde und ich schon sehr müde war, dachte ich an den morgigen Tag. Ja Morgen, da werden meine Eltern wieder an meiner Seite sein! Darum sprach ich zu mir in meinem Herzen, da ich nicht vor meinem Bett knien konnte ein Gebet!
Lieber Gott!
Lass über unsere Familie wieder die Sonne scheinen, damit wir nie mehr müssten weinen. Belasse in uns auch die Freude, die in uns neu erwachte. Da ich im Herzen zur jeder Zeit auf Dich hoffte! Die Zuneigung und das Glück das Du mir hattest gegeben, lass dieses Glück allen Menschen in Not erleben!
Mit diesen Gedanken und einem Blick zur meiner Katze Mia war ich eingeschlafen. Aber auch in der Erwartung, das morgen der schönste Tag meines Lebens kommen sollte! So schloss ich meine Augen und schlief glücklich und zufrieden ein. Da ich mich schon sehr auf den morgigen Tag freute. Es sollte ein Erwachen sein, das es kein zweites Mal in meinem Leben gab. Meine Mama würde wieder bei mir sein!
Als ich irgendwann in der Nacht erwachte, war Schwester Andrea bei mir an meinem Bett. Sie saß in einem Stuhl, den sie sich zu Recht gestellt hatte und hielt meine Hand.
Hallo Christian, sagte sie sehr leise. Möchtest Du, dass ich wieder gehe, damit Du noch ein wenig schlafen konntest? Nein Schwester Andrea, ich war doch schon wach! Dies sagte ich mit

noch etwas verschlafener Stimme zu ihr. Doch ich freute mich sehr, dass Schwester Andrea bei mir in meinem Zimmer war. Noch in meinen Träumen versunken fragte ich sie, ob sie ein wenig Zeit hätte um bei mir zu bleiben?
Natürlich Christian! Ich saß schon über einer Stunde an Deinem Bett und hatte Dir zugesehen wie Du sanft und friedlich geschlafen hattest. Da ich Dir doch versprochen hatte, dass ich wieder zu Dir kommen werde. Da ich nun die Zeit hatte, war ich zu Dir gekommen um mein Versprechen, dass ich Dir gegeben hatte einzulösen! Wie Du sicherlich auch wusstest, musste man ein Versprechen das man jemanden gegeben hatte auch einhalten! Da es sonst sehr ungezogen wäre, wenn man etwas sagte und es danach doch nicht so meinte!
Ich antwortete ohne zu zögern. Das auch ich meine Versprechen die ich gegeben hatte, zur jeder Zeit eingehalten hatte. Dies war sehr brav von Dir. Ich wusste aber auch, dass Du mir dies sagen würdest! Da ich Dich schon sehr gut kannte und meinte auch zu wissen, was für Gefühle Du in Dir hattest!
Freutest Du Dich schon auf den morgigen Tag, fragte mich Schwester Andrea? Da morgen Deine Eltern kommen würden und Ihr wieder gemeinsam eine glückliche Familie sein wertet! Natürlich freute ich mich schon sehr darauf. Da doch morgen der Tag sein würde auf den ich schon so lange mit Sehnsucht gewatet hatte! Schwester Andrea erzählte mir, so wie es auch meine Mama immer zu machen pflegte, frei aus ihren Gedanken heraus eine sehr schöne Geschichte.
Nach einiger Zeit des Zuhörens, war ich wieder eingeschlafen. Ich konnte die Stimme von Schwester Andrea noch sehr lange in mir hören. Doch konnte ich mich nicht mehr daran erinnern, was für eine Geschichte sie mir erzählt hatte! Doch musste es eine sehr schöne Geschichte gewesen sein!
Als ich am nächsten Morgen erwachte, war es draußen noch sehr dunkel. Dies konnte ich durch den Vorhang erkennen. Da kein Lichtstrahl in das Zimmer vordrang! Jede Bemühung noch ein bisschen zu schlafen war vergebens. Da ich mich schon so sehr auf den heutigen Tag gefreut hatte. Meine Katze Mia, kroch langsam aus der Bettdecke hervor. So als wollte sie mir einen

guten Morgen wünschen. Ich streichelte Mia sehr vorsichtig über ihr flauschiges Fell, das sie an sich hatte. Da begann sie ihren Kopf an meiner Schulter zu stoßen und legte sich wieder schlafen. Doch bei jedem Wort das ich zu ihr sprach, sah sie mich mit ihren großen blauen Augen fragend an? Als wollte sie mir damit sagen, dass sie jedes Wort das ich zu ihr sagte auch verstehen konnte!

Nach einiger Zeit des Wartens, konnte ich den Sonnenaufgang von meinem Bett aus durch das Fenster beobachten. Obwohl ich den Sonnenaufgang schon einige male beobachtet hatte, war es immer wieder etwas Einmaliges das man zu sehen bekam. Denn die schönen Farben am Himmel waren niemals dieselben und erstrahlten jedes Mal in einer anderen Pracht! Nur jemand der es mit seinen eigenen Augen gesehen hatte, wie sich die Sonne Himmelwärts bewegte. Konnte sich an diesem Ereignis erfreuen. Darum sah ich mir den Sonnenaufgang sehr gerne und immer wieder an.

Die Zeit schien heute Morgen einfach still zu stehen. Die Zeiger auf der Uhr wollten sich einfach nicht nach vorne bewegen. Wahrscheinlich lag es daran, dass ich immer und immer wieder auf die Uhr sah. Da es erst sieben Uhr war, machte ich das Radio an um etwas Musik zu hören. In der Hoffnung, dass so die Zeit etwas schneller vergehen würde!

Es war für mich sehr schwer die Zeit abzuwarten, da ich doch an das Bett gefesselt war. Ich wusste aber auch, dass ich noch sehr viel Zeit brauchen würde um mich an das Schicksal das ich erfahren hatte, zu gewöhnen. Dies würde sicherlich noch eine sehr lange Zeit in Anspruch nehmen! Doch ganz überwinden werde ich es nie. Das wusste ich mit Sicherheit!

Da mein zukünftiges Leben nun einen anderen Weg eingeschlagen hatte, als der den ich mir erhoffte. Doch das schlimmste für mich war, dass ich wusste! Das ich selbst die Schuld daran hatte, an dem was gekommen war. Obwohl ich das Versprechen gab, wieder laufen zu können, tat es mir in meinem Innersten sehr weh. Da ich verstanden hatte wie es um meine Gesundheit stand und ich mein Versprechen das ich gegeben hatte niemals werde einhalten können! Doch hatte ich auch einen

kleinen Hoffnungsschimmer in mir. Da ich mit Sicherheit wusste, dass ich gestern Abend die Wärme meiner Katze Mia an meinen Beinen gespürt hatte!
Dies konnte doch nur möglich sein, wenn sich noch ein Leben in meinen Füßen befand! Es hatte den Anschein, dass mir meine Katze Mia ein Zeichen geben wollte um mir zu sagen, dass ich nicht aufgeben sollte und weiterkämpfte für mein Versprechen das ich gegeben hatte! Deshalb würde und werde ich auch nicht aufgeben. Nein, im Gegenteil! Ich werde weiter dafür kämpfen um mein Versprechen das ich mir selbst gegeben hatte, doch noch wahr zu machen!
Mit diesen Gedanken drückte ich Mia so fest an meinen Körper, dass sie sich erhob und mich fragend ansah? Auch ich sah Mia fragend an und sagte zu ihr. Du warst es, der mir meinen Willen und den Glauben an mein Versprechen wiedergegeben hatte. Ich danke Gott dafür, dass du bei mir warst!
In diesem Augenblick meiner Worte streckte sich Mia so richtig durch, sah mich an und legte sich wieder an meine Schulter um weiter zu schlafen. Sie legte Ihre Pfote sehr sanft an meine Wange und begann damit langsam und sehr sanft zu drücken.
Als die Zeit doch langsam vorangeschritten war, kam auch schon die Morgenschwester zu mir in das Zimmer. Sie wünschte mir einen schönen guten Morgen und überbrachte mir unerwartet eine sehr schöne Nachricht! Da sie zu mir sagte, wenn heute Deine Eltern zu Dir kommen werden, dann durftest auch Du mit ihnen nach Hause gehen.
Nach diesen schönen Worten gab mir die Krankenschwester ein Fieberthermometer in die Hand um zu sehen ob ich Fieber hätte. Ich wusste mit Sicherheit, dass wenn ich heute Fieber hätte, ich nicht nach Hause gehen dürfte. Deshalb hatte ich eine kleine List angewandt um jedes Risiko zu vermeiden! Ich steckte das Fieberthermometer nur ein wenig unter meinen Arm. Sodass es nur so aussah, als ob ich das Fieber messen würde.
Als die Schwester einige Augenblicke später wiederkam und auf das Fieberthermometer sah, sagte sie mit strahlendem Gesicht zu mir. Das ich kein Fieber hätte und somit alles in bester Ordnung sei! Die Krankenschwester war daraufhin sehr zufrieden mit mir.

Aber auch ich war etwas Stolz auf meine kleine List die ich angewandt hatte! Doch irgendwie hatte ich doch ein schlechtes Gewissen in mir. Da es doch eine Lüge von mir war und ich sehr genau wusste, dass man dies nicht durfte! Doch war ich auch der Meinung, dass man an der kleinen List die ich angewandt hatte auch Verständnis zeigen würde? Die Krankenschwester würde mir diese kleine List sicherlich verzeihen!
Einige Augenblicke später kam die Krankenschwester wieder in mein Zimmer zurück. Sie kam zu mir an mein Bett und sagte! Du warst mit Sicherheit ein Junge von wenigen, der selten Fieber hatte? Ich sah die Krankenschwester fragend an und dachte mir warum sie mir diese Frage stellte? Da kam auch schon mit etwas zögern und lächeln in ihrem Gesicht die Antwort. Wenn Du das Fieberthermometer nicht richtig unter Deine Achseln gabst, konntest Du auch kein Fieber haben!
Durch ihr schönes lächeln das sie in ihrem Gesicht trug, wusste ich das sie mir die kleine List die ich angewandt hatte, verzieh!
Kurze Zeit später als die Krankenschwester das Zimmer wieder verlassen hatte, brachte man mir auch schon das Frühstück. Ich konnte es beinahe schon riechen. Denn guten Kaffee und dieses herrliche Aroma das er von sich gab! Dazu gab es noch zwei Buttersemmeln die mit Marmelade verziert waren.
Obwohl ich die Auswahl zwischen Kaffee und Tee hatte, entschied ich mich jedes Mal für den Kaffee! Ich wusste nicht warum dies so war, doch musste es die Gewohnheit sein die ich von Zuhause hatte. Da ich Zuhause auch immer Kaffee zum Frühstück getrunken hatte!
Als ich das Frühstück zu mir nahm, erwachte auch meine liebe Katze Mia. Sie sah mich so herzhaft an als wollte sie sagen, gib auch mir ein wenig zu essen! Darum gab ich ihr ein Stückchen von meiner Semmel, sie nahm es dankend an und legte sich danach wieder an meine Schulter um weiter zu schlafen.
Nach dem, so hoffte ich letztes Frühstück hier im Krankenhaus kamen abermals zwei Krankenschwestern in mein Zimmer um mir beim Waschen und der Morgenpflege behilflich zu sein! So gut ich es konnte, versuchte ich mich selbstständig zu waschen. Da ich unbedingt beweisen wollte, das ich schon in der Lage war

gewisse Arbeit für mein tägliches Leben selbstständig zu verrichten! Die Krankenschwestern sahen mir dennoch zur jeder Zeit und sehr genau zu, wie ich es machte. Sie halfen mir immer wieder, wenn es nicht so ging wie ich es mir vorgestellt hatte.
Ab und zu wollte ich mir nicht helfen lassen. Da ich mir dachte und erhoffte, dass ich es schon schaffen würde. Doch dies ging gewaltig in die Hose! Jetzt wusste ich auch warum die beiden Krankenschwestern an meiner Seite waren und auf mich acht gaben!
Ich bemerkte auch wie hilflos und eingeschränkt ich in meinen Bewegungen war. Ich war nicht imstande und konnte auch nicht die einfachsten Dinge erledigen, die mir vor meinem Unfall als selbstverständlich erschienen!
Es war für mich trostlos und erschreckend zu erkennen und zu wissen, dass ich nun lebenslang auf die Hilfe meiner Mitmenschen angewiesen sein sollte und nichts dagegen machen konnte! Andererseits stärkte es mich bei meinem Vorhaben das ich mir geschworen hatte, eines Tages wieder laufen zu können!
Nach der gründlichen und gewissenhaften Reinigung meines Körpers halfen mir die Krankenschwestern beim Anziehen. Als sie fertig waren setzten sie mich in den Rollstuhl der bei mir in meinem Zimmer stand.
Nach einiger Zeit als ich angezogen war und nicht mehr meinen Schlafanzug trug, wurde es mir bewusst. Das ich heute nach Hause durfte und meine Mama nach sehr langer Zeit wieder sehen würde! Abermals hatte ich Tränen in meinen Augen. Doch wusste ich heute, dass diese Freudentränen waren.
Eine der Krankenschwestern die mich beim Anziehen geholfen hatte, sagte zu mir. Du musstest Dich aber wirklich sehr darauf freuen, dass Du heute wieder nach Hause durftest? Ja und wie, kamen die Worte aus meinen Mund geschossen! Auf diesen Augenblick hatte ich schon sehr lange gewartet. Die Freude war nicht, dass ich heute nach Hause durfte. Sondern, das mein Herzenswunsch in Erfüllung gehen würde!
Als die Krankenschwestern mit dem Aufräumen des Zimmers fertig waren und danach mein Zimmer wieder verlassen hatten, unternahm ich zum ersten Mal alleine einen Fahrversuch mit

dem Rollstuhl. Da ich es alleine versuchen wollte, hatte ich so lange Zeit damit gewartet. Es war kein sehr gutes Gefühl das ich in mir hatte. Doch der Rollstuhl war das einzige mit dem ich mich noch etwas frei bewegen konnte! Der Rollstuhl sollte auch der Begleiter für mein weiteres Leben sein!
Doch hatte ich auch eine neue Begleiterin an meiner Seite! Mia sprang auf meinem Rollstuhl und legte sich auf meinen Schoß! So fuhren wir, da mich niemand beobachtete ganz alleine zum Zimmerfenster und ich konnte nach sehr langer Zeit einen Blick in die große weite Welt machen! Es ist und war die Welt auf die ich mich schon so sehr gefreut hatte! Da heute der Tag sein würde, an dem ich wieder an dieser schönen Welt teilhaben durfte und sie wieder mit meinen Eltern erleben würde! Obwohl diese schöne Welt für mich nicht mehr so sein würde, wie ich sie noch vor einiger Zeit erleben konnte. Ohne in den Wald zu laufen und über die bunten Wiesen zu spazieren, dennoch erschien es mir heute als wäre dies für mich das Paradies! Irgendwie war jetzt alles anders für mich. Doch ich wusste, dass ich es schaffen würde!
Da ich mir dachte, dass es sehr viele Menschen gab die noch nie einen Fuß auf diese schöne Welt stellen durften. Sich aber dennoch ihres Lebens erfreuten! Auch wenn ich meine Füße nur für kurze Zeit auf dieser Welt bewegen durfte, dankte ich Dir lieber Gott. Da es sehr viele Menschen gab, die diese Erfahrung niemals machen durften!
Ich wusste aber auch, dass sich diese Menschen ihres Lebens erfreuten und Spaß daran hatten. Darum wusste ich, dass man sich auch an diesem Leben erfreuen konnte. Daraus schöpfte ich wieder neue Hoffnung und Zuversicht, für mein weiteres Leben das noch vor mir lag!
Nach einigen Runden mit dem Rollstuhl konnte ich mich schon einigermaßen gut fortbewegen. Es hatte mich auch erfreut, dass meine Katze Mia auf meinem Schoß liegen geblieben war. Wobei sie mich sehr genau beobachtete, wenn ich vor und rückwärts fuhr! Am Fenster hatte ich immer wieder ein wenig angehalten um einen Blick in die Natur zu werfen. Da ich die Natur so sehr liebte. Auch meine Katze Mia sah sehr angespannt

aus dem Fenster, da sie ab und zu einen Vogel sah der am Fenster vorüber flog. Da sie jedes Mal, wenn sie etwas fliegen sah, ihre Augen sehr weit öffneten! Wollte sie es nur noch besser sehen, oder wollte sie etwas anderes? Dies war eine Frage, die ich nicht beantworten konnte.
Da verspürte ich es wieder, dieses angenehme Gefühl das ich schon mehrmals in mir hatte! Es war die Wärme die meine Katze Mia von sich gab und meinen Körper durchdrang! Ich wusste, dies konnte nicht sein! Doch es war so! Obwohl es nicht lange anhielt, verspürte ich diese Wärme. Da sie wieder zu mir vorgedrungen war!
Der Zeiger auf meiner Uhr hatte sich wieder etwas bewegt und zeigte bereits auf acht Uhr und meine Eltern waren noch immer nicht zu mir gekommen. Ich wurde sichtlich immer nervöser und hatte ein sehr ungutes Gefühl in mir. Da ich nicht wusste, wie ich mich verhalten würde wenn meine Mama in all ihrer Pracht vor mir stand!
Ich möchte meine Mama doch so empfangen und in die Arme schließen können, wie jedes andere Kind das seine Mama von Herzen liebte! Damit sie sofort spürte, wie sehr ich sie vermisst hatte! Doch dann, nach einiger Zeit des Wartens war es endlich so weit!
Zuerst kam eine Krankenschwester in mein Zimmer und sagte mit lauter und fröhlicher Stimme! Deine Eltern waren gekommen um Dich nach Hause zu holen!
Mein Herz begann in mir so heftig zu schlagen als würde etwas Wunderbares mein Herz erreichen. Es war auch etwas Wunderbares, es war der Wunsch meines Herzens und das Geschenk das ich mir vom Christuskind zum Weihnachtsfest wünschte! Sollte dies nun Wahrheit werden? Wo war sie, die liebste aller Mamas, meine Mama!
Einige Augenblicke später sah ich wie meine Mama das Zimmer betrat! Ihre Schritte wurden immer schneller als sie auf mich zukam und laut rief! Hallo Christian!
Ich schrie mit vollster Stimme die ich in mir hatte, Mama! Danach war es mir nicht mehr möglich nur noch ein einziges Wort zu sagen. Diese Freude hatte mir meine Stimme

genommen! Da begann ich so sehr zu weinen wie ich es noch niemals zuvor in meinem Leben vermochte! Mit solcher Kraft hatten mich die schönsten Tränen der Welt, die Freudentränen festgehalten!
Ich konnte nichts aber schon gar nichts von dem sagen, was ich mir vorgenommen hatte! So sehr hatten mich die Gefühle beim Anblick meiner Mama berührt! Einer Frau an deren Leben niemand mehr zu glauben wagte, außer mir! Da ich die Hoffnung zur jeder Zeit in mir hatte und den Glauben daran niemals verlor. Darum hatte die Liebe uns heute wieder vereint!
Nur einmal hatte ich daran gezweifelt, als ich fluchtartig die Kirche verlassen hatte. Danach hatte ich die Fähigkeit verloren, laufen zu können. War dies ein Hinweis Gottes, da ich nicht mehr an meine Mama geglaubt hatte? Doch im Innersten von mir, hatte ich immer wieder daran geglaubt, dass ich Mama wieder sehen werde und sie wieder in meine Arme schließen konnte. So wie jetzt in diesem Augenblick! Der Glaube und die Hoffnung konnten Berge versetzen, dies hatte sich an meinem Schicksal bewahrheitet. Ein Schicksal das Freut und Leid erfahren musste, um im Herzen wieder zu sich zu finden!
Auch Mama konnte ihre Tränen nicht länger verbergen, darum waren ihre ersten Worte die sie seit sehr langer Zeit zu mir sprach sehr leise und diese lauteten. „Ich hatte mich schon sehr lange auf diesen Augenblick gefreut um Dich wieder zusehen“. Da auch ich einige Male daran gezweifelt hatte, dass dies nicht mehr auf dieser Welt sein würde! Doch ich wollte es mit vollstem Herzen. Deshalb hatte ich die Hoffnung auf ein glückliches Ende niemals aufgegeben!
Danach kamen Worte aus dem Mund von meiner Mama, die ich niemals vergessen werde und sie ein Leben lang in meinem Herzen trage! Da Mama mich fest an sich drückte und sagte! Ich hätte sehr gerne mein Leben gegeben, wenn ich die Gewissheit gehabt hätte, dass Du bis an das Ende Deines Lebens laufen hättest können!
Diese Wörter die sie zu mir sagte, brachten mich so sehr zum Weinen, dass ich nicht mehr aufhören wollte. Auch wenn ich es gewollt hätte, wäre es mir in diesem Augenblick unmöglich

gewesen! Da ich es nicht konnte! Den in diesem Satz den sie zu mir sprach war alles Liebe enthalten die meine Mama für mich in sich hatte! Dies spürte und fühlte ich in diesem Augenblick sehr stark, da auch ich die gleichen Gefühle in mir trug!
Dieses erste Zusammentreffen mit meiner Mama nach sehr langer Zeit erweckte in mir sehr viele Träume. Doch gab es heute einen sehr großen Unterschied! Heute war es kein Traum mehr. Es war die Wirklichkeit, die meine Träume verdrängten!
Die ersten Worte meiner Mama drangen in mein Herz wie ein Bündel voller Liebe, die mit aller Kraft in mein Herz geworfen wurden. Mit dieser Liebe die sie mir entgegenbrachte wurde mir bewusst, dass Mama wieder bei mir war. Dies war das schönste das man sich wünschen konnte!
Auf einmal verspürte ich einen fürchterlichen Schmerz an meinem Bauch! Es war meine Katze Mia, die ihre Krallen in mich grub und versuchte zur Seite zu flüchten! Da sie bei mir schliff und wir nicht darauf geachtet hatten, als Mama mich sehr fest in ihre Arme nahm und mich an sich drückte. Wir sahen beide zu Mia und hatten ein wenig gelacht!
Da erzählte ich Mama, dass mir Papa diese wunderschöne Katze geschenkt hatte. Damit ich in meinen einsamen Stunden nicht mehr so alleine war. Danach erzählte ich Mama, dass Mia immer und zur jeder Zeit an meiner Seite geblieben war und ich ihre Wärme an meinen Füßen verspürt hatte!
Ja Christian, wir wussten davon! Der Arzt hatte es uns schon gesagt! Dann sagte Mama, dass diese wunderschöne Katze ein sehr schönes Geschenk war das ich bekommen hatte!
Ja Mama, es war ein sehr schönes Geschenk. Ich hatte mich sehr darüber gefreut! Doch das Geschenk, das ich mir zu Weihnachten gewünscht hatte, war noch um sehr vieles schöner!
Da sah mir meine Mama sehr tief in die Augen und sagte zu mir, ich weiß!
Ich konnte mit dieser Antwort im ersten Augenblick nichts anfangen. Doch dann griff Mama in ihre Handtasche, nahm einen Zettel heraus und zeigte in mir.
Mama, das war doch mein Wunschbrief den ich an das Christuskind geschrieben hatte! Wie konnte es sein, dass Du in

bei Dir in Deiner Tasche hattest? Wie Du sehen konntest, hatte ich Deinen Wunschbrief bei mir! Doch dazu, wie Dein Wunschbrief den Weg zu mir gefunden hatte, musste ich Dir etwas erzählen!
Als ich gestern Abend nach sehr langer Zeit wieder nach Hause gekommen war, war es mir ein Anliegen zu unserer kleinen Kapelle in unserem Dorf zu gehen. Um eine Kerze anzuzünden aus Dankbarkeit dafür, dass ich wieder bei euch sein durfte!
Als ich unsere Mutter Gottes eine Rose in die Arme legte, sah ich einen Zettel der auf ihrem Schoß neben dem Christuskind lag. Erst wollte ich ihn wegwerfen. Doch dann sah ich, dass etwas darauf geschrieben stand. Somit hatte ich ihn gelesen und sofort erkannt, dass er von Dir geschrieben wurde!
Somit war Dein Wunschbrief den Du geschrieben hattest in die Arme der Mutter Gottes gelangt. Deshalb wusste ich mit Sicherheit, dass Sie uns den Weg gezeigt hatte der uns wieder zu einer glücklichen Familie werden ließ! Wir hatten den Glauben in uns, die Liebe die wir brauchten und die Hoffnung die man niemals verlieren durfte! Diese drei Worte hatten unser Leben wieder zum erstrahlen gebracht!
Mama, ich hatte auf meinen Wunschbrief so sehr acht gegeben. Doch irgendwann war dieser Brief nicht mehr auf meiner Fensterbank. Ich hatte ihn gesucht, doch er war verschwunden! Daran konntest Du erkennen, dass man nicht alles sehen konnte was um einen herum geschah! Man musste es fühlen und in seinem Herzen erkennen!
Nach dieser herzhaften Begrüßung mit meiner Mama unterbrach uns Papa mit den Worten, „kommt meine Lieben und lasst uns nach Hause fahren“!
Es klang von meinem Papa fast so als hätte er kein Verständnis für die Freude und das Glück das meine Mama und ich in diesen Augenblicken unseres Wiedersehens in uns hatten. Doch ich war mir sicher, dass auch mein Papa wieder glücklich war. Da auch er wusste, dass wir unser Leben wieder neu gefunden hatten! Mein Papa nahm meine Koffer an sich und wir gingen, beziehungsweise meine Mama schob mich in meinem Rollstuhl aus dem Krankenzimmer. Obwohl ich hier im Krankenhaus sehr

gut gepflegt wurde, fiel mir ein sehr großer Stein vom Herzen. Da ich nun wieder gemeinsam mit meinen Eltern das Leben genießen konnte!
Als wir bereits zum Fahrstuhl unterwegs waren, gab mir die Krankenschwester einen kleinen Teddybären zum Abschied in die Hand und sagte zu mir. Solltest Du wieder einmal in dieses Krankenhaus kommen, dann musstest Du uns doch besuchen kommen? Dies, verspreche ich euch mit Freude. Da auch ich euch niemals vergessen werde. Denn Ihr hattet für mich so vieles getan und wart zur jeder Zeit für mich da, wenn ich Hilfe brauchte.
Ganz besonderen Dank möchte ich Schwester Andrea schenken. Denn Sie hatte sich Zugang zu meinem Herzen verschafft und mir die Freude am Leben wieder gegeben! Doch möchte ich niemanden hervorheben. Denn Ihr wart alle, in der Zeit in der ich hier im Krankenhaus war, meine Liebsten! Doch eines verspreche ich euch! Wenn ich das nächste Mal in dieses Krankenhaus komme, werde ich auf meinen eigenen Beinen vor euch stehen!
Da sah ich auf den schönen Teddybären den sie mir gegeben hatten und ich war sehr erschrocken! Ich schrie auf! Wo war meine Katze Mia? Ich hatte sie vergessen! Hatten wir sie in meinem Zimmer zurückgelassen?
Da kam schon eine Krankenschwester und brachte meine Katze Mia zu mir. Nicht wir hatten sie vergessen, ich war es der sie für einen Moment vergessen hatte! Doch bei der Freude die heute in mir hatte, konnte ich es auch verstehen. Da meine Gedanken nur bei Mama waren!
Als wir kurze Zeit später am Ausgang des Krankenhauses angekommen waren, drehte ich mich noch einmal um und sah zurück! Ich sah die Krankenschwestern die im Flur standen und sagte leise, doch in meinem Herzen sehr laut! Auf wieder sehen!
Als wir bei unserem Auto angekommen waren, begann für mich ein neues und fremdes Leben. Da ich nicht selbstständig in das Auto einsteigen konnte! Mein Papa hob mich aus dem Rollstuhl und setzte mich in das Auto. Dies war die erste Erfahrung mit meiner Behinderung die ich nun ein Leben lang haben sollte! Als

wir im Auto waren und sich die Türen schlossen, ging es endlich ab nach Hause. Die Länge des Weges erschien mir unendlich! Es war als wollte dieser Weg nach Hause kein Ende nehmen. Doch endlich, war es dann doch soweit! Ich sah schon mein Elternhaus, als ob es all die Zeit auf mich gewartet hätte!
Als wir Zuhause angekommen waren, hob mich mein Papa aus dem Auto, setzte mich wieder in meinem Rollstuhl und sagte frohen Herzens. „Fröhliche Weihnachten!" Auch wenn das Weihnachtsfest schon einige Zeit zurücklag, so wurde unsere Familie mit dem Wunsch den Du an das Christuskind hattest, heute neu geboren!
Papa sagte weiter, dieses Jahr war es das erste Mal in meinem Leben das ich die Weihnachtsnacht alleine verbringen musste! Ich wünschte mir, dies nicht mehr erleben zu müssen! Den nichts konnte schlimmer sein als am Heiligen Abend nach der Christmette, alleine zu sein und nicht zu wissen wie es mit seinen liebsten die man in seinem Herzen trug, weitergeht!
Da sah uns Mama erst fragend an, doch dann sagte Mama einen sehr schönen Satz zu uns. Sie sagte! Daran konnte man erkennen wie sehr sich Freut und Leid gleichen. Ihr beide hattet am Heiligen Abend das Leid in euch nicht zu wissen ob ich wiederkommen werde! Ich hatte am Heiligen Abend die Freude in mir zu wissen, dass ich euch wieder sehe! Am Heiligen Abend erlebten wir Gemeinsam freut und Leid!
Ich konnte mir auch vorstellen wie schwer die Zeit für meinen Papa gewesen sein musste. Da auch ich das gleiche Schicksal erfahren hatte. Doch für meine Mama war es sicherlich am schwersten. Da sie sehr lange Zeit um Ihr Leben kämpfen musste! Doch eines hatten wir gemeinsam! Wir mussten sehr schweren seelischen Schmerz erleiden. Bei Mama und mir kam noch der körperliche Schmerz hinzu. Doch bei mir sollte der körperliche Schmerz niemals vergehen.
Jedoch war mir dies in diesen Augenblicken egal! Der körperliche Schmerz in mir würde bleiben, doch den seelischen Schmerz werden wir sehr bald überwunden haben. Da sich unsere Familie neu gefunden hatte und wir unseren Zusammenhalt den wir hatten noch mehr festigen konnten! Dem

war ich mir sicher! Meine Mama nahm den Rollstuhl zur Hand und schob mich vorsichtig in das Haus bis wir in der Küche angekommen waren. Dann ging Papa zum Auto zurück und holte meine Koffer die er danach in der Küche auf den Boden gestellt hatte. Danach setzte er sich zu uns an dem Tisch.
Wir saßen einige Zeit beisammen ohne ein Wort zu sprechen. Doch dann brach Mama das Schweigen und sagte, wer von meinen Liebsten möchte einen Kaffee trinken? Ich wusste es nicht mehr mit Sicherheit, doch glaubte ich das mein Papa und ich zur gleichen Zeit mit ja antworteten! In diesem Moment mussten wir alle drei sehr herzhaft lachen und es kam endlich etwas Fröhlichkeit auf!
Beim Kaffee beschlossen wir gemeinsam, das wir die Vergangenheit so gut es ginge hinter uns lassen und uns des Lebens erfreuten. Das jetzt neu in uns erwachte!
Obwohl jeder von uns wusste, dass wir diese Vergangenheit die wir erleben mussten, niemals vergessen könnten. Da wir sehr viel Schmerz und Leid erfahren mussten! Nach einiger Zeit der Freude die wir heute erfahren durften wurde ich doch ein wenig müde und fragte meinen Papa ob er mich in mein Zimmer bringen würde? Damit ich mich ein wenig ausruhen konnte. Natürlich antwortete er und nahm meinen Rollstuhl zur Hand und fuhr mit mir los. Aber Papa, das war doch nicht mein Zimmer sagte ich? Doch sagte Papa! Wir hatten Dein Zimmer in das Erdgeschoss verlegt, damit Du es in Zukunft auch ohne Hilfe erreichen konntest!
Auch Mama kam mit uns mit und begleitete mich in mein neues Zimmer. Nun musste ich abermals erkennen wie sehr sich mein Leben verändert hatte. Ich zeige euch jetzt was ich im Krankenhaus schon gelernt hatte, sagte ich mit etwas Stolz in mir.
Da kroch ich ganz alleine und ohne Hilfe meiner Eltern von meinem Rollstuhl in mein Bett und zog mir die Bettdecke über meinen Körper. Wunderbar, applaudierte man mir, sodass ich etwas stolz auf mich war. Dies war sehr angenehm für mein Selbstbewusstsein! Da ich mit meiner Behinderung nicht nur körperliche sondern auch seelische Hilfe brauchte. Nach sehr

langer Zeit konnte ich wieder mit Liebe, Geborgenheit und dem Wissen, das ich zu Hause war einschlafen. Als ich am Nachmittag wieder erwachte, kroch ich alleine in meinen Rollstuhl und fuhr in die Küche. Auf halben Weg hatte ich gesehen, dass ich von meiner Mama beobachtet wurde. Erst sagte Sie zu mir, dass sie zufällig dort stand. Doch wusste ich mit Sicherheit, dass Sie auf mich Acht gab!
Als ich in der Küche angekommen war, wartete schon der erste Besuch auf mich. Es war mein Freund Wolfgang! Mit dem ich vor meinen Unfall meine ganze Freizeit verbracht hatte. Hallo Christian rief er mir entgegen. Ich freute mich sehr, dass Du wieder Zuhause warst und wir wieder gemeinsam spielen können! Danach begann Wolfgang mir zu erzählen was für Geschenke er zu Weihnachten bekommen hatte.
Er sprach ununterbrochen, sodass ich mir nicht alles merken konnte was er mir erzählte! Er ließ mir aber auch keine Zeit, dass ich dazwischen eine Frage stellen konnte! Noch bevor er fertig ausgesprochen hatte, nahm er ein Päckchen aus seiner Hosentasche und gab es mir mit den Worten, das war ein kleines Geschenk für Dich Christian!
Ich nahm die Verpackung ab und öffnete die kleine Schachtel. Da sah ich, dass sich darin ein Pfeifchen befand. Dieses Pfeifchen hatte ich ganz alleine gefertigt, sagte Wolfgang! So wie Du es mir damals gezeigt hattest. Mit etwas Stolz in sich sagte er zu mir, dieses Pfeifchen hatte ich nur für Dich gemacht! Anschließend fragte mich Wolfgang, ob wir gemeinsam zum Fischteich gehen wollten? Ja selbstverständlich möchte ich das! Ich hatte doch ganz auf meine Fische vergessen! Dann komm schon Wolfgang, worauf warteten wir noch?
Ich konnte mit meinem Rollstuhl ganz alleine zum Teich fahren. Doch meine Eltern kamen zur Sicherheit mit mir. Auch meine liebe Katze Mia, war mir gefolgt und sprang wie immer auf meinen Schoß und machte sich darauf breit.
Der Teich war Größtenteils noch mit Eis überzogen. Doch dort wo die Pumpe angebracht war, hatte ich ein wenig Sicht in das Wasser. Sodas es doch sein konnte, dass ich einen Fisch sehen würde! Nach ungefähr einer Stunde gab Wolfgang die Hoffnung

auf, dass er noch einen Fisch sehen könnte und sagte zu mir, dass er nun nach Hause gehen würde. Bevor er jedoch ging, fragte er mich ob er mich in das Haus begleiten sollte? Nein Wolfgang, das brauchtest Du nicht. Da ich noch ein wenig hier am Teich bleiben möchte. Denn vielleicht sehe ich doch noch einige Fische die an die Wasseroberfläche kommen würden und sich mir zeigten! Doch Danke für Dein Angebot!
Mit den Worten, dass er noch schnell meinen Eltern Bescheid sagte, dass ich nun alleine und ohne Aufsicht beim Teich war, hatte er sich auch schon von mir verabschiedet! Ich wollte mich noch für seinen Besuch bedanken, doch dies so glaubte ich hatte er nicht mehr gehört.
Ich beobachtete noch einige Zeit wie das Wasser von der Pumpe herunter purzelte und mit einem zarten Rauschen in den Teich stürzte. Das Wasser hinterließ hierbei einen so herrlichen Strahl mit Farben wie es der Regenbogen nicht schöner konnte! Die Dunkelheit begann langsam aber sicher den Tag zu verdrängen, um sich für die Nacht die hereinbrach breit zu machen. Doch wollte ich noch nicht in das Haus gehen! Da machte ich das Flutlicht an um diese schönen Momente, die ich nun in mir hatte noch ein wenig zu genießen. Da es mir vorkam, als hätte ich sehr vieles versäumt und dies müsste ich jetzt nachholen!
Als nach einiger Zeit meine Mama nach mir rief und zu mir sagte, dass ich in das Haus kommen sollte. Kam es mir vor als hätte mich jemand in meiner Ruhe gestört!
Doch wurde es nun wirklich schon höchste Zeit um in das Haus zu gehen, da mir schon ein wenig kalt wurde und es mich an den Händen friere. Ich machte das Flutlicht wieder aus, sah noch einmal zum Wasser und fuhr zurück in das Haus. Meine Katze Mia sah ab und zu aus der Decke hervor, da sie auf meinem Schoß unter der Decke lag, um zu sehen was ich so machte und hatte sich dann wieder in der Decke verkrochen.
Als ich in der Küche angekommen war, fuhr ich auf dem schnellsten weg zum Heizkörper der neben dem Tisch an der Wand hing. Da ich erst jetzt die Kälte so richtig in mir verspürte. Da bemerkte ich erst, wie Kalt es draußen im Freien doch war. Doch dies hatte ich vorher nicht wahrgenommen, da ich in

meinen Gedanken versunken war. Gedanken von denen ich sehr lange träumte. Meine Katze Mia hatte die Kälte bestimmt bemerkt, da sie sich nur unter meiner Decke aufhielt! Nur ab und zu sah sie hervor, wenn sie eine kleine Streicheleinheit brauchte.
Als wir beim Abendessen waren, sahen wir uns lächelnd an und genossen in aller Stille das erste gemeinsame Abendessen nach sehr langer Zeit!
Der erste Tag den wir wieder gemeinsam verbracht hatten, verlief für uns mit sehr viel Liebe, Freude und Geborgenheit. Da wir diese sehr lange vermisst hatten! Wir vernahmen in uns ein Glück, dass auf einem Stück Papier nicht beschrieben werden konnte. Da sich dieses Glück, dass wir in diesen Moment empfanden nur im Herzen verbreiten konnte!
Man konnte, sollte und musste diese Liebe und Geborgenheit, sowie die Gefühle die das Herz berührten, aber auch die Freude die man dabei empfand an seine Nachkommen und Mitmenschen weitergeben. Damit auch Sie dieses Glück im Herzen einst erleben könnten!
Voller Erfüllung und Freude gingen wir am Abend nach dem Abendessen zu Bett und legten alle Sorgen der Vergangenheit die sie mit sich gebracht hatte zur Seite. Danach begaben wir uns in einen friedlichen Schlaf. Einen Schlaf einer wunderbaren und friedlichen Nacht!
All die nächsten Tage verliefen für mich immer wieder gleich. Da ich an eines gebunden war, die Unfähigkeit Laufen zu können! Ich versuchte Tag für Tag mich mit dem Rollstuhl abzufinden. Dies gelang mir ab und zu aber immer nur für eine kurze Zeit!
Doch nach einer gewissen Zeit der Gewöhnung konnte ich sagen, dass ich fast alles machen konnte, was mir Freude machte und in meinem Fall möglich war. Nach einiger Zeit von wenigen Monaten erkannte ich, dass sich meine Einstellung zur Behinderung grundlegend geändert hatte. Da ich früher, als ich noch meine volle Freiheit in der schönen Natur genießen konnte immer der Meinung war, das sich für jemanden der eine schwere Behinderung hatte nicht all zu viel Abwechslung bieten würde! Doch heute durch meine eigene Behinderung wurde ich von Tag

zu Tag eines besseren belehrt! Es waren aber auch einige Probleme dazugekommen, von denen ich nicht einmal zu Träumen gewagt hätte.
So waren sehr viele Freunde die ich vor meinen Unfall hatte, leider nur mehr Bekannte. Sie kamen nur noch ab und zu auf einen Besuch bei mir vorbei! Jedoch erfreute ich mich auch dieser schönen Zeit, die ich mit ihnen verbringen durfte. Doch diese Freundschaft die uns einmal verbunden hatte, gab es leider nicht mehr!
Richtige Freunde, die sich bereit erklärten mich irgendwohin mitzunehmen, egal wohin es sein sollte, die hatte ich leider nicht mehr! Deshalb musste ich jetzt alles schöne das ich erlebte in meinem Herzen behalten und konnte diese Freude nicht mehr mit meinen Freunden teilen. Dies war sehr schwer für mich und bedurfte einer Gewöhnung.
Wahrscheinlich werde ich es niemals verstehen, warum dies so war? Doch musste ich auch meine Freunde verstehen um nicht an den Gedanken die ich in mir hatte zu zerbrechen!
Auch mein Innerstes „Ich“, hatte eine sehr große Veränderung durchgemacht. Ich hatte jetzt sehr viel Zeit um an meine Mitmenschen zu denken. So konnte ich so manche Freude und so manches Leid von Ihnen viel besser verstehen, als es mir noch vor einiger Zeit möglich gewesen war!
Daran erkannte ich auch wie oberflächlich so manche Mitmenschen lebten. Da sie keine Zeit hatten oder besser gesagt, sich die Zeit nicht nahmen um über sich und die anderen nachzudenken. Es könnten so viele Probleme der Vergangenheit angehören, wenn wir uns nur ein wenig Zeit dafür nehmen würden! Ich wusste auch, dass ich heute glücklicher sein durfte als so mancher Mensch der gehen und laufen konnte und dabei sein Glück und die Freude die er in seinem Herzen trugt, übersah!
Deshalb konnte ich heute davon sprechen, dass es sich für mich um eine Gleichgewichtsverschiebung im Innersten meines Herzens und meiner Gedanken nach dem Unfall gehandelt hatte. Ja, ich hatte mein Gehvermögen verloren! Doch bekam ich die Erfüllung in meinem Herzen. Die mehr Wert war als das, was

wir mit den Füßen bewegen konnten! Man musste nur darüber nachdenken, dann würde man es auch verstehen und erkennen! Je mehr ich dieses Gefühl erkannte, desto schwächer wurde in mir das Verlangen mein Versprechen wahr zu machen, das ich mir einst gegeben hatte! Wieder laufen zu können!
Doch wusste ich auch, dass man ein Versprechen das man gegeben hatte einhalten musste! Auch wenn ich es nur mir gab, so hatte ich es doch gegeben! Doch in meinem Herzen gab ich es auch meine Eltern! Da sie es waren die mir das heutige Glück ermöglichten!
Darum wurden auch diese Gedanken in mir wieder wach und ich versuchte abermals dafür zu kämpfen, für das was ich mir selbst versprochen hatte. Nur wie ich es machen sollte, dass wusste nur Gott! Denn nur er hatte mir den Weg für dieses Leben das ich auf Erden hatte vorgegeben!
Ich wusste aber auch, dass ich mein Leben nach diesem Schicksalstag wie ich in erleben musste, nicht wegwerfen durfte. Da es für jede verschlossene Tür einen Schlüssel gab. Denn nur derjenige der ihn suchte, würde ihn auch finden!
Ich begann nach einiger Zeit Bücher zu lesen. Unter allen Büchern die ich bisher gelesen hatte, wurde die Bibel zu meinem Buch. Ich wusste nicht warum, doch dieses Buch gab mir die Kraft und die Hoffnung die ich für mein Leben brauchte. Ich begann auch einige Sätze heraus zu schreiben. Von denen ich glaubte, dass sie mir und der Menschheit neue Hoffnung geben könnten. Da ich sehr viel über all die Dinge was mich und die Menschheit bewegte nachgedacht hatte!
Die Zeit spielte für mich keine Rolle, darum begann auch ich zu schreiben. Ich schrieb nur für mich, warum ich glaubte, dass der Mensch auf dieser schönen Erde war!
Sehr viele Menschen lebten ihr Leben von heute auf Morgen und wussten am Abend nicht wofür sie an jenem Tag gelebt hatten! Bestand der Sinn des Lebens nur darin das man einige Jahre hier auf dieser schönen Erde verbringen durfte? Damit man seine Arbeit verrichtete und sonst nichts?
Das konnte und wollte ich nicht glauben. Dies konnte es auch nicht sein! Wir wurden sicherlich eines besseren und schönerem

bestimmt! Doch würde dieses mit Sicherheit nicht zur Tür herein kommen und sagen, hier bin ich und freue Dich mit mir!
Für dieses Leben, das wir uns erhofften und wünschten. Müssten wir auch etwas beitragen! Wir mussten daran Glauben, wir mussten es Lieben und wir mussten darauf Hoffen! Doch was das wichtigste war, wir mussten es annehmen!
Nur dann würde sich das Leben, das wir uns vorstellten und das wir uns wünschten auch erfühlen! Viele würden sich nun Fragen! An was sollte ich Glauben? Auf was sollte ich Hoffen? Da ich doch beides nicht sehen konnte? Auf diese Fragen konnte es nur eine Antwort geben!
Wenn ich bei herrlichem Sonnenschein nach außen gehe, verspürte ich die Wärme der Sonne die sie mir an die Haut abgab. Doch warum war ich hinausgegangen? Ich konnte die Wärme doch nicht sehen!
Oder wenn ich hinausgegangen war und ich verspüre den Wind, dies konnte doch nicht sein! Da ich den Wind nicht sehen konnte? Man würde vielleicht sagen, dass man den Wind sehen konnte. Da sich die Bäume krümmten! Da musste ich euch Recht geben. Dennoch musste ich euch sagen! Man sah die Kraft des Windes die er in sich hatte, doch niemals den Wind!
Wenn ich an etwas glaubte, war ich im Herzen glücklich. Doch warum war ich glücklich? Ich konnte den Glauben der mein Herz erfreute doch nicht sehen!
So könnte man diese Beispiele unendlich fortführen, doch dies möchte ich nicht. Da jeder für sich selbst erkennen musste, was für ihn das Beste war!
Da wir uns unsicher waren, würden wir uns unser Leben so gestalten wie es für uns das Beste war. War es auch der Glaube, die Liebe und die Hoffnung die wir in uns hatten? Diese Frage sollte sich ein jeder von uns stellen!
Sollte sich diese Frage jemand damit beantworten, dass er das Beste aus seinem Leben machte, würde ihn nach einiger Zeit auch dieses Leben Probleme bereiten. Da wir uns die Freude am Leben selbst zerstörten und wir nicht wussten, warum wir unglücklich waren! Die Menschen hatten im Allgemeinen keinen Grund sich zu beklagen. Sie sollten dankbar sein für die

Reichtümer die sich auf unserer schönen Erde befanden! Diese vertrauten Worte hatte ich in meiner Einsamkeit aus der Bibel erfahren und sie gaben mir sehr viel Einblick in mein neues Leben.
Ich, der nicht mehr laufen konnte, fand wieder sehr große Lebensfreude in mir. Da ich dies erst entdecken musste, und es auch erkannt hatte!
Eines Tages bekamen meine Eltern einen Brief von der Fluggesellschaft die das Flugzeug damals gehört hatte, dass in Kanada abgestürzt war. Es war eine Einladung um am Unglücksort sich derer zu gedenken die dieses Unglück nicht überlebt hatten. Ich war natürlich sehr begeistert, da ich einerseits eine andere Einstellung zum Leben gefunden hatte und andererseits war es für mich eine willkommene Abwechslung in meinem Leben!
Es bedurfte aber auch sehr viel an Überredungskunst um auch meine Eltern davon zu überzeugen. An dem Ort zurückzukehren an dem unser Leben eine sehr große Wende nahm! Als wir uns entschlossen hatten, dass wir diese Reise gemeinsam machen würden, hatte ich so etwas wie eine Erfüllung in mir!
Nach einiger Zeit war endlich der Tag der Abreise gekommen. Ich Freude mich schon sehr auf diesen Flug. Doch hatte ich auch eine gewisse Angst in mir als ich das Flugzeug bestieg! Die Erinnerungen an damals begannen in mir wieder wach zu werden.
Als jedoch das Flugzeug das uns nach Kanada bringen sollte, langsam aber sicher von der Rollbahn abhob, verlor auch ich diese Angst die ich zuvor noch in mir hatte!
Nach einigen Augenblicken, wagte ich bereits die ersten Blicke aus dem Fenster ohne dabei Angst zu verspüren. Somit konnte ich diesen Flug genießen und hatte mich auch darüber gefreut. Ich freute mich aber auch darüber, dass auch Mama heute ihr Versprechen eingelöst hatte! Da sie mir damals sagte, als wir mit Freude nach Kanada geflogen waren! Einmal würden wir gemeinsam Fliegen! Heute war es soweit, Papa war auch mit dabei! Auf einmal bekam ich große Augen und staunte nicht schlecht. Da ich eine Frau sah, die ich zu kennen glaubte! Ja, ich

kannte Sie, es war die damalige Flugbegleiterin Frau Eva! Sie kam geradewegs auf mich zu und sagte zu mir, hallo Christian! Ich war mir sicher, dass Du heute mit uns fliegen würdest! Deshalb freute es mich sehr, dass wir uns wieder sehen. Wie ich sehe war heute auch Dein Papa mit dabei.
Doch mit ganzem Herzen erfreute es mich, dass Deine Mama bei uns an unserer Seite war. Da ich von Deinem Schicksal und dem von Deiner Mama erfahren hatte, und ich wusste wie sehr Du damals am Unglückstag nach Deiner Mama gesucht hattest! Ich hatte Dir damals aber auch versprochen, dass wir uns wieder sehen!
Somit hatte auch Frau Eva ihr Versprechen das sie mir damals gegeben hatte eingelöst! Ich konnte erst keine Worte finden, da ich mich sehr darüber gefreut hatte, dass ich Frau Eva wieder sah! Eine Frau die sehr viel für mich getan hatte. Sie war in der schlimmsten Zeit die ich damals erleben musste an meiner Seite und hatte mir sehr geholfen!
Nicht nur ich und Frau Eva hatten sich sehr gefreut das wir uns wieder sahen, auch meinen Eltern sah man die Freude des Wiedersehens an. Da sie sehr genau wussten was Frau Eva für mich am Unglückstag getan hatte!
Als der Flug allmählich zu Ende ging und wir sicher in Kanada gelandet waren, kaufte mein Papa am Kiosk einen Blumenstrauß. Er kam geradewegs damit auf uns zu. Meine Mama streckte ihre Hände sehr erfreut nach den Blumen aus. Doch dann sagte Papa, kommt mit mir!
Wir gingen zur kleinen Wiese am Rande des Flugfeldes und Papa legte den Blumenstrauß in diese Wiese! Mama sah Papa fragend in die Augen und fragte warum? Da sagte mein Papa, dass er vor einiger Zeit als er dieses Rollfeld verlassen hatte, sehr großen Kummer in seinem Herzen trug. Aus diesem Grund legte er damals einen Blumenstrauß genau an dieser Stelle in die Wiese. Damals hatte Papa aber auch ein Versprechen gegeben, dass er wiederkommen würde um frische Blumen in diese Wiese zu legen!
Dieses Versprechen hatte auch er heute eingehalten! Er sagte aber auch, dass er nun keine Blumen mehr in diese Wiese legen

würde. Da die schönste Rose die es für ihn gab heute neben ihn an seiner Seite war! Mama sah Papa in die Augen und sagte mit leiser Stimme, Danke!
Mit diesen Worten gingen wir zurück in die Wartehalle. Wo wir auf den Helikopter warteten, der uns zum damaligen Unglücksort bringen sollte! Nach kurzer Zeit war es soweit und wir hoben ab, zu dem Flug in das ewige Eis.
Als wir angekommen waren, sah alles genauso aus wie ich es noch in Erinnerung hatte. Bis auf das schöne Kreuz das sich vor unseren Augen in den Himmel erhob! Es gab keine Ausnahmen, alle Überlebenden des damaligen Unglückes waren gekommen um heute derer zu gedenken die nicht das gleiche Glück wie ich hatten und darum nicht mehr unter uns waren. Sie kamen aber auch um dafür zu danken, dass Sie das damalige Unglück überlebt hatten!
Wir versammelten uns gemeinsam neben dem Kreuz und sprachen kein einziges Wort. Wir sahen den Priester aufmerksam zu als er die Vorbereitungen für die Heilige Messe vornahm! Nach einigen einfühlsamen Worten zum damaligen Unglück, begann der Priester die Heilige Messe.
Nach einiger Zeit knieten sich alle in den Schnee. Nur ich war eine Ausnahme, da ich im Rollstuhl saß! Doch wollte ich keine Ausnahme sein, darum bat ich meine Eltern mir aus dem Rollstuhl zu helfen und mich in den Schnee zu knien. Ich musste mich kniend an meinen Eltern festhalten, da ich es sonst nicht geschafft hätte das Gleichgewicht zu halten und in den Schnee gestürzt wäre!
Mitten unter der Messe ließ ich unbewusst meine Eltern los um meine Hände zu falten. Somit machte auch ich das gleiche wie alle anderen Menschen die ein Gebet sprachen. Ich hatte mich erst selbst gewundert, doch ich konnte von ganz alleine und ohne Hilfe, im Schnee knien!
Dies kam mir vor wie ein Geschenk Gottes! Nach einiger Zeit kamen in mir die gleichen Gefühle die ich damals am Heiligen Abend bei der Christmette in mir hatte. Wo ich anschließend aus der Kirche gelaufen war und mein Leben sich für immer ändern sollte! Ich wurde immer unruhiger, sodass mich meine Eltern

einige Male sehr energisch zu Recht weißen mussten! Doch dies alles half nichts! Auch ich wusste nicht was in mir vorging! Es war, als wollte mich etwas dazu bewegen diesen Ort an dem ich kniete zu verlassen!
Nach einiger Zeit wurde ich so unruhig, dass der Priester die Heilige Messe unterbrach und mit einem sehr ernsten Blicke auf mich zukam! Mit sehr strenger Stimme sagte er zu mir. Mein Sohn, ich möchte Dich sehr bitten, das Du Dich angemessen benimmst. Damit ich die Heilige Messe für alle Anwesenden die gekommen waren fortführen konnte!
Diese strengen Worte durchfuhren meinen kleinen Körper als ob er zur Explosion gebracht werden sollte! Ein eisig kalter Schauer durchfuhr in diesem Augenblick meinen Körper! Ich konnte nicht mehr anders!
Ich erhob mich erst kriechend vom kalten Schnee. Doch dann war ich aufgestanden und lief zu dem Kreuz das sich vor mir in den Himmel erhob. Ich umarmte dieses Kreuz und schrie aus vollstem Herzen! Auch ich hatte Glaube, Liebe und Hoffnung in mir!
In diesem Augenblick erkannte ich, dass ich alleine zum Kreuz gelaufen war. Ich konnte meine Beine wieder so bewegen wie es schon einmal war! Die Gefühle des Laufens waren wieder zu mir zurückgekehrt! Doch wie konnte das geschehen?
Da verspürte ich ein Drücken in meiner Tasche. Ich fasste hinein und hatte das Geschenk, das ich für Mama zu Weihnachten gekauft hatte in meiner Hand. Da auch meine Mama zu mir gelaufen kam, gab ich ihr dieses Geschenk mit den Worten. „Dies war das Weihnachtsgeschenk das ich für Dich besorgt hatte“. Da ich immer und zur jeder Zeit an Dich geglaubt hatte! So wie ich es auch jetzt und zur jeder Zeit tun werde! Mit sehr viel Freude hatte ich es für Dich besorgt, doch mit noch mehr Freude überreichte ich es Dir heute.
Mama nahm die Halskette in ihre Arme, sah sie einige Zeit mit starrem Blick an und sagte! Dieses war nicht mein Geschenk, dies war das Geschenk Gottes! Sie nahm die Halskette und gab es über das Kreuz mit den Worten, diese Kette sollte für immer hier bei Dir an Deinem Kreuze sein. Damit die Menschen dieser

Erde sehen konnten, das Du uns zur keiner Zeit vergessen hattest und immer an der Seite von meinem Sohn und mir warst! Es sollte aber auch allen zeigen, dass man die Liebe, den Glauben und die Hoffnung an das was man sich wünschte, niemals verlieren durfte!

Dieses Wunder das Du heute vollbracht hattest, war nicht nur ein Geschenk das Du mir und meinen Sohn gegeben hattest. Dies war die Antwort auf die Fragen, die sehr viele Menschen in sich hatten! Da der Glaube, die Liebe und die Hoffnung zur jeder Zeit einen Weg in sich trugen, denn wir Menschen suchten und hofften ihn auch zu finden!

Nach einiger Zeit begann der Priester mit der Heilige Messe wieder dort, wo er vorhin unterbrochen hatte. Doch ich blieb mit meiner Mama am Kreuz stehen und sagte mit Freude in meinem Herzen, heute hatte auch ich mein Versprechen, dass ich einst gegeben hatte, erfühlt!

Mit diesen Gedanken zurück in eine unvergessene Vergangenheit die ich für immer in meinem Herzen tragen werde, öffnete ich langsam meine verträumten Augen und legte den Blumenstrauß den ich mitgebracht hatte, auf das Grab meiner unvergessenen Eltern!

Ich war Stolz und Dankbar, dass ich solche Eltern haben durfte! Die mich zur jeder Zeit liebten und meinem Leben Glaube, Liebe und Hoffnung gaben! Sie gaben mir den Glauben in meinem Herzen, die Liebe in mir und die Hoffnung, dass wir uns in ferner Zukunft wieder sehen werden!

Wenn alle Menschen dieser Erde die gleiche Einstellung zum Leben hätten wie Christian, dann wüssten auch sie wofür sie Lebten!

Unsere Menschheit musste noch sehr vieles lernen! Lernten wir doch von Christian, einem Jungen der niemals aufgab und den Weg den er gesucht hatte auch fand!

Ich bin guter Dinge, dass alle Menschen dieser Welt einst die Gefühle die sich in diesem Buch verborgen halten verstehen werden! Da auch Sie erkennen würden, was der wirkliche Glaube an sich selbst vollbringen konnte. Doch wann dieser Zeitpunkt kommen würde, musste ein jeder für sich selbst entscheiden! Da der Glaube, die Liebe und die Hoffnung niemals vergehen werden! Sie ruhten in uns Menschen, wir mussten es nur erkennen!